嫌妻當家

5

完

文創風
241

芭蕉夜喜雨
著

目錄

第五十五章

白霧茫茫，輕煙籠罩，四野寂靜非常。

岳仲堯和周晏卿遠遠而來，兩人臉上都帶著淺淺的笑意。

他們朝她伸手，嘴一張一合，訴說著不離不棄的情話。

還有，迷霧裡越來越模糊的那個人影。

眼前似乎是一方淨土，她赤著腳，一步一步往前邁進。

面前豁然開朗，鮮花怒放，彩蝶紛飛，鳥叫蟲鳴。

她淡淡地笑著，停下腳步細看。

有風吹過，她輕輕閉了閉眼，噙著笑，感受著輕風拂面；她忽覺腳下一沈，整個人往下墜去，腳下竟是泥沼一片，越是掙扎，越是陷得深……

她大喊，向上伸手，試圖抓住一絲什麼，只是周邊似乎越來越沈靜，鳥叫蟲鳴再也聽不到了。

泥沼把她整個吞沒，她只有幾個氣泡往上冒了冒……

喬明瑾猛地睜開眼睛，黑夜裡，她大口大口地喘氣，黑白分明的眼睛在黑夜裡閃爍，莫名地寂寥。

她了無睡意，愣愣地看著帳頂，煙青色的帳子，夜裡只是一團漆黑。

待得天光大亮，她賴在床上，腦袋有些昏沈。

明琦很懂事地帶著琬兒去做功課了，她懶怠起身，瞇著眼睛養神。

待院門被拍得大響的時候，她才睜開了脹痛的眼睛。

院裡腳步聲雜亂，似乎不只一、兩個人，這回不知又是何人。

「妳娘呢？」

琬兒嚇得躲在明琦背後，明琦邊把琬兒往後拉，邊緊緊地護著她。

吳氏看嚇到琬兒了，忙擠著笑，道：「不怕不怕，是奶奶啊。琬兒，妳娘不在？」

兩人被吳氏這般溫和的模樣嚇了一跳。

明琦看吳氏擠出一張笑臉，更是覺得對方不懷好意，在她臉上掃了一番，又冷眼瞧了瞧跟在她身後的孫氏和于氏，揚聲道：「妳們做什麼來了？我姊她不在。」

孫氏滿臉堆笑。「娘，您瞧三弟妹這個妹子，這才跟著三弟妹住了多久，就水靈靈的了，臉上只怕都能掐出水來，哪有一年前面黃肌瘦的乾柴樣了？三弟妹就是會養人，可憐我那兩個孩兒，跟著我這個娘吃喝不飽。」

于氏也笑著說道：「妳是叫明琦吧？瞧這臉蛋，這外人見了還以為是哪個大戶人家的小姐呢。這頭髮又濃又黑，越長跟妳姊姊越像。也不見妳去村裡玩，下次帶琬兒去找北樹一起玩啊！」

吳氏聽了兩個媳婦的話，一雙眼往明琦身上來回打量。還真是如兩個媳婦所說的，不知道的人還真以為她是城裡哪家的千金小姐呢！唇紅齒白的，頭髮又濃又密，身上穿的、腳上踩的，再瞧瞧這手，哪裡是鄉下孩子的手？竟是養得如細白嫩蔥一樣。

可憐她兩個孫子還穿著打補丁的衣服，一、兩個月都不見一回肉腥。

這家裡的好東西竟平白便宜了外人。

她喬氏既然嫁到岳家了，所有的一切就都是岳家的，哪裡容得了她往娘家裡搬？哪容得她用岳家的錢去養娘家一干人等？

那作坊她說沒她的股份，她只是替人管活的，人家周府來的婆子都說了，過幾日就找人把她替了去，哼，看她還怎麼照顧娘家一干親戚！

自己婆家兩個兄弟妯娌都閒得在家數螞蟻，她管著那麼大的一個作坊，竟然不見把兩個兄弟安插進去，還把娘家一堆不相干的人全安排了進去，真是個白眼狼！

人家拿走倒好了，看她還有什麼可張狂的？不就是靠著那個作坊嗎，又在村裡請了一些人，得了那些人的好，便越發張狂起來了？

這回看她沒了差事，她要如何張狂？等她再把她的錢財田地拿到手裡，還不是任她搓圓捏扁？

這回小滿出嫁，她可有錢備上厚厚一份嫁妝了。

吳氏挑剔地看了明琦一眼，大聲道：「妳這丫頭到我家來住也有一年多了吧？誰家走親戚是住這麼長時間的？妳爹娘又不是養不起妳，明天就收拾了東西回家去吧！」

「真是好笑，這是我姊家，怎麼成了妳家了？上次來砸了一次，這回莫不是來搶的？」

明琦絲毫不以為忤，冷冷地與吳氏對視。

吳氏羞惱斥道：「黃毛丫頭！妳姊可不姓喬了，姓岳呢！這院子、這裡面的東西自然都是我岳家的！容得了妳一個外人來占著？」

她不去理她和琬兒，說完話轉身就去看那幾間廂房。

孫氏、于氏自然是緊緊地跟著。

婆媳三個瞧著窗明几淨的大廂房，還鋪著青石磚，早就兩眼放光了。

「娘，妳看玲瓏已是個大姑娘了，還沒個自己的房間，東根也不好再跟我們住一起了，這兩間房挨著，就讓東根和玲瓏住啊？」

孫氏很快便看中了兩間廂房。

于氏也忙上前一步說道：「娘，北樹還跟我們夫妻睡一張床上呢，隔壁這間就讓北樹住吧。」

孫氏聽了又擠過來，說道：「娘，正房還有四個房間呢，您和爹一間，另一間就給小滿住，還有兩間，是不是分一間給我們住？東根他爹畢竟是長子不是？」

于氏看吳氏正待點頭，心下不甘，這剩下一間房自然就是老三夫妻的了，還有他們夫妻什麼事？她可不想別人都住在正屋，他們夫妻則住廂房。

說。」

「娘，您看妹妹都要出嫁了，旁邊有一間廂房挺大的……」

吳氏看了她一眼，喝道：「妳妹子就算出嫁了，也得給她留一間房！」

「那娘，我和北樹他爹住哪啊？」于氏一臉的不滿。

吳氏想著正房就四間，一時有些分配不均，她停下腳想了想，道：「這事等會兒再說。」

轉身看到一間廂房正上鎖著，她扭頭對明琦說道：「去，把鑰匙拿來！」

明琦嗤笑了聲，並不搭理。

從她們三個在分配房間的時候，她就叫琬兒去喊人了，等會兒看她們三個如何收場。

「妳笑什麼？妳個死丫頭，白吃白住我們家，竟然還敢不聽話了？」

吳氏被明琦笑得有些惱羞成怒，大聲喝道。

「我說妳們……」明琦一一點著她們三個。「最好現在乖乖地從門口出去，不然一會兒我表哥他們來了，可不會讓妳們好過！妳們是還沒睡醒嗎？竟到別人家裡明搶來了！這間、這間、這間，還有正房，哪一處寫著你們岳家的名字了？」

「死丫頭！竟然還頂嘴呢！」

吳氏說著就往前緊走了兩步，揚手要搧明琦耳光。

明琦身子靈活，身子矮了矮，很快就躲了開去，哪裡會讓她打到？

喬明瑾倚在堂屋的門邊，看吳氏在院子裡追著明琦跑，而于氏和孫氏就在一旁幫忙，那樣子就像在雞窩裡逮雞一樣，甚是滑稽。

她在房裡就聽到吳氏三人的說話聲了，本不耐煩理會她們，不想這三人竟是上她家來搶東西了。

她家就算是推倒成為一堆瓦礫，也不會讓這一家子住進來。

「明琦，後院幾根晾衣竿今天正好空著。」

喬明瑾看著明琦左躲右閃，在三人之中穿梭，遊刃有餘，只是她怕累著明琦了，便揚聲說了一句。

明琦扭頭看了喬明瑾一眼，高高應了一聲，就往後院跑去。

哼，今天定要把她們痛痛快快地打出去！

「妳這個不孝不悌的潑婦！竟是叫個外人來打妳婆母？」

吳氏回頭看向喬明瑾，又喝道：「不是說不在家嗎？這是躲著了？看見婆母來不出來伺候，還待在房間裡，哪家有妳這樣的媳婦？」

喬明瑾冷冷地看了她一眼，連話都懶得跟她說，又冷冷地掃了一眼孫氏和于氏。

那兩人瞧見喬明瑾的冷眼，連忙往吳氏身後挪了挪。

她們以為她不在呢，方才話說得也太大聲了些，不知她會不會生氣。

昨天那婆子來找她們婆母的時候，她倆可是隨侍在側的，聽說喬氏竟有那麼多錢，還在雲家村買了田產、買了山頭，又在山頭養了雞，一天都能撿近千個雞蛋呢！

天哪，這喬氏手裡沒有上千兩，幾百兩定也是有的。

若是把喬氏惹急了，一拍兩散，她們還哪裡能巴著她住在一起，讓她幫著養孩子？以後吃香喝辣的哪有她們的分？

她們可不能把人惹急了。

孫氏遂討好地對喬明瑾說道：「三弟妹，妳在家啊？我們這不是瞧著老三病了，在家裡吃不好、住不好的，就想著把老三搬過來嘛！又想著，妳事情也多，還要照顧孩子，又要忙別的事，就打算一起搬過來，大家住在一起也好有個照應。」

于氏在一旁也連連點頭。「是呢，三嫂，我聽說琬兒這幾天每天都跑去看三哥，這一家骨肉如何分開兩處住？孩子也受罪不是？爹娘瞧著也不忍，就商量著要一起搬過來。這裡到後山林子很方便，打柴、養雞都是便利得很。以後，妳這裡的雞就讓北樹他爹一起照料了，放在一起養也方便一些。」

這還真是方便了，她家的雞有好幾十隻，雞蛋一天都能收好幾十枚，而岳家大約有六、七隻雞，要跟她的雞一起養？養到最後成了誰的？

喬明瑾笑了起來。

吳氏見兩個媳婦好言好語、低聲下氣，而這個喬氏卻仍是那一副拒人千里之外的表情，頓時就來了氣。「我說老三家的，我們這也是為了妳著想，我們那是不忍心看妳太辛苦，才想著從村裡搬到這村外來住。妳嫁到我們岳家，自然就姓岳了，父母都還在，哪裡能置私產、留私房錢的？妳的東西自然都該由我和妳爹來幫妳保管，不然就妳們娘倆，這家裡萬一來了賊──」

「放心，有我在，這家裡來不了賊！來一個打殺一個，來兩個正好一雙！」

吳氏的話未完，就被人打斷了。

雲錦大跨步從外面進來，一雙虎目直逼吳氏，又冷冷地在孫氏和于氏身上掃了一圈。

「妹妹，身體不舒服就回去躺著，這有哥哥在呢。」

喬明瑾朝雲錦笑了笑，又對他身後跟來的何氏、夏氏、秀姊等人點了點頭。

琬兒從後面小跑過來，緊緊偎著喬明瑾，小臉蛋紅紅的，一頭的汗。

明琦抬著一張藤椅過來，喬明瑾順勢在堂屋門口坐了，拉過琬兒幫她擦汗。

「娘，我讓長河哥哥去喊爹爹了。」

琬兒在喬明瑾耳邊悄聲說道，仰著頭邀功。

喬明瑾嗯了聲，愛憐地摸著女兒的頭和後頸。

「大娘，妳上次來砸了一番，還欠了我妹妹好幾十兩銀子呢，這回又要來砸一番？你們家那破房子，就算連著下面的地只怕都賠不起。」

雲錦說著拿過明琦手裡的晾衣竿。

吳氏看著這不一會兒工夫，又來了一群人，心下惱怒。

她自己家的事何時輪到一群外人來多嘴了？

雲錦和何氏往喬明瑾那邊看了一眼，見喬明瑾一副不動聲色的樣子，心裡莫名地安定了下來。

何氏便對吳氏說道：「我說大娘，妳家在村子裡頭呢，這可是我妹子的家，妳帶著兩個媳婦來我妹子家撒野，這是欺負我妹子娘家無人吶？」

還不待吳氏說話，明琦就大聲說道：「表哥、表嫂，那一群不要臉的還說要搬進來，要把幾間正房和廂房占了去呢！」

雲錦聽了便有氣。

「我說這也太不要臉了吧？這房子連著地可都是我妹妹買下來的，蓋廂房的錢也是我妹子一個人出的，可不見你們家出過一個銅板，這什麼時候成了你們家的房子了？」

吳氏聽了就扭頭去看孫氏和于氏。

于氏因為方才躲了，怕婆母記恨，便朝著喬明瑾苦口婆心地勸道：「三嫂，這都是一家人，我們也是看妳一個人帶著孩子太辛苦了，沒個人搭把手；若大家住在一起，也好有個照應，以後有粥就喝粥，沒粥大夥就一起吃野菜，日子總比妳一個人好過不是？」

孫氏不甘心于氏在吳氏面前得了好，也揚聲說道：「是啊，瑾娘，大家住一起也好有個照應，今天我們先把房間收拾一下，明天就能搬過來了……」

「收拾什麼？要搬哪裡去？」

老岳頭遠遠地在院門口喝了一聲。

眾人瞧見岳仲堯一臉黑青，和老岳頭齊齊走了進來。
「是嫌日子過得太舒坦了是吧？還是嫌我岳家窮，不能讓妳們過上好日子了？若真是嫌棄，明天就叫妳們娘家來把妳們都領了回去！」
「你說什麼胡話？我給你岳家生了五個孩子，兒子都生了三個，孫子都有了，你倒是要把我趕回娘家去了！」
老岳頭不理她，只是冷眼掃向孫氏和于氏。
這兩個攪家精，當初怎麼瞧著她們是個好的，給兒子娶了來？
岳仲堯病才好，今天就隨著老岳頭又去開墾荒地了，一路跑來略有些氣喘。
喘勻後，他方對吳氏說道：「娘，我求您了，不要老是來鬧她們娘倆。兒子是短了娘吃的還是穿的？前些日子不是才給了娘三兩銀子嗎？娘夠花上一段時間了，兒子以後也不會讓娘沒飯吃的。」
吳氏呸了一聲，道：「幾兩銀子夠幹麼？是能起屋子還是能買田、買地、買山頭啊？」
跟著雲錦來的還有幾個作坊裡幫活的婦人，聽了便道：「呦，大娘如今都不把三兩銀子放在眼裡了，我家可還沒個一兩銀呢。」
又有人附和道：「是呢，那三兩銀足夠養妳三個孫子，再養這兩個懶婦了，一年是足的，妳莫不是想拿妳兒子當牛馬使喚？」
「早聽說妳三兒子和三兒媳簽了別居析產書了，這一年來都不管兒媳、孫女，這會兒倒是要搬到一起照應了？當初人家娘倆沒飯吃的時候，怎麼不見妳們給人端一碗粥來？」
吳氏聽著恨不得撲上去跟人打一頓，老岳頭則是一臉羞愧。
「都跟我回家去！若是不想過日子了，等會兒就收拾了東西回妳們娘家去！」
而那邊，岳小滿和岳二、岳四也被人找了來，齊齊相勸。
岳小滿對這個娘是越來越感無力。
「娘，您是不是不想女兒嫁人了？」
岳小滿拉著吳氏擰眉問道。
吳氏看了岳小滿一眼，心裡一激靈。女兒雖說下了訂，聘禮也收了，但可不能因為家裡的事影響了女兒的婚事，到時女婿要是退了婚，她家女兒還能嫁給誰？她遂憤憤地瞧了一眼喬明瑾。
哼，這事沒完！我不知道就罷了，知道了，還能讓到嘴的鴨子飛了？
她叫過兒子、媳婦出了院子。
老岳頭待吳氏他們走後，才對喬明瑾說道：「瑾娘，莫擔心，有爹在，妳娘不敢來鬧……」
他還想再說一些什麼，可是又覺得這樣的話似乎有些無力，連他也不敢再保證什麼，便嘆了口氣，背著手出去了。
何氏、夏氏、秀姊則留下來寬慰喬明瑾。

岳仲堯想留下來，但瞧著妻子連個正眼都不給他，女兒也嚇得窩在妻子的懷裡，他的臉色一陣黯然，見人多著，也不好說話，只好待晚些時候再來。

他只對喬明瑾說道：「瑾娘，妳莫要擔心，有我在，我娘不敢再來了；這院子她們也不會搬來住的，妳且放寬心。」

見喬明瑾沒有應話，他只得臉色黯然地轉身出門。

他得回去問問他娘這究竟是怎麼一回事？她怎麼會忽然想搬過來和瑾娘一起住了？

次日，天剛濛濛亮，雲錦起身要去作坊的時候，喬明瑾把他拉住，遞給他一張折好的契紙。

「表哥，把這個拿到衙門上檔。」

雲錦看了喬明瑾一眼，打開來看。

「妹妹，咱有這個在手也沒用嗎？」

喬明瑾搖頭。

「也不是沒用，上面有我們雙方的簽名，又有中間人，衙門是認的；只是為防萬一，這個還是要到衙門上檔更穩妥一些。」

昨天吳氏說是要上告她不孝，不奉養公婆，這張契紙將來衙門認不認還很難說；岳家那位從村裡科舉出仕，又在京中坐上高位的族人，沒準兒縣官會賣他一個薄面。

她倒是沒什麼怕的，鬧到最後，不過打一頓板子送還本宗，但琬兒她卻帶不出來。

雲錦看她一臉鄭重，也覺得應該多準備一手。

那吳氏絕對是個蠻橫不講理的，將來鬧起來，她根本什麼都不怕，可瑾娘這邊不僅要脫層皮，名聲也壞盡了，將來或許真的要老死娘家。

「妹妹放心，我這就去套車，馬上就去衙門把這事辦了。」

喬明瑾點頭。

待雲錦走後，何氏也去了作坊，喬明瑾正準備讓明琦去把岳仲堯請來的時候，岳仲堯自己就上門來了。

琬兒嘟著嘴控訴。「我不想奶奶住進來！也不要東根住進來！」

她哼了一聲就牽著明琦的手進了廂房，明琦也不正眼看他，姨甥倆進了廂房就從裡面把門拴上。

岳仲堯訕訕地摸了摸鼻子，轉頭對著喬明瑾。「瑾娘……」

喬明瑾看了他一眼，轉身進了另一間廂房。

「坐吧。」

岳仲堯看了她一眼，在她對面坐了下來。

「瑾娘，我問過了，娘說是有個婆子來找她，跟她說妳在娘家買了田地、買了山頭的事，還說那邊每天都要送好幾大籮筐的雞蛋到城裡……她是聽了別人這麼說，才想到要搬過來的……她、她也是苦日子過得太久了……」
岳仲堯越說到最後，越覺得說不下去。
他不能為他娘的行為開脫，可她畢竟是他娘，岳仲堯在心裡嘆了一口氣。
他娘不是想著要過好日子，而是見到瑾娘過上好日子，她心裡不甘吧？
他會讓他娘過上好日子，但不是來搶瑾娘的，瑾娘有的，都是瑾娘自己的。
「瑾娘，我爹勸過她了，說這院子是妳的，不是我們岳家的，她不會搬過來。」
「她就是現在不搬過來，你能保證她以後不想著搬過來嗎？保證她以後不來鬧了？」
岳仲堯張了張嘴，他、他保證不了……
喬明瑾看了他一眼，有一些失望。
這個男人，不能說他不好，只是總覺得少了些什麼。
「你娘現在只不過是顧忌著小滿在待嫁，怕傳出不好的名聲影響了小滿，大概小滿出嫁後，她就沒什麼顧忌了。當初我們是簽好契紙的，我們分居之後，我置的產業全都是我自己的，和你不相干，你不會忘了吧？」
「沒忘，我沒忘。妳置的產業當然都是妳的，跟我們岳家沒有任何關係。瑾娘妳放心，有我在，誰都搶不走妳的東西。」
喬明瑾定定地看著他，這男人身形高大，又常年勞碌，身材精壯，劍眉星眼，面相很忠厚，瞧著是個能給人安全依賴之感的人，是個可以依靠的。

只是……

喬明瑾嘆了一口氣，緩緩道：「你娘的事，你去處理吧！別讓她再上門來了，有事你直接過來跟我說。」

她又定定地看向他，道：「前兩日，周府的人來了……」

岳仲堯緊張地坐直了身子，兩手在大腿上搓了搓，緊緊地攥著衣裳。

喬明瑾掃了他一眼，暗自長嘆一聲，才道：「我從沒有想過要嫁進大門大戶，一輩子拘在四方井裡面不得自由。你也知道我是為了什麼才搬出來，周府並不是我的歸宿。只是你娘容不下我，我又有感於周六爺待我一片赤誠，想著若跟他去了外地，天高地闊，自也有一番天地；只是既然他們家容不下我這樣的身分，我也不上趕著去討嫌……」

岳仲堯的心宛若刀絞。

他的瑾娘，這麼好的瑾娘……

周府來的人定是奚落了瑾娘一番，可恨他竟然不在場。

他最恨的還是他自己吧，他是個混蛋，讓自己的娘子受這樣的奚落和污辱。

「瑾娘……」

喬明瑾朝他擺了擺手。

「我想過了，這輩子我已經無意嫁人了，守寡的人多的是，不缺我一個。我總歸還有一個女兒傍身，娘家也是好的，兄弟姊妹和睦，將來總有我的容身之處，這一身皮囊，到底會有個去處……」

「瑾娘……」妳這是要痛煞我……

「今日我就把話都跟你挑明了，我跟你娘是住不到一塊的；這輩子我也不想再嫁人了，就守著女兒過，所以那份別居析產書你既簽了字，總是認可了。女兒我來養，出嫁時，我會讓她從你岳家出嫁；我可能住在這，也可能回娘家，或可能再擇一處清靜的地方。將來，你娶也好，納也罷，都儘管隨意，我不干涉，我不能因著我想過清靜日子，就讓你絕了後，斷了子嗣。」

岳仲堯眼眶酸脹，視線漸漸模糊。

他定定地看著喬明瑾，拚命搖頭。「瑾娘，我從沒想過要另娶他人，我不是那種貪色的人，就連柳媚娘，我也只是不忍看她孤兒寡母的沒了生計，想著先應著她，將來等她尋到好的，再放了她。在戰場上那四年，我無一日不惦記著妳……」

他吸了吸鼻子，又道：「以後，我也不會再娶別人了，我就守著妳一塊兒過。咱們有了琬兒，有沒有兒子都不要緊，過繼一個或是抱養一個都成。妳不想跟娘一起過，咱就不一塊過，過了年，等分家了，咱就一家三口守著過日子。」

喬明瑾看見岳仲堯哽咽著說了這一番話，心裡也是忍不住泛酸。

可吳氏是什麼人，她看得清清楚楚，不說能不能順利分家，就是分家了，吳氏也能抱著包袱來跟他們一起過。

只是看著岳仲堯如今這樣，有些話她說不出口。

岳仲堯定定地看著她，想要她一個承諾，只是她還給不起。

喬明瑾搖頭。「以後的事誰都說不清楚，明日我想到我娘家住一段時間。咱們先這樣過吧，你想女兒了，我就讓琬兒去看你。」

她話一落，不待岳仲堯有反應便走了出去。

這樣或許是最好的吧？

兩地分居，沒那麼多鬧心事，她也有一個身分，方便行事。她想要的天高地闊，應是可期的吧？

岳仲堯把頭埋在雙掌裡，無聲地淌了一會兒淚，才兩眼通紅地出門去了。

第五十六章

下晌，雲錦回來後，遞給喬明瑾的契紙上蓋著官府的大紅印。

喬明瑾仔細地看了看，這才小心地收了下來。她總算可以安心了。

而下晌的周府，迎來了一位老太太特意請上門來的客人。

「耀祖來了，快進來坐！」

林嬤嬤迎著周耀祖剛走進花廳，周老太太就熱情地招呼。

周耀祖有些受寵若驚。不知為何周府的老太太忽然把他叫進府來，還這麼鄭重其事。往常就是老太太的生辰和府裡幾位老爺、太太的生辰，或是有什麼喜事，他就算做為旁支族人的身分被請進府，下人都是當他不存在的。

他頂多是放下微薄的禮，吃過一頓飯就出去了，連府裡主人的面都沒見上。

他雖是周姓族人，周府這一支又在青川城人丁興旺，富得流油，但他也沒想過要趕著去巴結。

今日倒是奇了，老太太竟然親自下帖子請他上門來。

周耀祖朝上座的周老太太行了禮，老太太連忙對林嬤嬤說道：「快把他扶起來，都是一家人，莫生分了。」

說話的當口，周耀祖已是朝老太太行過了大禮。

周耀祖謝過老太太，在一側坐了下來。

「還不快給耀祖少爺上茶、上點心？一群懶惰的，都該拉去打板子。」

「老太太客氣了，耀祖不渴。」

「這群欺主的奴才，就該不時敲打一番，不然都快爬到主子的頭頂了。」

周耀祖沒有應話，這些話不是他能應的。

他猜不到周老太太的意思，不過年，不過節的，這般鄭重地請了他來，也不知因了何事？

老太太打量了他一番，便與他攀家常，聽他說著他祖父母、爹娘的一些事及旁的一些家事，感慨了幾句。

「怎麼不早些上門？府裡好藥有的是，你這孩子就是客氣。」

她又問了他如今在哪做事，有沒有在讀書，又是如何生活的。

「我如今在青風書院就讀。六爺把我安排在一個鋪子裡做事，賺些束脩。吃喝上，有祖上留的一棟小宅子及幾畝薄地，倒也能過活。」

老太太拍了一下大腿。「你這孩子，既然在書院讀書，就該安心讀書備考，哪有那時間去鋪子裡做事？一會兒我就讓人知會那鋪子的管事結清你的工錢，讓你不要去了，沒得影響你讀書，還委屈了你。」

周耀祖大急。這份鋪子的活計正是他目前需要的，不僅能掙些銀子，他在市井裡還能看到人間百態，對他以後頗有益處；況且他現在訂了親，正該存些銀兩以備成親之用。

「回老太太，小姪在那處鋪子做事並不委屈，反而能學到不少東西，且並不會影響小姪的學業，請老太太放心。」

老太太眼睛轉了一圈，往他臉上看了看，又道：「那哪成啊，我周家的子弟既然讀書上有天賦，就該日夜苦讀，豈能為了賺那兩個工錢費時費神耽誤了學業。林嬤嬤……」

在一側的林嬤嬤連忙應了一聲。

「妳親自往那鋪子走一趟，跟掌櫃的說，耀祖從明天開始不去了，他要在家好生讀書。」

周耀祖一急，起身拉住正欲往外走的林嬤嬤，也顧不上規矩不規矩了。

「老太太，小姪真的需要這份工作，再說這份活計還是六爺幫忙牽線的，小姪不好辜負了六爺的一番好意。」

老太太聽完笑了起來。「你這孩子，原來是怕你六爺怪你。別怕，有我在呢，你六爺不敢說什麼。你在那鋪子一月能得一兩工錢吧？以後我會讓人每月給你送去二兩，供你讀書之用，你正好安心在家讀書。」

周耀祖朝老太太拱了拱手，道：「耀祖謝過老太太的一番好意，小姪並不全是為了那一份工錢。學院裡的先生也說了，讀萬卷書不如行萬里路；耀祖現在不能往外遊學，正好需要這份能閱盡世間百態的活計，若是不能在周府鋪子裡做事，小姪也是要另往他處尋一份活計的。」

周老太太面上微惱。這人實在是讀書讀迂了，這等好事都不想領受，白得的銀子還不要。

林嬤嬤看了看老太太微惱的神色，身子往一旁挪了挪。

老太太本是想以讓他安心讀書為由，再給他尋處房子，讓他在周府的眼皮底下安心讀書，一來可斷了與那喬家的來往，避免六爺透過他再藕斷絲連；二來是一番探查下來，這周耀祖在讀書上確是有幾分天賦，小小年紀已是有秀才功名了，將來沒準兒還能走得更遠，把他籠絡好了，將來就能為自家所用。

林嬤嬤偷偷抬頭看了老太太一眼，只見老太太兩眼一瞇，又緩緩說道：「罷了罷了，我原是一番好意，既然你另有想法，就照你的想法去做吧。」

「謝過老太太。」

老太太看了他一眼，又說道：「我聽說，你如今把你家的宅子租出去了，現在可是有地方住？咱周府還是有好些空院子的，到時你擇一處住進來，也好安心攻讀。」

周耀祖起身朝老太太道謝。「謝過老太太，如今小姪還有地方住，就住那書院旁邊，正好來回方便。」

周老太太咬了咬牙，再笑著說道：「喔？如此也好，住在書院附近，正好讀書方便些。

不過以後休沐或是有閒空了，就過府來玩，我會吩咐下人給你留一間院子以備你隨時來住的。」

周耀祖聽了又連聲道謝。

老太太看了他一眼，舒了口氣，用眼神示意林嬤嬤，林嬤嬤會意，便對周耀祖說道：「耀祖少爺……」

「嬤嬤就叫我的名字吧，我哪裡是什麼少爺。」

「禮不可廢，耀祖少爺雖不是咱周府出來的，但也是周家正正經經的少爺，自然該是這麼叫。」

周耀祖只好隨她去了，他祖父母還在的時候，他們家確實殷實，小時候他還有兩個小廝伺候。

「老奴看耀祖少爺儀表不凡，年紀輕輕就有了功名，真是前程不可限量。」

周耀祖連忙謙虛了兩句。

那林嬤嬤看了老太太一眼，又兀自說道：「可憐少爺年紀輕輕，家裡親人就不在了，想必以後的婚事竟沒個長輩操持，可是苦了耀祖少爺了。我們老太太心善，想著都是一家人，她本想著把耀祖少爺接來家裡住，不過耀祖少爺既然有了妥當的住處，這也便罷了。老太太先前正好替族裡三老太爺家的兩個孫兒相孫媳婦，因此約了青川城裡好些閨秀過幾天來家裡玩，到時且讓老太太也給耀祖少爺好生挑選一個。」

林嬤嬤說完，與周老太太對視了一眼。

周老太太愜意地倚在榻上。

話說到這個分上，聰明的就該認清形勢，若是有那福分讓老太太幫著擇一門親，將來老太太自然會念著他；若真是個上進的，以後周府出錢出力，在仕途上拉他一把，還怕沒有好日子過？

老太太可不想六爺跟那家人再打什麼交道，等過幾個月六爺回來，只怕還有得牽扯。

周耀祖聽了林嬤嬤這一番話，有些詫異。

難道老太太請他來，就是想幫他作媒？

與周府巴結上當然是好的，將來他一個人，若是想走仕途，自然是要有人幫襯，若有周府的財力及京裡那位族叔的人脈，他就能比別人少走些彎路。

族裡多少人想巴結京裡那位坐上高位的族叔，可也只有周府這一支與他來往密切。

若他得了老太太的提攜自然是好的。

只是他已訂過親了，若是對方人不堪，他還能捨了，但他對喬家的二姑娘明瑜很是中意，而未來的岳家雖然只是普通的農戶，但對人忠誠，對他這個未來的女婿也是極好。

現在他和兩個舅子住在一起，處處都由岳家安排妥貼，事事都不須他操心。

他不是那等見異思遷、見利忘義之人，若是如此將來就算授了官，恐也會遭人詬病。

周耀祖思慮清楚之後，起身說道：「謝老太太願意費心為小姪張羅，只是小姪已訂過親了，還是六爺牽的線。未來的岳家對小姪是極好的，小姪對那位姑娘也很是中意，斷不能做出反悔退親之舉。喬家姑娘若是被小姪退了親，將來她的婚事只怕要難了，小姪不能行那等小人行徑，小姪在這多謝老太太費心了。」

這真真是太不識抬舉了！

周老太太咬著牙，對著周耀祖烏黑的腦門，面目猙獰。

一個旁支破落戶竟敢……竟敢拒絕！

林嬷嬷朝老太太看了一眼，連忙打圓場道：「呀，耀祖少爺已是訂過親了？這真真是可惜了。前些日子老太太接了娘家的姪女來玩，林家小姐是容顏正好，氣度又雍容，老太太得了娘家的請託，要在族裡幫著她尋一位可配得上的青年才俊呢！挑來挑去才選中耀祖少爺，這、這真是……」

聰明的，聽了這番話也該知道了。老太太的娘家姪女，家裡雖比不得周家，也是差不了多少，若是選了林家女，得了岳家的錢財支持，又有周家在後面提攜，還怕將來不能榮華富貴嗎？

周耀祖有一剎那的掙扎。

不過也只是一剎那。

這段日子，明瑜就是不來，也會讓人給他捎來自己親手縫製的衣裳鞋襪，一針一線，件件用心。

已經好多年沒人在意、料理他的生活，如今有一個人不顧他的貧窮困頓，願意跟隨著他，他還有什麼不滿足的？

「小姪多謝老太太費心，小姪無以為報，若是將來有能力了，一定報答老太太的費心操持；只是小姪已向對方下過聘，婚期也大致定了，小姪只能抱憾了。今後但凡老太太有任何差遣，小姪一定不敢辭。」

老太太看他果真一副油鹽不進的樣子，瞇了瞇眼，良久才道：「罷了罷了，我算是白白操心一番。」

林嬤嬤忙道：「真是可惜了，若不是耀祖少爺，我們老太太還捨不得她娘家姪女呢。」

周耀祖聽了連忙作揖。

老太太這會兒已沒有心思跟他閒扯了，不鹹不淡說了幾句，就打發他出去。

周耀祖出了周府大門，回頭看了看，重重舒了一口氣。

花廳裡，老太太砸了一個杯子，正倚在榻上生悶氣。

「老太太，要不要讓人……」

周老太太疲憊地擺了擺手。「且隨他去！不識抬舉，我看他沒了我周家的扶持，能走到什麼地步。當寒門學子有那麼好出頭的？不知天高地厚！過幾年他就該後悔了，這年頭，恩義能抵什麼用？」

「那六爺那……」
「有我在，他們喬家還翻不出什麼花樣來。磨墨，我給京裡再寫一封信。」
「是。」
喬明瑾收拾了東西往雲家村去的時候，岳仲堯親自來送。
喬明瑾見勸之不動，只好隨他，便叫雲錦留了下來。
現在周晏卿不在作坊，她又外出，該有人坐鎮，有些事尚須人拿主意。
因為這一趟估計要在娘家住很長一段時間，喬明瑾收拾了大包小包，直往馬車上搬。
倉庫裡除了五穀，吃的喝的、布料尺頭盡數往車上放。
秀姊、何氏、夏氏等人都前來相送，喬明瑾也一一分送了幾人一些吃食布料。
見岳小滿尾隨岳仲堯而來，喬明瑾想了想，從車廂裡拿了一疋紅色的布料送她。
岳小滿臉上愧疚更深，推辭不受。
喬明瑾想著岳小滿出嫁的時候，她還在不在下河村還是兩說，只怕她嫁人之後，要再見一面更是難了。
再說喬明瑾對她向來沒什麼惡感，遂又把那疋紅色的布料遞到她手裡。
「三嫂……」
「拿著吧。妳出嫁的時候，或許我不會回來了，這疋布就給妳做衣裳穿。」

「三嫂已添了箱，這布就留給琬兒做衣裳吧。」

喬明瑾又推回給她。

「她這兩年長得快，衣服壞得快，不必用這麼好的料子，妳且收著吧。」秀姊等人都勸她收下。「這是妳嫂子的一片心意，不管怎麼說，都是姑嫂一場，留著以後也有個念想，妳就收著吧，將來凡事也多念著妳這個嫂子。」

岳小滿哽咽著點頭，伸出手把那疋錦緞接了過來，小心地捧在懷裡。一滴淚落在布料上，很快地暈開，她急忙用手去拭，又連眨了好幾下眼睛。

喬明瑾見此也不由心酸，在心裡暗自嘆息，不再看她，與秀姊等人話別，上了馬車。

因為岳仲堯在外頭趕著車，琬兒總是坐不住，左扭右扭，頻頻掀著車廂前面的簾子去看她爹，喬明瑾就隨了她去。

倒是明琦連瞪她數眼，到底沒能制止小丫頭的行動，索性閉上眼睛，來個眼不見為淨，倒教喬明瑾見了狠笑了一番。

最後小東西還覺得不夠，直接窩進岳仲堯懷裡跟著他駕車。

喬明瑾聽著父女兩人在外頭嘻嘻哈哈的說話聲，會心一笑。

女兒的性情開朗樂觀，她現在是真正能放下心來。在她和岳仲堯這般的情形之下，她還真擔心女兒的性情會有變化，膽小怯懦、畏畏縮縮，或是性情狹隘，又或是目光短淺，瞧不得別人有個建全的家庭，心生怨懟……這都不是她樂見的。

即便女兒跟著她生活，她也希望女兒的心性建全，更希望岳仲堯能對這個女兒好，將來女兒出嫁了，他能多護著這個女兒幾分。

喬明瑾靠在車壁上，一陣恍惚。說來，她是一個害怕改變的人吧？

有時候就想縮在她堅硬的殼裡，沒有風吹，不遭雨淋……

下河村離雲家村並不算太遠，走路也就半天的工夫，有了馬車就更快了。

有時候明琦騎著馬，一個上午就能來回，還能在兩家各吃上一頓飯，歇個半晌。

喬母不在家，只有藍氏、明瑜和喬父迎了出來。

岳仲堯把馬穩住後，就和眾人一起搬東西進去。

現在喬家的日子也慢慢好過了，本來喬明瑾是想請人來重新蓋個大院子，只是藍氏無論如何都不肯，最後他們只把房頂拆了，換了個瓦當鋪就的屋頂。

又因著家裡鎮日有人，連圍牆都沒推倒重修，不過有加蓋了兩間廂房，以備喬明瑾回娘家時，好有一個獨立的住處。

院子裡，喬父正低聲交代幾個學童，說是今日家裡有事，請他們明日再來。

十來個孩童便齊齊朝喬父拱手施禮，快手快腳地收了書本筆墨，準備各回各家。

琬兒和他們年紀相仿，見那群來外公家讀書的孩子中還有三、兩個女童，很是驚喜，於是眨著眼睛打量她們。

喬明瑾見了，揚著嘴笑了笑，又吩咐明琦從一堆行李中找出包著點心炒貨糖果的油紙包，打開來，抓給孩童們吃。

琬兒見一個女童把一把糖果瓜子小心地裝進胸前的兜裡，不像其他孩子那樣把糖衣剝了急急投進嘴裡，便問道：「妳怎麼不吃？」

那女童看著比琬兒大兩、三歲，她盯著琬兒的臉看了看，便垂著頭說道：「我想帶回去給奶奶吃。」

琬兒睫毛閃了兩下，轉身從明琦手上抓過還剩小半包的糖果，塞在她手裡。

「給妳，妳叫什麼名字？明天也來我外公家讀書嗎？」

「我叫萍。明天會來，到時我來找妳玩，再把我奶奶曬的薯乾拿來給妳吃。」

琬兒歡快地直點頭，這回離了長河、柳枝等人，還是有人陪她一起玩。

喬明瑾笑著看了一會兒，就攙著藍氏到院中坐下。

藍氏對岳仲堯並沒什麼好臉色，不看他，也不與他搭話。

倒是喬父拉著他問了好幾句，又叫明瑜去喊喬母回來。

岳仲堯知道他娘的作為傷了岳父一家人的心，自己不受人待見，也是應該的，於是他很有眼色，在喬家忙上忙下，什麼活兒都幹。

喬家原本雖有三個男人，但喬父自來就是個體弱的，秋闈跑去應試，半途都能讓人從裡面抬出來，明珩又還小，家裡只有明玨算得上是一個勞力。

而自從兄弟倆去了劉家又到城裡進學之後，這家裡的劈柴挑水等活計，除了喬母，也就是雲家兩個舅舅會三不五時來幫一下忙。

只是原本岳仲堯來喬家，還有劈柴的活兒能做，但這會兒，喬家連劈柴的活兒都被家裡的長工們做了，他便閒了下來，袖著手連轉了幾圈，也不見他能做些什麼。

他是真的不想閒下來啊！一閒下來，他搞不好就要挨訓，他不知該如何面對岳父和藍氏等人。

岳父、岳母把瑾娘交到他手裡，可是千萬般叮嚀囑咐，生怕瑾娘在他家受委屈了，他當初也是信誓旦旦保證過的……

藍氏見喬明瑾大包小包搬回來，不像往常那樣，想必孫女這回是要長住了。

如此也好，反正她家現在日子好過了，又不是養不活孫女，若有人嚼舌，她怕過誰？

「瑾娘，這回可是能多住幾天？」

喬明瑾拉著藍氏的手點頭。「是呢祖母，這回瑾娘就陪祖母多待一段時間，您可不能趕我。」

「壞丫頭，祖母巴不得妳日夜長駐祖母身邊，如何會趕妳？」

她笑著拍了拍喬明瑾的手，又用手摸了摸孫女的臉，眼光萬般溫柔。

還好，孫女面上瞧著並不像受委屈的樣子。

藍氏心裡鬆了鬆，轉頭看向岳仲堯，哼道：「你怎麼還不走？可也要留下來？」

岳仲堯一臉窘迫，直著身子站在那裡，不知如何是好，走也不是留也不是。

「祖母……孫女婿這才來，水都沒喝上一口……」

藍氏扭過脖子又哼了一聲。「哪個是孫女婿？管他喝不喝得上茶水。」

喬父看了岳仲堯一眼，正待把他領去堂屋裡，卻見岳仲堯直走兩步，跪在藍氏的面前。

「祖母，都是仲堯不好，讓娘子受了委屈，今後仲堯一定好好待瑾娘，一心一意待她們母女，再不讓瑾娘傷心了。」

藍氏和喬父被岳仲堯這一跪嚇了一跳。待回過神來，他一番話已是說完了。

藍氏聽完又哼道：「只嘴上會說好話有什麼用！你許的諾也不是一次、兩次了，一年多了，全不見你有什麼作為，我辛苦嬌養大的孫女，就該一次次受你娘的折磨？你不在的那四年也就算了，你都回來了，還見不到瑾娘吃的苦？就你這身分，哪裡配得上我的瑾娘！」

岳仲堯又膝行了一步，對藍氏說道：「祖母放心吧，仲堯再不會那樣軟弱，讓瑾娘吃苦了。爹已經說過了，等十一月我家小妹出嫁後，大家在一起過個年，年後就請族長主持分家。以後我就守著瑾娘好好過日子，再不讓她傷心難過。」

喬父和藍氏對視了一眼，喬父便道：「你爹真是這麼說的？」

岳仲堯對著這個願意把瑾娘嫁給他的岳父還是萬分感激，對著他的問話連連點頭。

喬父拈了拈下巴上的鬍鬚，沈吟不語。

這般也好，離了那一家子，或許瑾娘便能得清靜了。

藍氏倒是不以為然。

有這麼一個上竄下跳的娘，即便分家了，她孫女也不得清靜日子過。

她這一輩子還有什麼看不清的？除非分了家就遠遠地離了那一大家子，另擇地方過活，不然湊在一起，就岳仲堯這個性子，又不是那等狠心之人，他娘哭一哭、求一求，便什麼都不濟了。

他這性子離了他娘卻是真漢子一個，在他娘身邊卻受牽制，又是另一般模樣。

瑾娘又是性子清冷的，並不耐煩與人阿諛奉承、討好巴結，日後只怕還有苦頭吃。

只是她已吃了一輩子的苦，她不願孫女像她一樣清冷地過一輩子。她當初還有個兒子傍身，瑾娘身邊就一個琬兒，琬兒十年後總是要出嫁的，到時父母年邁，哪怕兄弟姊妹再親近都各有各的小家，照顧也有限，瑾娘可能會孤苦一人。

她的瑾娘……她自小捧在掌心裡養大的瑾娘，怎麼竟是這般不順？

藍氏只覺得眼睛泛酸，再不願搭理岳仲堯。

岳仲堯見藍氏面上難過，也知她向來就偏疼瑾娘，便又說道：「我雖辭了衙門的差事，但有一身力氣，不管是地裡做活還是出外做事，總能賺到銀兩養活她們母女的。上次我接了一樁活計，幫人押貨，來往不到一個月，就拿回十兩銀，那主家還算看重我，前兩日又請了我去。這回我送瑾娘回岳父家，下晌便要往城裡去，這一去，大概要半月、一月才能回來。以後我不在，就讓瑾娘回岳父家住著，待得我回來，再來接瑾娘母女回家去，瑾娘不在，我娘也鬧不起來。」

喬父聞言看向他。「你衙門的差事都不要，回了鄉，這又要往外尋活計？」

藍氏也哼道：「瑾娘提心弔膽過了四年，這又要讓她揪著心過一輩子嗎？若你是這麼打算的，趁早寫了和離書來，我也好叫瑾娘再尋一家安穩過日子的人家！」

岳仲堯心下生痛，急忙回道：「我並不是這般打算，只是覺得這樣來錢快。我尚有兩分手腳功夫，人家又正需要我，待分了家，我總要給瑾娘和琬兒攢些錢財。以前得的月錢我都交與我爹娘養家了，這往後，我也該為瑾娘和琬兒多做些打算，待攢上一筆銀錢，再多買上幾畝良田，也好和她們母女過幾年安穩日子。」

藍氏不置可否。喬父倒是有幾分欣慰。女兒已嫁人了，還待怎樣？

他自小讀書，骨子裡是個極傳統的人，自認女人就該從一而終，哪怕夫死，也該為夫守節；若有子，就該為子守節了，哪裡能捨了自己孩子擇人再嫁？

喬父往藍氏那邊望了一眼，連忙拉了岳仲堯起身，翁婿相攜著往堂屋裡敘話去了。

待喬母回來，一家人自是親親熱熱地敘了一番別情，又親親熱熱地圍坐一處吃了一頓午飯。

飯後，喬父幫著岳仲堯在村裡尋了一輛順風的牛車，搭了車往青川城裡去。

岳仲堯遠遠望著瑾娘站在院子裡，正朝他望來，風吹起她臉頰邊的幾根頭髮，零亂飛舞，一如初嫁時……

第五十七章

在喬家的日子過得飛快。

姊妹三個圍坐一處做著針線，藍氏不時教導一二，喬父則搬了藤條椅坐在院中看書，旁邊放著一壺清茶，煙霧裊裊。

待晚上喬明瑾哄得女兒入睡後，藍氏便把她叫到了自己房裡。

喬明瑾掀起被子躺在藍氏身邊，與她小聲說話。

「瑾娘，妳是如何打算的？今天聽了仲堯那一番話，祖母瞧著他是個真心想過日子的，雖然他有個難纏的娘，但誰家沒幾樁糟心事？不說大戶人家後院爾虞我詐，就是莊戶人家裡也是雞飛狗跳。過日子，哪裡都清靜不了，家家都有這樣那樣頭疼的事。」

喬明瑾偎在藍氏肩頭點著頭。「祖母，我懂。」

藍氏摸了摸喬明瑾的頭髮，又緩緩說道：「妳自小就是個讓人省心的，又乖巧又聽話，教什麼都學得快，學什麼都極為認真。祖母從來就偏疼妳，最是希望妳能過上安穩平靜的日子。」

「祖母……」

藍氏在她頭上輕拍了拍，道：「當初，我原不想把妳嫁到岳家，但妳爹說那家子雖然不是大富大貴的人家，但妳嫁的男人不是頭生子，也不是么兒，將來分家了，日子會好過不少；哪料竟讓妳吃了這幾年的苦……不過現在既然仲堯說了會分家，我們瑾娘要的安穩日子也不遠了。」

喬明瑾在藍氏的肩頭蹭了蹭。

她又聽藍氏說道：「祖母大抵知道妳的一些想法，只是和離了，不說將來能不能尋到一戶好的，就是妳二嫁的身分，婆家就定是瞧不起的。若是那男人前面有留子女，這後母妳就難當好，左右都不是；若是有心人在他耳邊說一些歪話，他總會疑心妳對前妻留下的孩子不好，再好的夫妻、再好的感情都能給磨滅了。」

喬明瑾想了想，便開口說道：「祖母，我不想再嫁人了，現在這樣就挺好的，兩人分開著過，我有一個身分在，哪怕要在外面行走，開鋪子置產，都沒人會說什麼。等過一段時間後，我想搬去城裡住，到時再把作坊搬到城裡，也省了來回運椅子的路程。」

藍氏點頭。「這倒也是。只是城裡地價並不便宜，請的人工也不便宜，要建那麼大的作坊哪裡是簡單的事？」

她又道：「生意上的事祖母不懂，只是妳說的這個別居析產的事，聽妳這麼說，將來妳是想守著琬兒過了？可妳想過沒有，琬兒總要出嫁的，到時候，沒準兒祖母不在了，妳爹娘也老了，明瑜、明珏幾個雖是好的，但他們都各有各的家庭，妳一個人孤苦，這不是剜祖母的心嗎？」

「那等琬兒出嫁了，孫女再抱養一個兒子。」

「胡說，抱養的如何能與自己親生的相比？」

藍氏看喬明瑾一臉的不以為然，再說道：「祖母不是說抱養的就一定養不好，只是就算他待妳再好，又哪裡及得上老來夫妻相伴的情意？」

喬明瑾聽完，側著身子對藍氏說道：「像祖母這樣也不錯啊，雖然祖父不在了，可是爹什麼都聽祖母的，娘待祖母也猶如親娘，我們一家子和和樂樂的，不是很好？」

藍氏深深地看了喬明瑾一眼，在黑夜裡長長地嘆了一口氣，把喬明瑾攬在懷裡，緩緩地道：「祖母這一輩子什麼沒見過？妳爹雖孝順聽話，妳娘也是極孝順的，妳姊妹兄弟幾個也都養得好；但有時候祖母想想前塵往事，總想著或許還有另外的路可以走。」

黑夜裡，藍氏頓了好久。

「當初如果祖母能硬起心腸，可能就不會像現在這般，妳爹不用小小年紀就跟著祖母在外吃苦受罪，他本該是錦衣玉食，使奴喚婢地過著快樂無憂的生活。他自小讀書上最有天賦，若是還在本家，現在沒準兒已是有了自己的抱負，不用像現在這樣，窩在這處小小的山村裡。」

喬明瑾從來就知道她這祖母和父親是有來頭的，現在聽了祖母的這一番話，她更是確定了。

小時候，她祖母處處講究，就是家裡再窮，仍舊碗是碗、碟是碟，茶杯是茶杯，就連筷子都分公筷和自用筷，還有筷架；飯前必要洗手，且家裡如何緊張難過，都是每人用每人的水，每人有每人擦手的帕子。

她祖母識文斷字，端莊優雅，就算給爹聘了娘，聽說前些年也是極少往村裡串門子，去外祖家走動的。

不說瞧不上吧，就是覺得聘了娘是委屈了爹。

聽娘說，她剛嫁過來那幾年，戰戰兢兢的，哪怕做得再好，祖母都不曾誇耀過一句。

就連入門有喜，十個月後生下了喬明瑾，也不讓娘來養，除了抱去給娘餵奶之外，就是換尿布都是祖母親力親為，而她也是從小就與祖母同吃同睡的。

後來的明珏、明瑜、明琦、明珩，全都是祖母親自教養的。

或許過去對於祖母來說，總是個傷疤。

她不說，喬明瑾等人就不問。連喬母也只知自家男人與平常莊戶人家不同。

今夜，喬明瑾見藍氏有打開心扉的意思，便開口道：「祖母……」

藍氏瞧了她一眼，拂了拂散在她臉上的亂髮，柔聲道：「睡吧。」

喬明瑾眨了兩下眼睛，窩在藍氏的身邊，不一會兒，真的睡了過去。

夜裡，只有藍氏長長的嘆息聲……

喬明瑾在雲家村的日子過得飛快。在喬家，她真正過上了平靜安寧的日子。

白天，她就和祖母及兩個妹妹在一起做針線，祖母一邊給明瑜做著大幅的陪嫁繡品，一邊指導她們幾句。

早起了，她會和喬母到田地裡走上一圈，再攜了喬母到她買的那處山頭走上一走。

琬兒和雲巒都特別喜歡去那個矮坡上撿雞蛋，每天喬母一動身，兩個孩子就顛顛地跟在喬母的屁股後面。

喬母也很是喜歡帶著他們。

許是自己生的幾個孩子從小都不在身邊教養的緣故，他們跟她雖親近，但不黏她；現在琬兒這麼黏她，喬母覺得異常滿足，琬兒要往那天上摘星，若是有那登天的梯子，她都要往上爬上一爬。

那座山，喬明瑾隨著喬母去了兩次，經過喬明瑾的一番規劃，已很是有了一番模樣，山上除了留下一些半大的樹之外，其餘的灌木都被她找人挖了出來，又把坑都填平了。

山頭經過一番整理，再不是亂石一堆的模樣，依著山勢劃了幾塊，種了果樹、竹子，以及一些耐旱的作物，其餘的都圈起來養雞了。

如今因為周晏卿幫著銷售雞蛋，喬母又和雲家商量，多養了兩、三百隻小雞。

喬明瑾看著手邊籃子裡滿滿的雞蛋，再看蹲在她前面，撿得正歡的女兒和小雲巒，一臉笑意。

偶爾像這樣陪喬母出來撿雞蛋，給雞餵食，或是偶爾到外祖母和兩個舅舅那邊坐一坐，有時候又到秀姊的娘家看一看，跟兩個老人聊聊天，一天也就過去了。
或者等喬父下了學，與喬父歪躺在院裡，說一些閒話，也是愜意悠閒得很。
吃晚飯的時候，他們偶爾會請了舅舅家的人來同吃，或是被舅舅家請去吃。
晚上再陪著藍氏說些話，聽她嘮叨幾句。
日子過得甚是美好。
如此，又過了七、八天。
天漸漸涼了，喬明瑾和藍氏在商量著要給明玨和明珩做兩身秋衣穿。
正好喬明瑾搬回來好些布料，藍氏便帶著三姊妹動手給一家人裁衣。
午時，一家人聽到馬車聲由遠至近駛來。
喬家不像喬明瑾的院子，還只是矮牆連著一段籬笆，馬車的聲響聽著很是清楚。
那時琬兒和雲巒也在家，兩人扭過頭相互看了一眼，興沖沖地往門口跑去。
「是我爹回來了！」
「不是，是我爹！」
兩個孩子相互扯著對方衣襬，踉踉蹌蹌地往門外跑，都想跑第一。
喬明瑾幾個見了都是忍不住笑。
只是喬明瑾知道不會是岳仲堯，也不在意，又去裁手裡的布。
「你們找誰？」小雲巒奶聲奶氣的聲音。

喬明瑾聽著愣了愣。

她又聽琬兒問道：「你們從哪裡來？要找誰？」

喬父一聽，直起身子來，這來的似乎不是自家女婿和大舅哥家的大小子。

「你們是不是姓喬？」有男人的聲音問道。

喬明瑾彷彿都能看到自家女兒和小雲巒搖頭的樣子。

而院外，那兩個男人，一見兩個孩子搖頭，都是愣了愣。

這不是雲家村？方才村口那老漢不是指向這裡？難道他們要找的人不住這裡？

兩人齊齊對視了一眼，正想要不要再到別處打聽，就聽見院裡有腳步聲，兩人腳下便頓了頓。

喬父走到門口，他們覺得喬父有些面熟，直盯著他看。

喬父見了那中年男子也是愣了愣。

「您……是不是景昆少爺？」

喬父耳朵嗡嗡響。

有多少年沒聽到別人叫他的名字了？

「你是……」喬父有些呆呆的。

那中年男子一聽喬父這般應話，便知自己是找對人了，他上前兩步，拉住喬父的手激動道：「大少爺，我是伺墨啊！從小在您身邊伺候的伺墨啊！少爺，您還記不記得小的了？小時候少爺要讀書磨墨，都是小的在書房伺候的啊……少爺，小的是伺墨啊……」

那叫伺墨的中年男人拉著喬父的手就跪了下來，眼淚鼻涕橫流。

旁邊的青年男子見狀也錯了兩步跪下來。

中年男子拉著喬父的手不放。

少爺的手滿是繭，手上粗糙得很，身上穿的都只是一般的料子，還不如他身上的料子好……

他的少爺，這些年吃了多少苦啊！

叫伺墨的中年男子俯在喬父的面前，嗚嗚咽咽哭得極為傷心。

都怪他不好，當年他睡得太沈了，少爺跟著夫人走了他都不知道，直到次日中午才發現少爺不見了……

藍氏被喬明瑾等人扶著走出院門，看見俯在喬父腳邊哭得身子打顫的中年男子，心頭也是萬般滋味。

「是伺墨啊？怎麼找到這裡來了？」

叫伺墨的中年男子直起身子，淚眼模糊往藍氏那邊看去，待看清了人，又哭了起來，急忙膝行兩步跪倒在藍氏身前，再說不出一句話。

一行人攙的攙、扶的扶，相攜進了院子。

那伺墨和那小廝見了院中的籬笆牆，腳下的泥地，心中更是止不住泛酸。

他們府中不說那錦衣玉食的主子，就是底下的管事，哪怕家下的奴僕，哪一個住這樣的院子？那分給下僕和粗使婆子住的院子，也是青石板鋪路，黛瓦高牆。

侍得眾人在堂屋坐定，伺墨又跪倒在藍氏和喬父的面前，嗚咽地哭開了，嘴裡直嚷嚷少爺和夫人吃了大苦頭。

藍氏並沒有勸阻他，由得他哭了一場，待他在椅子上坐定，這才讓明琦給他上了茶。

「這如何能讓小姐給奴才奉茶，折煞奴才了。」

他手忙腳亂地把茶水接了過來，打量了明琦一番，笑著問道：「這是少爺最小的女兒吧？」

喬父朝他點了點頭，又指了喬明瑾和明瑜給他見了。

伺墨和那小廝連忙上前見禮，起身時還朝喬明瑾笑了笑，他們又見過琬兒，還給琬兒和小雲巒各送了兩對銀錁子。

兩個小的朝他們道謝，便湊著頭把那銀錁子攤在手裡反覆觀看。

喬父在伺墨身上打量了一番，笑道：「伺墨如今是府中管事了？」

中年男子臉上有些微窘。

他當年是大少爺的貼身小廝，少爺離開的時候，他沒有隨侍在側，讓少爺在外頭吃盡了苦頭，他倒好，安安穩穩地在府中升任管事了。

「大少爺，您打奴才一頓吧，都怪奴才不好，若不是奴才貪睡，當初也不會讓少爺這麼走了。」

喬父搖了搖頭，道：「當初是我在你的茶水裡加了東西，我本就不欲帶著你。」

伺墨眼底有一絲了然。

當年他就睡在少爺房裡的腳榻上，少爺夜裡起身都是他服侍的，不可能那天少爺離開，又是更衣，又是收拾東西，又是開門，他全都無知無覺。

「少爺……」

喬父衝他擺了擺手。

「你如今在哪裡當差？此番前來，是何人讓你來的？又是怎麼尋到此處的？」

伺墨連忙起身回道：「回夫人、少爺，小的自夫人和少爺走後，就被派到莊子上去了。夫人院裡伺候的，也都賣的賣、攆的攆，有一些府裡有人的，倒是沒被賣，只是都被送去各莊上了。奴才在鄰縣的莊裡待了好幾年，後來跟夫人院裡的香秀成了親，生了一兒一女……」

藍氏和喬父聽了一陣唏噓。

他們當年那樣離家，就知道府中必有人會拿他們院裡的人下手。

伺墨說著便拉過一直默不作聲站在身後的年輕男子，道：「這是小兒，叫有福。」

叫有福的年輕小廝上前一步，跪在喬父和藍氏面前，結結實實磕了三個響頭。「有福見過夫人、少爺。」

「起來吧，這鄉下不興這麼多禮，跟你爹走這一路辛苦你了。」

「夫人折煞小子了。自從夫人和少爺離家後，父親日日夜夜自責內疚，寢食難安，也私下找了夫人和少爺好些年，一直都杳無音信；父親說若這輩子尋不到少爺和夫人，只怕他連死都無法瞑目。」

伺墨聽完側了側身子，用袖子在眼角上拭了又拭。

藍氏往伺墨那看了一眼，又看了有福一眼，笑道：「你倒是個口齒伶俐的，比你父親強。」對還在抹眼淚的伺墨道：「府中人是如何叫你的？這伺墨雖叫起來好聽，但如今叫起來卻不合適了。」

喬明瑾聽了，也抿著嘴笑了笑。

年輕時叫伺墨沒什麼不妥當，可都這般年紀了，又升任了管事，再叫伺墨就有些怪異了。

伺墨聽了便急忙說道：「伺墨永遠是夫人和少爺的伺墨。少爺買下小的時候，就取了這個名字，小的一輩子都叫伺墨。」

有福看了他爹一眼，又見藍氏正朝他笑咪咪地望來，便說道：「父親在臨來前被提為外府的二管事，他們都稱爹為丁二管事。」

藍氏便笑道：「那便叫丁管事吧。」

丁二管事忙道：「不敢不敢，我就只是少爺的小廝而已。小的在家也是排行為二，夫人和少爺要是不嫌棄，便叫小的丁二吧。」

藍氏點頭。「你把方才的話說完吧，你說你娶了香秀？」

丁二點頭。「回夫人，是的。小的當年自夫人和少爺離府後，就被打發到隔縣的莊子上去了，後來香秀也被打發到那個莊子；過了幾年，小的就娶了她一起過日子，我一家四口就一直在莊子裡。直到府裡要招小廝，小的這個兒子被管事的看中了，招了回府裡。後來老爺去後，族裡的幾位叔老爺一致決定要尋回夫人和少爺，便透過小兒找到了小的。今年剛過了年，府裡就打發我兩人出來尋少爺和夫人了。」

「你說……府裡的老爺……去了？」喬父面上複雜，傾身過去問道。

丁二看了藍氏一眼，便回道：「去年夏天走的。」

見藍氏面上複雜難辨，少爺臉上也是一臉的哀色，他又說道：「老爺在夫人和少爺走後，一直在派人尋你們，尋了好些年……老爺去世的時候，還交代幾位少爺要把大少爺和夫人尋回來……後來老爺去後，府裡鬧哄哄的不成個樣子，族裡幾位族老商議了一番，便找來當年服侍過少爺和夫人之人，分幾路去尋。小的也是頗費了一番周折，從年後一直尋到現在，大半年都過去了，還一點線索都沒有；這還是在青川城裡見著兩位小少爺，才跟著尋到夫人和少爺的。」

藍氏和喬父看了一眼，沒想到兩人窩在這鄉間不出門，還是能讓人尋到。

藍氏便問道：「你見著明玨和明珩了？是透過他們找到我們的？」

丁二回答道：「正是呢。半月前，我父子兩人正在青川城的一處茶肆歇腳，隔壁就坐了一桌客人，聽他們自稱姓喬，我們就留意了一番，見著兩位小少爺的臉之後，我們才有心打聽。明玨少爺長得跟老爺真是一個模子出來的，倒是明珩小少爺長得有幾分像少爺。我們尾隨他們，打聽到他們就讀的書院，又打聽到他們住在松山集下的雲家村，後來我們又去衙門查看了戶籍，這才找到少爺和夫人。」

喬父聽完，長嘆了一聲。

這丁二從小就是個伶俐的，他又深知自己的習慣，逮著一些蛛絲馬跡，便尋到這青川城來了。

藍氏也在心裡長長嘆息。

過了這二十幾年的清靜日子，窩在這小小的山村裡大門不出、二門不邁，竟然還能讓府裡的人尋到自個兒母子。

自半月前他們認出明珩、明玨，想必信已傳回府裡，自家的平靜日子是再過不了了。

藍氏朝坐在一側的喬明瑾那裡看了看。

喬明瑾聽了這丁二父子一番交代，雖然還不知自家祖母、父親的本家是哪裡，又是什麼身分，但想來，這雲家村他們是再待不下去了。

若不是忌憚著那府裡，祖母和父親也不會連青川城都不願去，想必那府裡應是有一定身分的，祖母和父親可能反抗不了了。

喬明瑾接到藍氏的目光，朝藍氏笑了笑。

藍氏見孫女笑容安慰，心跟著定了下來。

這都大半輩子過去了，那人已經去了，而她也不再年輕了，或許她沒幾年好活，還有什麼好怕的？

喬父看了藍氏一眼，想了想便問丁二道：「那府裡，如今怎樣了？」

丁二聽了，面露不豫，說道：「府裡若是太平祥和，族長和幾個族老也不會讓我來找夫人和大少爺了。那個家本就是大少爺的，他們倒是鬧得歡。」

藍氏便道：「可是鬧分家了？」

丁二朝藍氏拱手說道：「還是夫人知事。自老爺去後，府裡那位右夫人和如夫人，帶著各自的子女鬧得天翻地覆，族長和幾位族老是一日要來三趟。一年前，自從老爺病體沈痾後，就辭了官回到本家；老爺在本家去後，各房都攜妻帶子回了老宅，府裡那兩房本就水火不相容，老爺去後，又沒人壓制，更是鬧得不行。」

丁二長嘆了一聲，又道：「如今那兩房竟是為了哪房掌中饋鬧得不可開交。劉夫人仗著是先帝賜的婚，要替她的兒子要來這族長之位，說老爺分家不公；而方夫人仗著生了庶長子，子孫又旺，說劉夫人是再嫁之人身分不配……兩房人都是掐得厲害，到現在那家還沒分明白；如今兩房人都恨不得在院中砌一道牆，好隔了雙方的視線，同住一院竟是猶如陌路。」

丁二止不住搖頭嘆息。

「本來老爺臨去前，把家產分做兩大份，一份留了給大少爺，另一份讓那兩房平分。大少爺的那份暫由族裡管著，什麼時候尋回，什麼時候交付；另一份因著那兩房如今子孫頗多，又見大少爺得了這麼大一份，卻生不見人，死不見……的，天天鬧到族裡，要求重分，說要是大少爺不回來，那祖上留下來的家產豈不是要由著族裡占去了？」

他面露不屑，道：「本來族長之位自太老爺去後，老爺又在京中任職，那族長之位就由現任族長暫代，但說好族長之位還是我們嫡房的。兩位夫人這般一說，把族長和幾位族老氣得不輕，被她們鬧得頭疼，這才起意叫人分幾路尋回夫人和大少爺，好讓夫人和大少爺回去主持長房事務；還交代說是老爺已經去了，為人子的，上一輩的恩怨自也該放下了，此時應回本家為父守孝。」

藍氏聽完哼了一聲。「他自己招的債，怎麼讓我兒子回去幫他料理？」

丁二訕訕地不知該說什麼好，摸摸鼻子，思慮良久方道：「夫人，即便是老爺有錯，老爺這會兒也不在了；老爺臨到死都記著夫人和少爺的，把大半的家業都留給了大少爺……老爺生前常常拿著夫人和少爺用過的物事發呆，夫人和大少爺才是老爺的元配嫡妻、嫡長子啊！自應回族裡主持。」

他看了喬父和藍氏一眼，又道：「再者，大少爺蹉跎了這麼些年，難得如今兩位小少爺書讀得好，正是要求取功名，需要本家相助的時候，就算是為了兩位小少爺著想，也應回歸本家啊！」

喬父聽了丁二的這番苦口婆心的勸慰，內心萬般滋味翻騰。

若是他還在本家，那就什麼都不用愁，只要一心讀書用心考功名吧？就不用連藥都吃不起，身子不濟到連考場都不能進。

若他還在本家，如今該是怎樣的呢？

只是這些年日子雖苦了些，倒是真正的清靜，若是在那府裡，還不知有多少事；或許在那人身邊待久了，他耳根軟，被人枕邊風一吹，眼裡有沒有他這個嫡長子還是兩說呢……

只是如今，他竟不在了，他連問都沒法再問一聲了。

而另一邊，藍氏聽了丁二的這番話，又哼了一聲，起身出了堂屋。

喬明瑾見狀連忙跟了上去。

見藍氏徑直進了自己的房間，還把門緊緊地關了起來，喬明瑾想了想，還是悄悄走近。才走到門口，她就聽到門內有壓抑的嗚咽聲傳了出來……

喬家是益州大族，人丁興旺，祖上從龍有功，百年來恩賞不斷。

喬父喬景昆的太祖喬志遠曾獲封太子太師，後來更是撥亂反正，輔佐年幼太子登基，數年嘔心瀝血，忠心耿耿。

太子念其功勞，銀錢田產流水一般送往喬府，對喬家子弟也多有提攜。

喬志遠長子喬方棟，即喬景昆的高祖，得其父費心教養，曾官至六部之首的吏部，任過吏部尚書一職；喬志遠及喬方棟其他幾子也各有官職，喬家一時風光無兩，在益州算得上是第一大戶。

怎奈這兩人都不是長壽的。

人在壯年，正該大展拳腳，帶領一族人往上大步邁進的時候，他們就各自病重沒了。

到喬景昆的祖父喬向有，自小天資乏乏，屢試不第，但因其為喬方棟之嫡長子，故穩掌喬家宗祠。

到喬景昆的父親喬興存，又承其祖上的天賦，自小就被稱為益州神童，十歲左右就中了秀才，爾後又中舉人，再中進士，殿試更是發揮超常；因其未滿二十，故先皇落其一位，授予榜眼。

喬家長房重現光芒。

喬興存年少得志，又是風度翩翩，一表人才，打馬御街前，被當時先皇寵妃劉莊妃的妹妹看中，求至後宮。

先皇欲為其兩人賜婚，玉成一對佳人，但是喬興存在益州已訂過親，只待其科舉完回鄉成親。

因為念著喬家功勞，先帝並未強求，倒賜了一對金玉如意做為賀禮。

喬興存的這位未婚妻子，即同為益州書香世家的藍家家主嫡長孫女藍旒瑩。

藍氏旒瑩在益州素有才名，針線女紅、琴棋書畫是無一不通，自其十歲，求親的人絡繹不絕，幾乎把藍家門檻踏穿。

最後藍氏的祖父為她訂了同為益州大族的喬家，即喬家長房長子喬興存。

藍氏自嫁入喬家，上奉翁姑，下伺良人，又交好妯娌友善四鄰，在益州名聲極好，作為下任宗婦，宗族裡無不交口誇耀。

可惜偏偏婆媳關係不佳。

藍氏的婆婆方氏，出自益州鄰縣大戶方家，因藍氏公爹喬向有屢試不第，卻不願恩蔭，到成親時尚是白丁一個，雖然喬家是益州數一數二的大戶，但喬向有算是有些拿不出手的，故在其婚事上，不上不下。

尋了多年，待求上方家，方家家主思慮一二，只把方家最小的嫡幼女嫁了過來。

方氏因其在兄姊中最小，自小就嬌慣異常，不通世故，不懂交好喬家宗族旁支；因她為原配嫡女，金尊玉貴，尤其看不上旁支庶支，對喬家姻親故舊又不友善，覺得他們上門只不過是打秋風來的罷了。

喬向有因方氏丟了他數次臉面，漸漸與之陌路，與方氏的關係並不怎麼好。

而自藍氏嫁進來後，因其夫喬興存年少有為，二十歲不到便殿前獲授榜眼，一掃長房喬向有白丁之恥，所以喬向有十分看中這個長子及娶進門來的長媳藍氏。

藍氏嫁進來後，喬向有就把家中諸事大半盡交予藍氏，又因藍氏處世圓融，宗族姻親素喜交好於她；方氏見拿捏不住，竟把自小養在喬家的娘家內姪女小方氏送上自個兒兒子的床榻之上，先是貴妾，後待其生下庶長子，便提為二房如夫人。

小方氏因有方氏在背後支持，在喬家得意非常，勢力漸漸與藍氏不相上下。

而喬興存在京任官之後，方氏以長子宗婦必須留在老宅伺候翁姑為由，令藍氏帶著嫡長子喬景昆堅守益州，少年夫妻天各一方。

小方氏自然攜了庶長子隨侍在側。

隨行前，藍氏把身邊的大丫頭夏氏提為姨娘，命其隨夫進京。

喬興存在京任職其間，倒不曾忘記元妻、長子，頻頻寫信詢問一二。

但奈何分離日長，少年夫妻情分漸淡。

喬興存在京除了小方氏和帶上京的夏氏姨娘，又在京納了兩房姨娘。

藍氏自來受良好教養，不妒不嫉，還親自備了兩份厚禮命人送至京都。

丈夫、新歡在京歡樂相融，藍氏也不在意，只在家安心侍奉公婆，教養兒子。

而其長子喬景昆，思及母親辛苦，自小懂事刻苦，又有乃父風範，小小年紀讀書就極有悟性，只比其父晚了一年考中秀才。

一時之間，藍氏的行為更是被宗族及益州大族之間傳唱，說是難得的賢良人，掌家理事、奉養公婆、教養孩子，被視為佳婦典範，成為益州佳話。

而在喬景昆考中秀才次年，劉莊妃的娘家妹妹成為未亡人，因她嫁入夫家數年，又未育一子半女，故劉家將其接回本家。

劉氏年輕守寡，思及未嫁時見過的年輕榜眼，相貌英俊、儀表不凡，自此不能忘，遺憾良人早有婚配，竟不能得。

她歸家在街上和他偶遇後，又日思夜想起來，竟輾轉反側不能寐，再求上後宮。

先帝耐不住劉莊妃鼻涕眼淚一把，因此下了旨意，讓她再嫁喬家，與藍氏不分大小，為一左一右夫人。

方氏素來不喜藍氏左右逢源，連宗族幾位族老都讚其有宗婦風範，而她的家世比藍氏還要好之更多，又自認比藍氏做得更好，卻無一人稱讚過她這個宗婦如何如何。

聽到京中傳信告知最出息的兒子得娶一佳婦，還是宮中寵妃之妹，她得意非常，覺得她終於可拿捏藍氏一二。

待年下喬興存帶著嬌妻、如夫人、三房妾室、子女若干浩浩蕩蕩回本家過年的時候，方氏在四方親友宗族面前給足了劉氏臉面。

之後劉氏小產，矛頭盡指藍氏，方氏更是要藍氏讓宗婦之位於劉氏。

十三歲的喬景昆數次經歷生死，藍氏在正月尚未過完前，就毅然決然地帶著喬景昆離了喬家。

不離家，便要退位讓賢，對於藍氏來說莫不如死，也無臉面回轉娘家。

喬家在查明真相，為藍氏洗清嫌疑之後，遍尋藍氏母子兩人未果。

自此，藍氏、喬景昆在益州喬家人的眼中消失了。

喬氏拚著一股不服輸的勁，帶著喬景昆逃離本家。

其實她自小養在深閨，沒走出過益州，其人雖聰慧，又理家數年，但在外行走尚屬第一次。

母子兩人帶的細軟只出益州不到百里，便被洗劫一空，靠著隨身帶的手鐲玉珮等物，倒是典當了幾個錢；只是一路走至南邊松山集的雲家村，已是彈盡援絕，饑寒交迫，所幸得雲家所救，再將養了幾日，方緩了過來。

後雲家幫母子兩人在雲家村上了戶籍，幫著他們蓋了容身的房舍，後又把喬母嫁予喬景昆，自此母子兩人就在雲家村住了下來……

喬父說起這段典故的時候，明珏、明珩已被人請回家中。

一家人連同丁二父子，靜坐一堂。

除了藍氏和喬父兩人，這番經歷眾人皆是頭一次聽說。

不說丁二父子唏噓連連，抹眼淌淚，就是喬母、喬明瑾等人也是頭一次聽到關於自家祖母和喬父的來歷。

喬明瑾等人自知祖母、父親有一番不為人知的來歷，只是這些年，藍氏和喬父似乎已融入新的身分當中，多年來，除了雲家村附近，兩人幾乎足不出戶，本家是個什麼情況，兩人從來都沒有打聽過。

這一次丁二父子來尋，倒勾起兩人憶起前塵往事，又得知那個始作俑者已不在人世，心中不知該喜該悲，萬千滋味，不知苦甜酸鹹……

喬明瑾幾個還好，只有喬母內心忐忑徬徨。

她自來就知道自家男人與別人不一樣。

他不僅會寫好看的大字，喜歡讀書，舉止優雅，而且極喜歡乾淨，他的作派、平日裡的行事，與莊下人家完全不同，就跟那地主家的公子似的。

早幾年，夫妻兩人相敬如賓，她大抵也知道自己大概不是他心中理想的妻子。

她雲家向來就是將將能吃飽的普通莊戶人家，她又是長女，自小就知道，家中事務如果不做，就沒有飯吃；她除了要忙地裡的活計和家中的事務，還要照顧弟妹，跟大多數莊戶人家的女兒一樣，她要起早貪黑地忙碌，大字不識一個。

也是她命好，才能嫁給孩子他爹。

她一直覺得自己嫁得好，雖說過了多年吃不飽、穿不暖的苦日子，但她一直甘之如飴。

如今聽到這些，自家男人來頭竟是大得很，什麼宗族、宗婦，她全都不懂，只知道那是一個很大的家族，跟青川城的周家一樣，是當地的大族。

那叫丁二的，是來尋孩子他爹和婆婆回本家的吧，那她要怎麼辦？

是不是會像太婆婆那樣，叫了族人把她請下堂？

喬母想到此，忍不住顫慄起來。

第五十八章

喬母一臉不安，趁人不注意的時候離了堂屋。

喬明瑾尋到外面的時候，喬母正無意識地在院門外轉圈。

喬明瑾心裡泛起一圈漣漪，微微透著一股酸澀，她的娘，一定是害怕了。

「娘。」

「喔，喔，是瑾娘啊。」喬母目光有些呆愣地向她望來。

「娘不在堂屋聽爹說往事，一個人跑出來做什麼？」喬明瑾上前挽住喬母的胳膊，笑咪咪地問道。

喬母在她臉上掃了一圈，才道：「瑾娘，苦了妳了，若妳爹還在益州本家，妳也不用受妳婆婆的氣。」

喬明瑾笑道：「娘，若爹爹還在益州本家，有沒有女兒還是兩說呢。」

喬母一陣恍惚。

可不是嗎，若自家男人還在益州本家，她的女兒哪裡能生得出來？

喬明瑾見喬母有些落寞，連忙安慰道：「娘，莫要多想，您和爹都過了這二十來年了，又生了我們五個，一心一意奉養祖母，我們哪個不敬著您的？若是爹爹有什麼想法，我們姊弟五個絕不饒他，到時就讓他孤家寡人一個，看他要哪樣。爹爹到這年紀，可生不出兒子來給他養老了。」

喬母愣了愣，回過神來打了打她。

「就會胡說，妳爹爹今年才四十歲，哪裡就生不出兒子了？」

喬明瑾一愣，也是，她爹娘才四十不惑，正值壯年，只怕她爹還真的能再生出幾個兒子來。

「那娘也正年輕著，再生幾個弟弟、妹妹出來，反正咱家現在又不是養不起。」

喬母一陣羞惱，恨聲罵道：「妳娘都這般年紀了，哪裡還生得出來？沒大沒小的，就會胡說。」

喬母被喬明瑾這般一打趣，心中的憂慮倒是去了幾分，斜了她一眼，道：「娘可不想生了，娘有你們五個就夠了。」

「嗯，娘，妳有我們幾個就足夠了，將來，明玨、明珩一定會有出息的，娘就等著享弟弟們的福吧。」

喬母聽了，內心慰貼。「嗯，娘能有你們五個，娘這輩子就知足了，只要你們有出息，不管在哪，娘都高興。」語氣中仍有兩分惆悵。

「他們能在哪？還不是要在妳身邊？」藍氏的聲音在娘倆的背後響起。

母女兩人連忙回頭去看。

藍氏向她們走來，瞪了喬明瑾一眼，又對著喬母說道：「妳不要多想，咱們苦日子過來，一家子親親熱熱的，不管昆兒怎麼決定，要走要留，咱一家人都在一處。不說妳給昆兒生養了五個子女，就是這二十幾年如一日，妳一直在照料我們母子，這都是我們母子欠妳的；不管別人要如何，娘這裡只認妳這個媳婦，昆兒也只認妳這一個妻子。」

「娘……」

喬母話未聽完已是淚落滿腮，捂著臉哭出聲來。

喬明瑾也是忍不住難受，抱住了她。

藍氏走過來，拍了拍喬母的胳膊，再道：「妳放心，昆兒不是那等無情無義之人，娘受了妾室之苦，不會任昆兒做對不起妳的事。咱一家人還在一起，是苦也好，富足也好，都一起過日子。」

喬母嗚嗚咽咽，話都說不出來，只是淚眼模糊地朝藍氏點頭。

「這些年苦了妳了，咱家明玨和明珩都是好孩子，他們將來一定會有出息的，以後定會給妳掙來誥命，好教妳風風光光的。」

「嗯……」喬母嗚咽著點頭。

「娘，您放心吧，我和哥哥一定好好讀書，將來當大大的官，請好多丫頭伺候娘！」

明珩和明玨見她們三人不見了，走出堂屋來尋他們，正好聽到藍氏對喬母說的這一番話。

明珩是個活潑藏不住話的，立馬上前表露心跡。

而明玨性子像喬父，是個沈穩內斂，情緒不外露，不善多言的，此時也只是默默地走到喬母的一側，安慰地攬著喬母的肩，寬慰道：「娘，放心吧，我和姊姊、弟弟、妹妹，會一直在娘身邊的。」

喬母聽了哭個不停。

喬父比明玨更不善表達內心的情感，此時走到喬母面前，狠瞪了她一眼，道：「這都一家人過了二十來年了，我是個什麼人妳還不知？哭哭啼啼的成什麼樣子？讓外人看笑話！」

丁二父子腳步下意識往後挪了挪，他們可不就是大少爺說的外人嗎？

他們一直以為大少爺和夫人在外面受了大罪、吃了苦頭，沒想到他們生活雖然苦了一點，但好在一家人和樂相融，母與子、夫與妻，姊弟兄妹之間異常和睦，感情好得令人豔羨，比之在益州本家吵吵鬧鬧地分家產，形如陌路的骨肉血親來說，不知要強了多少倍。

大少爺是個有福的，娶的妻子雖然不是大家閨秀，但勤儉持家，上奉婆母，下養子女，又敬重夫婿；生養的五個子女，個個都懂事貼心，兩位小少爺書讀得也好，將來自會有一分前程。

大少爺雖然在仕途上可惜了，但好在還有兩個小少爺，將來喬家他們這一房還是能再起來的。

一家人又相扶著到堂屋坐了。

明玨和明珩被人從書院叫了回來，還以為家裡出了什麼事，沒想到竟是聽到了祖母、父親的真實身分。

原來自家本家在益州呢！那是個什麼地方？他們還是初次聽說。

兄弟兩人自小連飯都難得吃飽，好不容易姊姊開了作坊，掙了錢，又置了地、買了山、養了雞，家裡日子才漸漸好了起來，他們才能在城裡的書院就讀，正是無牽無掛，不用為家計犯愁，一門心思攻讀錦繡文章的時候，沒想到又聽到這麼一齣身世。

兄弟兩人在堂屋坐定，眼睛都偷偷去瞟喬父。

喬父雖然在家多聽藍氏的，但大事上，藍氏一向由著喬父拿主意，而且藍氏不及喬父有本家心結。

她一個女人，在哪裡不是過日子？只要兒子、孫子在身邊，日子安穩，吃飽穿暖，像大多數女人一樣，出嫁後就跟著夫婿、兒子過日子，沒那麼深濃的故鄉意識。

倒是喬父，一直以來，他心心念念著益州本家，這麼些年沒人來尋，他和藍氏也沒想過要主動回去，只是想著百年之後，要起骸骨回鄉，葬入祖墳。

喬父二十年來不想不聽，自動掩著關於益州喬家的事，從不主動打聽，如今丁二父子上門來尋，還帶來族長和族老們的交代，他就不能不慎重了。

喬父往藍氏那邊看了一眼。「娘……」

「娘都聽你的，你妻子兒女也都聽你的。」

知子莫若母，當年她帶著兒子逃離本家，已是自私過一次了，也壞了兒子的身子，讓兒子病弱了那麼些年，又害兒子斷了仕途，這些年來，她不是不後悔的。

現在，她就讓兒子自己去選擇吧。

雖然她喜歡如今平靜安寧的日子，一家人和和樂樂的，如果回本家面對那些吵吵嚷嚷，勢必是不能清靜的，但兒子若是想回去，她也不會攔著。

有兒子、孫子跟著，她的日子就不會糟糕到哪裡去。

喬父又掃了五個孩子一眼，喬明瑾、明玨等人都看向他。

明玨想了想說道：「爹，我們全都聽你的，是走是留，爹做決定就好；只是得說好了，我們幾個清靜日子過慣了，是絕不能接受我們這個家再添新人的，若回了本家，爹有二心，我一定會帶著娘和弟弟妹妹們回來。」

喬父臉上一陣羞惱。

「胡說八道什麼！爹是什麼性子你們不知道？放著好日子不過，我就趕著攬些糟心日子過啊？」

喬明瑾半真半假地說道：「爹是什麼性子我們當然知道，大不了我們也學一學祖母嘍。」

喬父瞪了這個大女兒一眼，無可奈何。

丁二聽了，往喬明瑾身上掃了一眼，這個大小姐的事，他自然也打聽了不少。

也是苦了大小姐了，若是在益州，誰不長眼敢欺了喬家家主的嫡長女？這個大小姐是個眼裡不容沙子的，跟夫人還真是像；他一點都不懷疑，若是大少爺將來真的有了二心，這個大小姐還真的能做出當年夫人做的事，帶著一家人遠遠地逃開。

但這個時候，丁二可插不上話。

這種事還是要看少爺一家的決定，大少爺已經動心了，又念在兩位小少爺的前程上，八、九成會回歸本家。

他只要安心等著，適當的時候添一把火就好。

喬父再掃了端坐一旁的幾個子女一眼，又往喬母那邊掃了一眼。

他自個兒的妻子，這會兒正垂頭安靜地坐在椅子上，專注地聽大家說話。

她向來是那樣的，安安靜靜的，不出頭，躲在他後面，凡事都聽他的，都等他來拿主意；他做什麼決定，她從不反對，吃苦也好，受罪也罷，都只在後面默默相陪……

喬父深深看了妻子一眼，想了想便說道：「今天已是晚了，瑾娘妳帶著瑜娘去做晚飯吧！殺兩隻雞，一會兒把你們外祖父一家都請來。」

「是。」喬明瑾應了一聲，就帶著明瑜和明琦出去了。

當天的晚飯，請了雲家外祖父母一大家子人，在喬家堂屋裡挨著擺了兩桌，擠在一處。

雲家外祖父和兩個舅舅只隔了一盞茶的時間就到了。

他們本來還以為只是像平常一樣兩家人在一處吃飯，沒想到喬家竟是有貴客上門。

雲家眾人不知丁二父子的身分，他們看了院中停的寬大馬車，高頭大馬的，又見那兩人穿戴不俗，都以為是家中的什麼貴客。

後來待酒足飯飽，一家子坐在椅子上曬月光閒聊的時候，方知那兩人身分。

他們穿得這麼體面，竟是大戶人家的下人？

又初聽喬父和藍氏的身分，雲家眾人差點齊齊從椅子上跌了下來。

雲家一直以為這母子倆家中早已沒什麼親人了，他們也說是家中無人、遠來投親；再說這二十幾年來，都不曾聽他們談過原來的家事，也不見他們回本家祭祖掃墓什麼的，都以為是因為他們本家沒什麼人已經沒什麼牽掛了，哪裡想到，自個兒的親家竟是大有來頭，那個女婿還是大戶人家的公子呢！

雲家二老嚇得不輕，雲家兩位舅舅、舅母也是瞠目結舌。

待來回打量了他們一遍，雲家外祖母方回神說道：「親家，真是苦了妳了，這麼多年來，被人鳩占鵲巢不說，本來是在家使奴喚婢、錦衣玉食的，竟過了這麼些年的苦日子，真是苦了你們了。」

藍氏笑著搖了搖頭，說道：「都過去了，我也沒覺得苦，就是委屈了我兒，跟著我這個自私的娘吃了這麼多年的苦，又斷了仕途，一輩子只能窩在這個地方。」

她又對雲家外祖母說道：「我母子兩人能有今天，全都多虧你們家，不然我們母子還不知要流浪到何處，沒準兒我們早不在人世了。親家還把雲華嫁來我們家，又給我們家生了五個孫子女，我真是不知如何感謝你們才好。」

雲家外祖父回過神來，聽了藍氏這番話，便說道：「親家太客氣了，就算不是我們家，任何人見了你們都會搭把手的，我們不過是舉手之勞罷了。我們家由此得了這麼一個好女婿，又得了這麼幾個外孫、外孫女，合該我們謝妳才是啊。」

雲家兩位舅舅、舅母也在一旁附和。

一家人得知喬父還沒做出決定是要走要留，沒有多說什麼。

只是……

雲家外祖父往兩個外孫那邊看了一眼，便對喬父勸道：「女婿啊，按說你們家如今日子過得好了，不回去也沒什麼，只是你還得為明玨和明珩多想想啊！兩個孩子讀書上都是有天賦的，你們本家又有叔伯在各處任職，咱們老的，倒是不要緊，但還是莫要耽誤兩個孩子的前程啊。」

喬父點了點頭，應道：「景昆記著岳父的話了。」

喬父和藍氏起身朝雲家眾人道謝。

一家人又親親熱熱地說了好長時間的話，直到更深露重，雲家眾人才回了。

夜裡，喬父輾轉反側，不能合眼。

喬母躺在他身旁，靜靜地陪著他，沈默良久，才開口說道：「孩子他爹，要不，你帶著婆母和幾個孩子回去吧，我和瑾娘留在家裡看家。」

喬父聽完愣了愣，側身面對著她，黑夜裡，他仍能瞧清喬母臉上那股不安的神色。

喬父瞪了她一眼。「我白天說的話都白說了？」

喬母搖頭。「不是，我都聽在心裡了，只是益州族人那麼多，家人也多……還有好幾位老姨奶奶，還有那麼些兄弟姊妹，一大家子人，我、我……」

喬父嘆了一口氣，攬了她在懷，良久才說道：「我這裡妳且放心，咱們夫妻這麼多年了，我雖然不擅表達，但我是個什麼樣的人，妳最是清楚的。我有兩個兒子，已經有了後，明玨也十八了，該給他訂親了，沒兩年咱們就能抱孫子，我哪裡還有那些心思？」

喬母靜靜地躺在他懷裡不動。

喬父看了她一眼，又說道：「至於回了那邊，咱們關起門來過自己的日子，管他們愛說什麼，咱只當沒聽見。妳要是不善理大家族的事務，咱回了本家就給明玨訂下一門親事，找個善掌家理事的媳婦，咱們只管吃飽喝足逗孫子就行。」

喬母聽完抬頭去看他。「你是決定要回去了？」

喬父沒有點頭，只道：「今天聽了岳父和兩位舅兄的話，我想著這一趟必回不可了。人都來尋了，丁二也把咱家的消息傳回去了，咱不知道是一回事，知道了，也總該回去給我爹守完三年孝，不然將來沒準兒會影響玨兒和珩兒的前程。」

「瑾娘也跟咱們回去嗎？她一個出嫁女，是要住哪裡？會不會有人說什麼？」

喬父便道：「說什麼？長子、長孫女回去給他們祖父守孝住在家裡，誰會多嘴說什麼？

再說我爹臨終前就分家了，等我回去，他們自然要另擇住處的，哪裡能跟咱們擠一處？咱關起門過自己的日子就行了。」

喬母想了想，說道：「瑾娘這些年吃了不少苦，我不想讓她回去再受委屈了。明天還是問一問她，若是她要跟著咱們回去，就帶上她；若有人說話，咱就在旁邊買一處院子給她住。」

喬父點頭，又道：「咱這趟先回去把孝守完，若是妳住不慣，咱們再回來，往後年終祭祖才回去也成。」

喬母在黑夜中點了點頭。

夫妻兩人又商量了一些事，這才相擁著睡了。

次日醒來，眾人便知道喬父這是下了決定了。

大抵知道是這種結果，藍氏並不驚訝，喬明瑾和明玨等人也都選擇了沈默。

被安排睡在客房的丁二父子得了消息，喜出望外。

本來丁二還想了各種各樣的話，準備用情感攻勢，再來個水漫金山什麼的；丁有福也給他父親出了不少主意，沒想到這些全都沒用上。

「少爺、夫人，奴才這就去青川城裡尋家信譽好些的鏢局，再雇幾輛馬車，買些箱籠回來。這越往北天越涼，要在落雪之前趕回益州，咱就得早早動身了！」

丁二話說著，就想轉身去套馬。

「伺墨——」喬父話甫一出口，就咬了咬舌頭。

他似乎還是喚慣了伺墨這個名字。

「大少爺。」丁二連忙斂身站好。

這個名字記載了他和大少爺最美好的歲月，他一直是記著的。

喬父清了清嗓子，才道：「丁二，且先不急，我們這一趟就只是往益州守孝為要，旁的還要以後再議，先不要太大張旗鼓。」

丁二眼神暗了暗，又往藍氏那邊看了一眼，見藍氏不動聲色，他心裡暗自嘆息。

夫人和大少爺定是對益州失望了，這才有家不願回。

丁二想了想便說道：「大少爺，就算這趟回去只是守孝的，這也得明年才能除孝，大概仍要在益州待不短的時間，要帶的東西一定是不少；再者車馬和鏢行還是要訂的，只有我們父子兩人，若路上有個閃失，我們兩人只怕萬死難辭，況且，箱籠總要備的。」

喬父往藍氏那邊看了一眼，藍氏與之對視，又轉向丁二道：「你考慮的極是，就去準備著吧。」

「是，夫人，那小的把有福留下，夫人和少爺有事就使喚他。」

藍氏聽了便道：「不必，家裡也沒什麼事，親家一家都在那，有的是人幫襯；你且帶著有福去城裡安排吧，今天就在那邊住上一天，不必急著趕回來。」

「是，夫人。」

父子兩人得了吩咐就套了馬進城。

而喬父這邊待丁二父子走了之後，將一家人聚在一起，說了他的決定。

「我和你娘，還有你奶奶的意思是，咱不知道也就罷了，既然知道了你們祖父過世的消息，本家那邊也得了咱們的消息，不回去於情於理都說不過去。」

明玨便道：「爹，我們都聽您的，您決定就好。」

喬父看著這個長子，欣慰地點了點頭。

他掃了堂屋裡幾個子女一眼，又看到喬明瑾抱著琬兒端坐在椅子上，外孫女撲閃著一雙大眼睛晶晶亮地看著他。

喬父心裡一酸。

若還在本家，他的長女如何會走到今天這個地步？他再苦，也不願琬兒像他一樣，有個殘缺的家。

他再看了在座的其他幾個子女，除了明瑜已訂了親，其他幾個孩子沒準兒都還能好好挑選一番，尤其是長子明玨的婚事，一定要慎重。

或許這一趟回去也不是件壞事。

他想了想便道：「咱這一趟回益州勢必得走一遭了，至於將來在哪裡過活，這個還須等到回益州之後再決定。我和你們的娘商量好了，若在益州住得不慣，咱一家就再回來；何況你們外祖一家都在這，益州畢竟遠了些，走親戚不方便。」

明玨幾個聽了點點頭。

益州如何他們並不知道，他們在家裡日子好過之後，最遠只去過青川而已，哪裡知道益州在何處？又是什麼光景？

喬父看了喬明瑾一眼，便道：「瑾娘，這趟妳就隨了為父一起回吧，妳自生下來就沒見過妳祖父，正好也到他墳上祭拜一番。至於將來，我和妳娘商量好了，不管我們一家以後在哪裡生活，妳都隨了我們在一處吧，妳祖母最放心不下妳。女婿還是個能過日子的，再說他說了年後會分家，往後妳就和他在益州過幾年清靜日子吧！離了那家子遠遠的，沒準兒以後就能撥雲見日了。」

藍氏聽了也跟著點頭，拉過喬明瑾的手說道：「妳爹說的話正是祖母想跟妳說的。祖母年紀大了，興許沒幾年好活了，妳就留在祖母身邊吧！琬兒總歸要出嫁的，妳一個人將來沒個知冷知熱的人，讓我們如何放心？且先跟我們回益州，留封信給姓岳的，若他想要妻子、女兒，就來尋妳；若他要留下奉養他爹娘，祖母再為妳做主，咱離了他再找一個，或許還能活得更好。」

明玨、明珩幾個更是不住嘴地勸，明珩、明琦甚至跑過來拉她的手，直道她若不跟他們走，他們就留下來幫她砍柴養雞。

喬明瑾聽了一陣感動。

她一個出嫁女，守孝什麼的，本來沒有她什麼事，不過，若能趁這個機會離了岳家，躲一時的清靜也好。

將來……將來的事，再說吧。

喬明瑾朝喬父等人點頭。「祖母，爹、娘，那女兒就跟你們一塊走吧，把琬兒也帶上。」

喬母喜得連連點頭。「嗯，定要把琬兒也帶著，把她放在她奶奶家，娘可是不放心。」她走過來把琬兒抱在懷裡，揉了起來。

琬兒還不知一家人在商量何事，只隱約知道那兩個人來尋她外公，然後她外公要帶著舅舅、姨姨們離開。本來她還一臉的不高興，這會兒聽到她外婆要把她和她娘也帶上，喜得小嘴咧得老高。

一家人就決定明天且在家收拾一番，後天再把各親友宴請一遍，大後日就能出發了。

早走是走，晚走也是走，益州距離青川路上至少要走大半個月，他們這老的老，小的小，只怕路上要耽擱不少時間。

再往北，天已涼了，得趕在冰雪封路之前到達益州。

喬明瑾便說要回下河村做一番交代。

明玨和明珩也說要回書院交代一番，再去找周耀祖，還要跟劉淇、劉員外也交代一聲。

三姊弟都決定即刻動身。

第五十九章

下半晌的時候，喬明瑾帶著琬兒回到下河村。

秋風漸起，下河村仍是一片青綠，少量的黃葉摻在其間。

喬明瑾一陣恍惚，轉眼，她在下河村已經住了將近兩年。

進了家門，馬還沒拴好，雲錦夫妻和夏氏就一起到了。

小雲巒見著父母自然高興得很，一家人又得以小聚一番。

何氏等人本來還以為喬明瑾會在娘家住很長一段時間的，沒想到她竟這麼快就回來了，有些詫異。

等聽了喬明瑾和雲大舅說了發生的事之後，他們跟雲大舅等人那會兒的表情一樣，俱是目瞪口呆。

當天晚上，何氏、夏氏、秀姊等人陪著喬明瑾聊到很晚。

除了有感於喬父和喬家祖母的這一番身世來歷之外，他們還齊齊贊成喬明瑾跟著娘家回益州本家。

若岳仲堯還要這妻子、女兒，自然會尋了去；若不要，也好讓兩人真正斷了。

如今喬明瑾有這樣的身分，再在益州找一門親還不容易？哪裡用得著看吳氏的臉色？

只不過吳氏自從得知喬明瑾頗有家財後，恨不得把一家子都搬來與她同住，再來啃喬明瑾辛苦賺來的錢，若是得知她還有這樣一個身分，她一定緊緊地巴上去，沒準兒還能帶著一家子投奔了去。

所有瞭解喬家身分的，都異口同聲說要瞞下一部分事實，至少他們這一番要前往何處定得瞞著，也別把離開的時間說了，不然喬明瑾走不走得了不知道，琬兒是定走不了的。

當天眾人聊到很晚。喬明瑾想著要在走之前，對作坊的諸位師傅也做一番交代，她這一離去，恐要不短時間，便跟何氏、夏氏商量明晚設了席宴請他們。

眾人離去後，喬明瑾一個人在院裡轉了一圈，又把自家的東西都清點了一遍，點了燈趴在桌上寫信。

後天娘家要宴請雲家村及眾姻親，她定是要回去的，最晚後天一早便要趕回去，大後日出發的話，那她在下河村就只剩明天一天的時間了。

她給岳仲堯寫的信很簡單，似乎沒什麼你儂我儂要交代的。

照吳氏現在的作派，哪怕分家了，也不會選擇長子，必會選擇岳仲堯。

可喬父、喬母又極不贊成她一個人帶著孩子單過日子，兩老都是傳統思想，還是覺得女子該從一而終，他們對岳仲堯沒什麼惡感，覺得他是個能過日子的。

無論岳仲堯如何選擇，她都尊重他，只要把琬兒留給她就成。至於周晏卿……

喬明瑾對著不時跳躍一番的昏黃燈火嘆了一口氣，把那份作坊的協議塞進黃皮信封裡面。這一年來，她從他那裡已經賺了不少錢，她也沒什麼不知足的。

經周老太太這麼一鬧，兩人還能否毫無芥蒂地合作，結果是顯而易見的，周老太太是絕不會讓周晏卿再跟她有什麼糾葛。

或許周老太太會讓周晏卿把作坊轉讓，而她沒了周家幫忙，作坊生意定大有影響，再接手的人是個什麼樣的，誰都不知道。

她不如把自己那一半轉讓給他，能保得一眾師傅有份活兒做，她得了銀子將來也能再尋份活計，若是再買些地……

次日早早醒來，喬明瑾開始收拾細軟。

她只把銀錢和重要的東西帶在身上，再拾了一些穿的、用的，又把倉庫裡不易儲存的東西都整理出來，或是送人，或是把糧食都送到作坊。

布料也沒剩幾疋了，留兩疋給娘倆做秋冬衣穿，再把剩下的送人。她們娘倆在下河村有得過不少人的幫襯，不僅是她，她得讓琬兒記得感恩。

喬明瑾本來想把院子託給何氏的，等她走後，夫妻兩人正好把雲巒接過來，一家三口在她家住，她也就不用收拾了。

沒想到何氏竟一口拒絕。

「瑾娘，我還要在作坊幫著我娘給師傅們做飯，哪有閒空再回來下廚？都在作坊和他們一起吃了；再說若妳把家託給我，偶爾住一住倒是沒什麼，但若是又住、又在家裡燒菜做飯什麼的，只怕妳那婆婆會殺過來，我也不耐煩應付她。妳走後，且把家裡各處鎖了，我幫妳掌著鑰匙，偶爾進去幫妳打掃打掃就成。」

雲大舅也在一旁點頭。「我們畢竟是外人，妳婆婆一家若非要住進來，我們是攔都攔不住的，還不如鎖了乾脆。」

喬明瑾想了想，只好作罷。

臨近午飯，她已收拾了大半，到作坊吃過午飯後，幾個人又一同回來繼續收拾，夏氏也跟了來。

收拾妥當後，幾個人就要去作坊幫忙做晚飯，夏氏便問喬明瑾要不要請岳家的人。

喬明瑾搖了搖頭。她回益州，只是要回娘家而已，早前她就跟岳仲堯說過，雖說這次要回的娘家與之前不一樣，但也沒必要再跟他們說一遍。

沒準兒真像秀姊說的，吳氏得了消息還真的能把琬兒藏了起來不讓她帶走。

晚上，喬明瑾陪著眾位師傅在作坊吃了一頓豐盛的晚飯。

喬明瑾跟他們說了自己要離開一段時間的事。

眾位師傅如今都能獨當一面了，也不須喬明瑾畫圖或指點，行銷的事情，喬明瑾管不到，自有周府的人在做。

周管事那幾日被周老太太拖住之後，對周老太太派人上門奚落她一事，心生愧疚，自覺對不住自家六爺，後來親自上門對喬明瑾解釋了一番。

喬明瑾也不甚在意。周管事畢竟是周家的下人，自當聽自家主子的安排。東家要離開，又沒有把他們丟下，且做了詳細的安排，師傅們也不會多說什麼，便紛紛跟她道平安。

晚上，喬明瑾再把自家的事，及下河村那幾畝田的事跟何氏和雲錦做了一番交代。

雲錦道：「妹妹，妳就放心吧，有哥哥呢，哥哥一定幫妳把它們打理妥當了；妹妹只當過去散散心，反正也離得不遠，不過半個月、一個月的，到時沒準兒哥哥去尋妳，也能開開眼界。」

喬明瑾點頭。「好，託給哥哥，我很放心的。」

眾人說到很晚，才各自睡去。

喬明瑾到雲家村的時候，發現自家門口人來人往，桌子都擺到了院門外。

好多人見到她，紛紛圍到她的車前跟她打招呼。「瑾娘妳回來啦？」

喬明瑾也微笑著點頭，與眾人回禮招呼。

馬車剛停穩，喬母便擠開人群，拉著她下來，帶她去見客。

何氏和雲錦也趕緊下車去幫忙。

今天喬家把所有的姻親故舊都請來了，家裡好久不曾這麼熱鬧過。

喬父不知道這一去要多久時間方回，或是不再回來了，所以這次專門請了兩個擅做鄉間紅白席面的廚子來幫忙，又專門從那租賃碗碟的租客那裡租了好幾桌碗碟，今天的席面都是按照鄉間最高規格做的。

雲家村裡與喬家相好的人家都自發地來幫忙，喬母的妹妹雲妮一家也早早過來搭把手。

喬明瑾還聽明琦說，雲妮姨母來的時候，拉著她娘的手哭了好半晌，也不知是替她娘高興，還是感傷姊妹之間馬上要離別。

到最後，人來得多了，採買的吃食不夠用，所幸鄉下人家不大在意那些，就喜歡湊這熱鬧，許多人還各回各家把自家的吃食、新鮮的肉菜都抬了來，兩個大廚又帶著幾個手下，忙活了大半天，才又另添了幾桌菜出來。

席間也有人問怎麼不見喬明瑾的婆家人？莫不是真的和離了？

喬明瑾被問到都只是笑笑，並不解釋。

而丁二父子還未主持過鄉間這樣的宴請，忙得團團轉。

兩人昨日忙活了一天，連著來回跑了兩趟，又雇了車馬才把要買的東西備妥，今日又在席間穿梭，頻頻躬身感謝大夥對主子一家多年的照顧。

這頓飯大夥一直吃到下半晌，方才酒酣興濃離去。

雲家一家、雲妮一家及鄰近交好的幾家婦人則留下來幫忙收拾。

人多，很快就收拾好了，喬母和藍氏又把剩下的肉菜都讓眾人拿了回去，連用剩下的米麵油鹽醬醋都讓人分了回去……

今天的宴請，最感意外的還是周耀祖。

原本前天他被兩個小舅子告知喬家身分的時候，還有些不敢置信。

直到今天到了喬家村，又跟著招待了這麼一場，如此人走席撤，他還是暈乎乎的。

他這是撞了大運了？原本他孤家寡人一個不說，同齡之人都紛紛嬌妻有抱，嬌兒佳女都能幫家裡打醬油了，只有他還沒個人幫忙操持婚事。

哪知很快便天降嬌娥，賢妻眼看著就要飛進自家了，卻又被族裡的嬸娘請進家門，說是要幫著作媒，又暗示讓他退親另娶族嬸安排的高門大戶之女。

他想著這大半年來得岳家恩惠，讀書數載，又自認熟知禮義廉恥，並不打算做那等忘恩負義之小人。

還不等他後悔，也不等自己感慨這般做是多麼不愧於先生所教的忠孝禮義，卻被告知他的選擇是對的，他通過上天的考驗了，他未來娘子的來歷比族嬸介紹的商戶女還要雄厚。

他忽然覺得自己是被天上掉下來的餡餅狠狠砸到了。

「耀祖啊……」

周耀祖直到愣愣地隨著那一家子坐到堂屋裡，還覺得有些回不過神來。

聽到未來岳父這一喚，他急忙斂神挺直腰背端坐好。

「是，岳父。」

喬父朝他點了點頭，又道：「想必我家的事，明玨已跟你說過了。」

周耀祖衝喬父愣愣地點頭，只聽喬父又說道：「如今瑜娘她祖父還正在孝期，明日她也會跟著我們回鄉為她祖父守孝。婚期我們兩家已是說好了，明年初你正好除孝，又逢大比之年，你且在此安心攻讀，不管中或不中，你都是我家女婿。你倆婚期的時候，我們不一定能回來，到時你就傳信吧，有可能要煩勞你到益州親迎了。」

周耀祖起身恭敬地道：「岳父放心，小婿一定用心讀書，爭取得個功名，不讓瑜娘委屈了。不說益州，就是再遠些，小婿也一定會去親迎的，多謝岳父肯把瑜娘嫁予我。」

喬父端坐在椅上受了周耀祖一禮。

喬父又朝他點了點頭，才道：「那你今晚就在雲家外祖那邊住一宿吧！明兒送走我們，你再回去。」

周耀祖連忙點頭應了。

喬明瑾看了他一眼，以眼神示意明玨。

明玨便對周耀祖說道：「城裡那處院子就由你住著，劉淇我也託給你，那孩子跟你住了這麼一段時間，他是個什麼秉性，你應該清楚。昨天我去綠柳山莊找過劉員外了，他已得知了我們一家的事，他最怕我走後，劉淇無人管教，再不肯用心向學；正好我跟他提了你，他是見過你的，對你也放心得很。以後，你就與劉淇同住，當他的管教先生，平時對他的功課再多指點一二，劉員外不會虧待你的。周家那活計你就辭了吧，除了教導劉淇，你也好沈心為明年的秋闈做些準備。」

周耀祖又點頭應了下來。

這晚，雲家人拉著喬母等人絮絮叨叨了大半夜，直到眼皮都睜不開了，才各自回家睡去了。

次日一早，為了趕路，一家人早早就起了。

待洗漱完畢，城裡請來的鏢師和雇來的兩輛馬車也到了，加上喬明瑾的馬車、丁二父子的馬車，總共四輛。

喬父帶著兩個兒子坐了一輛，藍氏、喬母帶著喬明瑾三姊妹和琬兒坐了一輛，雇的兩輛車則裝著箱籠。

又因為一家人的東西實在太少，堪堪裝夠一輛車，他們想要把喬明瑾三姊妹分到另一輛車上，只是三人誰都不願過去，最後還是和喬母、藍氏擠一車，倒也熱鬧。

好在喬明瑾那輛車的車廂夠大，原就是周晏卿用過的，又大又堅固耐用，多出來的另一輛車他們沒退掉，只做路上誰要休息便去休息之用。

而丁二父子則坐在前頭駕車的位子，各自跟了一輛車。

這般收拾好，一家人便在雲家眾人的淚眼相送下，上路了。

喬母對著自己娘家眾人，哭得眼淚都乾了。

不知道在益州等她的會是怎樣的將來？她從小生在這裡，長在這裡，連出嫁也在這裡，實在是故土難離……

明瑜也與周耀祖羞澀對望，兩個人心裡除了不捨，還對彼此有一絲牽掛。

而小雲巒哭得直打嗝，兩手直往喬明瑾身上撲，扒著車廂死活都想爬上去，惹得琬兒也跟著哭得厲害。

從喬家門口到雲家村口，平時走路不到一盞茶工夫，今天馬車卻足足走了小半個時辰……

車輪作響，藍氏和喬父頻頻回望這個他們住了二十幾年的小村子，心情複雜難言。要回去了啊，等著他們一家的也不知是怎樣的情形……

下河村不算小，但整個下河村從雲家村嫁過來的人，只有喬明瑾和秀姊兩個而已，不妨礙吳氏瞭解喬明瑾的動態。

再加上自從周家派來的婆子上門一番說叨之後，吳氏對喬家的關注度只高不低，所以在喬明瑾走後的第二天，她就知道她想拿捏在手裡的三媳婦不見了。

她連聲招呼都不打，就已經從她眼皮底下消失。

得知喬明瑾竟然擅自離開的消息之後，吳氏眼裡噴著滔天怒火，怎麼熄都熄不滅。

而孫氏和于氏聽了後更是臉色變幻，無比羨慕妒忌喬明瑾的狗屎運，她苦了半輩子，大半輩子吃糠嚥菜，竟搖身一變成富貴人家的子女。

老天真是不公，她喬氏轉眼進了錦繡鄉，穿金戴銀、錦衣玉食，卻留下她妯娌兩人日日受吳氏的折磨。

吳氏見喬明瑾連琬兒都帶走了，想到她再沒東西能拿捏喬明瑾，頓時就氣得心肝疼，躺在家裡罵了幾天，猶自不能紓解，出門逢人就說喬明瑾的壞話，說她如何忤逆不孝，不把婆家公爹婆母放在眼裡，她又如何帶著岳家的骨血在外流浪奔波吃苦，也不知將來要跟了誰的姓云云。

吳氏罵了兩天，嘴巴是過了癮，只是並沒收到什麼實質效果，便覺得更是堵得慌。於是在孫氏和于氏的添油加醋和慫恿之下，吳氏風風火火地找上喬明瑾住處去了。

當然，等待她的是大門深鎖。於是她又火急地跑到作坊去，讓何氏給她拿鑰匙。

何氏說鑰匙不在她身上，吳氏不信，守著作坊不肯走。

何氏也沒理她，早已猜到這種情況。

吳氏在作坊連續守了三天，跟在何氏身邊片刻不離，但何氏仍沒把鑰匙拿出來，吳氏連個鐵片都沒看到。

她是個不輕易服輸的，在作坊纏磨了何氏幾天後，就氣急敗壞地跑到雲家村去了；好在何氏早已跟家裡打過招呼，吳氏去的時候，雲家不論老少，家裡硬是尋不到一個人影。

吳氏在雲家村一直蹲守到次日中午，仍沒等回雲家人，最後只好灰溜溜地回了下河村。回來後，她被老岳頭罵了一頓，又狠拘了她幾天。

正當她打聽到雲妮所嫁之處，想讓兩個媳婦和她兵分幾路去盯梢的時候，岳仲堯回來了。

這次岳仲堯出去的時間比上回要長了些。

起因是回程的時候，他在路上救了一戶被山匪劫持的人家，行程耽誤了。

那家人本來有帶著護衛，且人數還不少，只是這家的女主人嫁人之後，十來年沒回過娘家，這次回娘家探親，便有些興師動眾，主子、丫鬟、婆子、小廝、護衛，總共有百十人，首尾共二、三十輛車子。

除了人坐的馬車之外，還有七、八輛拉箱籠的馬車，上面裝了滿滿當當的財物。

這塊大肥肉，早早就被人盯上了。

也是那家人大意，覺得如今天下太平，就沒怎麼上心。

他家護衛雖多，但要護住這百來人，還有七、八輛車子的財物不受損失，護衛們就有些顧手不顧腳，雖然他們都有功夫在身，但耐不住山匪多，所以兩方一交火，這一家便頗有些狼狽。

這打得火熱的一幕正好被押貨回程的岳仲堯遇上了。

當時那一家子狼狽地抱頭蹲在地上，個個抖如篩子，岳仲堯看不過眼，拍馬就迎了上去，撿起地上一把大刀，不管不顧地衝到了最前面。

岳仲堯在戰場那四年也不是白白歷練的，他冷著一張臉，抿緊了嘴，衝上去就是一頓亂刀，很快就鎮住了那夥山賊。

事後，岳仲堯又得了那家人請託，護著他們走了很長一段路。

等他們安全之後，岳仲堯才急急往回趕，剛進青川縣，他迫不及待地先去了雲家村，準備接回娘子和女兒。

近鄉情怯說的就是他吧？

岳仲堯一路上拚命壓抑著即將與妻女見面的激動，進了雲家村。

卻不料竟然是大門深鎖。

岳仲堯一臉疑惑，只是放眼望去，院裡靜悄悄的，不見雞鳴也不聞狗叫，廚房裡完全沒有一絲煙火。

怎麼一家子都不在？也聽不見雞籠裡雞的叫聲，莫不是出事了？

岳仲堯越想心越慌，一顆心跳個不停，正不知所措的時候，他見著了雲大舅。

岳仲堯聽了雲家大舅說完緣故後，目瞪口呆，一時愣在那裡。

娘子不是生在雲家村、長在雲家村的嗎？怎麼又冒出來一個遠在益州的真正的娘家？岳父和祖母竟然是大有來頭？

益州啊，那是離青川有大半個月路程的地方。

這般遙遠的距離，再不是他觸手可及的了。

岳仲堯萬般情緒上湧，心裡亂糟糟的如萬馬奔騰。

他念了一個月，回來時，竟已是人去屋空……

雲大舅看了略顯落寞的岳仲堯一眼，有些不忍。

「好像瑾娘走的時候，給你留了一封信，在我家大兒媳那邊，你回家且去取來看，瑾娘走之前，應是有跟你交代過的。」

岳仲堯眼睛一亮，整個人像是重新活了過來。

「瑾娘、瑾娘有給我留了信嗎？」

雲大舅點頭。

岳仲堯連忙起身。「好好，那我現在就回了，大舅，我這就回了！」

他說完竟是急急想往外走。

雲大舅拉住了他。「你不吃過飯再回嗎？」

「不了不了，我這就回了。大舅舅別忙了，下回仲堯再來。」

雲大舅看岳仲堯一臉迫不及待的樣子，又拉住了他，想了想，把他娘這段時間所做的事都對他說了一遍。

岳仲堯聽完面沈如水，朝雲大舅拱了拱手，一臉歉意，道：「大舅，讓你們為難了，我回去定會勸勸我娘，以後她不會再上門來打擾你們了，我在這代我娘向你們賠罪。」

雲大舅也不與他為難，只擺了擺手，送他走了。

岳仲堯一路急奔，回到下河村用的時間竟比以前還快了半個時辰。

第六十章

吳氏今天難得在家，瞧見三兒出現在門口，頓時喜上眉梢，三兩步就迎了上去。

「你回來啦？怎麼這次去這麼久，主家多派活了？可有多給銀錢？」

吳氏只要一想到有錢進腰包了，就喜得滿臉都是笑。

岳仲堯沒有接話，只冷冷地掃了他娘一眼，板著臉進自己房裡去了。

吳氏臉皮比城牆厚，哪裡會被岳仲堯的冷臉嚇到？立刻就抬腿追了上去。

「銀子呢？這次掙了多少？上次拿回三兩，這次晚回來了幾天，應不只三兩吧？」

吳氏邊說著邊往岳仲堯的包裹裡翻。

岳仲堯也沒攔她，任她把自己那幾件舊衣翻出來，在床上揉成一團。

「這次得了四兩銀子。」

岳仲堯終於看不過去了，淡淡地說了一句。

「真的？有四兩？比你當捕頭時還多了一兩，而且還不到一個月呢，就能拿這麼多。」

吳氏喜不自禁。

岳仲堯見他娘從他到家後，問都沒問他一聲，在外面可吃了什麼苦，又做了什麼事，在外面有沒有好好照顧自己……一句都沒有，他心裡湧上一股濃濃的失落。

他在他娘眼裡還沒那幾兩銀子重要。

「銀子呢？」

吳氏在包裹裡翻不到銀子，便攤著雙手伸到岳仲堯面前。

「銀子我借給同去的一位朋友了，他家有急用。」岳仲堯回過神來，淡淡地回了一句。

吳氏一聽，眼睛頓時就瞪得溜圓。

「你說什麼？把銀子借給別人了？你是嫌銀子多得燙手，還是嫌我們家銀子多得沒地方放？自家都沒銀子花用，還拿去借給別人！」

吳氏邊說著邊上前捶打岳仲堯。

岳仲堯咬牙連挨了吳氏好幾下，才開口解釋道：「誰家沒個急事？又不是不還了。」

「我打死你！出去了這麼多天，竟是一文錢都沒拿回來！娶了喬氏那個白眼狼，你也變成那樣了！眼裡都沒父母了，早知你是這樣的，荒年時還不如賣了你換幾斗糧回來！」

岳仲堯聽了這話，越發心灰意冷。

他每回拿到錢，自己從沒留下一個銅板，全交給了他娘，只有這一回他沒拿錢回來，他娘就說這般讓人心冷的話。

兒子的命竟沒比那黃白之物重要。

岳仲堯呆呆地坐在床上，任吳氏捶打責罵，直到老岳頭和岳小滿從外面回來才拉開吳氏。

吳氏被扯出去時，還不忘把岳仲堯帶的幾包土產點心揣在懷裡。
岳仲堯一個人在房裡呆坐了好一會兒，想起瑾娘給他留的信，立刻急忙出門尋何氏去。
從何氏那裡取了信，他緊緊揣在懷中，一直跑進林子無人處，他才小心翼翼地拆了信來看。
看完信，岳仲堯心裡又喜又悲。
瑾娘……瑾娘心裡還是有他的吧？
只是現在瑾娘身分不同了，他如今這個樣子，不說身分，就是銀錢都沒多少，往後要如何站在瑾娘身邊？如何護住她？如何給她一個幸福安穩的家？
岳仲堯在林子裡呆坐了好幾個時辰，直到天色漆黑，才起身回家。
在家裡又待了幾天，日日聽著吳氏的絮叨，要他往雲家村拿回瑾娘家的鑰匙，說是要舉家搬進去住；還說屋子若久不住人，會荒草叢生、蜘蛛結網的，她這是去幫忙守房子。
但岳仲堯完全不為所動。
他想瑾娘時，就拿出她給他寫的信，一字一句地看。
如此這般過了好幾日無所適從的日子，直到青川城裡余記打鐵鋪的掌櫃派人來尋他。
余記的夥計帶來掌櫃的話，讓岳仲堯無論如何都要到城裡去一趟。
岳仲堯對余記掌櫃還是知道的，瑾娘剛開始賣柴的時候，就是賣給他家，獵的野物、採的野菜，余掌櫃也買了不少。

他對他很是感激，當捕快時他給了余記很多方便。

雖然不知道余掌櫃找他何事，但岳仲堯還是隨著那夥計去了城裡。

余掌櫃見到他很是客氣，親自給他奉了茶，又與他寒暄了好幾句，才向岳仲堯說起緣由。

原來岳仲堯路上順手搭救的那一家，竟是京城安郡王的家眷。

岳仲堯原本只覺得那一家子要比尋常人來得富貴，倒沒探問過他們的身分。

直到今天他才知道原來拍著他的肩膀，說欠了他一個人情的人竟是安郡王本人？

原來那時候是安郡王陪王妃回永州省親，正往京城回去。

後來，安郡王回到京城，準備換一批貼身護衛。

夫妻兩人想起路上發生的事，又念及岳仲堯是王妃家鄉人，知根知底，還感激他一片赤誠，又有勇有謀，就有意招他到身邊來，這般便想起了府中原來的護衛教頭余鼎。

知他辭了差後回了青川，安郡王命人快馬給余鼎去信，信中除了讓余鼎暗中調查岳仲堯的人品，也讓他力勸岳仲堯到郡王身邊效力。

余鼎把一番緣故說完，見岳仲堯擰眉沈思，便說道：「岳賢弟的事我已瞭解了些，你辭了捕頭後，有幫王掌櫃押了兩次貨，想必是想多掙幾個銀錢養家的。我看你並不是個沒有抱負的，或許安郡王那裡會有你要的東西。」

見岳仲堯聽得專注，他又說道：「安郡王跟當今聖上同出一個祖父，血緣上極近，今上對他很是信任，也頗為看重，把禁衛軍中的步兵營都交給了他……安郡王是個不錯的主子，這次你對他施以援手，他也有意還你人情，讓你先進他府裡領護衛之職，將來你若有出息，念著你的救命之恩，他絕不會虧待了你。」

他頓了頓再道：「按制，郡王府裡的護衛都是有官銜的，二等護衛是正八品銜，一等護衛是正七品。我引退的時候，是正六品；將來若你表現得好，得郡王看中，又是戰場上歷練過的，或許以後在步兵營會有你的一席之地。郡王是個重才的，他不會虧待了你。」

余鼎說到這裡便不再往下勸了。

都是聰明人，有些事就不用點明。

「岳某能否問一問余掌櫃，為何會辭了差回鄉？」

岳仲堯看向余鼎問道。

說實話，此時他很心動。

沒想到有這麼好的一個機會擺在面前，但他也不得不慎重，因為這餡餅掉得著實有些突然。

余鼎對於岳仲堯的質疑不以為意，還為岳仲堯這般慎重的態度感到很高興，這才是做大事的人。

「岳賢弟不用懷疑安郡王的誠意，也不必懷疑余某的人品。余某不是不想留在郡王府效力，也想封侯拜將，只是余某一次出勤時傷了身子……余某這腳，你看著與旁人無異，可若細看，走得急了，還是能看出有些跛的，軍中是不會要我這樣的人……」

岳仲堯見他情緒有些低落，連忙起身朝他拱手道：「仲堯無狀了。」

余鼎衝他擺了擺手。

「無妨，做事謹慎些總沒有壞處，特別是京城那樣的地方……這著實是個極好的機會，希望你仔細考慮考慮；若想清楚了，來我這裡，到時我會安排你進京。」

岳仲堯起身朝他道謝，又寒暄了幾句，這才告辭離開。

余鼎看著他走遠的背影，摸著自己的右腿嘆了一口氣。

安郡王算是個知人善用的主子，雖然也有他的私心，但哪個人做事是真的不圖什麼的？若岳仲堯真的只是下河村的岳仲堯也就罷了，賞一筆銀子就能了結，犯不著這麼大老遠去拉攏一個人。

也虧得岳仲堯娶了一個好娘子。

益州喬家在京裡出仕的族人可不少，朝堂歷來風雲變幻，將來沒準兒安郡王還要靠喬姓官員幫著說一、兩句話。

而另一邊，岳仲堯離了余記，當天摸著黑進了村子。

回家後，他隨意扒了兩口飯就進房歇了，一整個晚上躺在床上輾轉反側。

次日，岳仲堯頂著一雙黑眼圈，早早就起了。

待一家人都起了，岳仲堯就把人聚到一起，向大家宣布他想了一晚上的決定。

他先掃了堂屋裡或坐或站的家人一眼，再轉身跪在老岳頭和吳氏的面前。

老岳頭嚇了一跳，回過神來剛想去扶他，便聽岳仲堯說道：「爹，娘，我想分家。」

老岳頭愣了愣，手伸在那裡都忘了收回。

吳氏瞬間拔高了聲音。「你說什麼？你想分家？這個時候，你要分家？」

岳仲堯看了她一眼，點頭道：「是的，娘，我想分家。」

吳氏一聽跳了起來。「放屁！這會兒你婆娘有錢有地了，又被有錢有勢的本家認了回去，你就想分家了？作夢！我死都不會分家的！」

岳仲堯早就想到他娘會有這一齣，只把目光投向老岳頭。

「三兒啊，你先起來，起來再說。」

岳仲堯順勢站了起來，在他爹面前垂手站好。

老岳頭看了這個兒子一眼，良久才道：「這怎麼忽然想分家了？爹之前是說過，等你妹子出了門，我們就分家。快過年了，爹本是想一家子最後在一起過個團圓年，熱熱鬧鬧的，過了年，再請村長和族長來幫著把家分了。你怎麼的，連兩個月都等不了？」

岳仲堯想了想便道：「爹，瑾娘是回本家給她祖父守孝，岳父一家也不知什麼時候才能回來。我這兩次得了王掌櫃的東家賞識，要聘了我在別的地方幫忙，過兩天我就要走了。以後等我在那邊穩定了，就不能回家來處理分家的事了，我不好耽誤了二哥和四弟；才想著趁我還在，就把家分了吧。」

岳仲堯並沒有對老岳頭和吳氏及一家人說真話。

他娘把銀錢看得太重，當初他在縣裡當個捕快，他娘都在附近幾個村子得意了好久，逢人就炫耀。

若她得知他要到京中郡王府裡效力，沒準兒還會舉家跟了他去，就是不跟去，或許也會惹出什麼事來。

他在沒站穩住腳前，是丁點差錯都不能出的，他們一家子還是老實在家鄉種田得好。

老岳頭有些驚詫。「三兒，你這是決定跟著別人在外頭做事了？」

岳仲堯點頭道：「是呢，爹，咱家已有好幾個勞力，遇上年景好還好些，若年景不好，只怕地裡打的糧還不夠一家人吃喝的；在外頭，我一個月總有兩、三兩的銀子能拿，到時候也好多孝敬家裡些。」

岳仲堯是想好了，不單是為了瑾娘和孩子，也是為了這個家吧，他總要做出些什麼來，這個家才能過得更好些。

而吳氏聽說一個月有幾兩銀子拿，岳仲堯還會孝敬銀子，便住了嘴。

她們又聽岳仲堯說道：「爹，娘，我想好了，這些年我在外頭沒少讓爹娘擔心，也沒給家裡出過什麼力，所以我的那一份就不要了，我帶著娘子和孩子淨身出戶吧。將來賺得多，自然就過得好些，賺得少，也不給家裡添負擔。四時八節，我會給爹娘添節禮，每年也會給爹娘一筆養老銀子。」

孫氏和于氏聽說岳仲堯要淨身出戶，眼睛大亮。

吳氏聽完看向岳仲堯。「你一年能給多少養老銀子？」

岳仲堯聽吳氏這麼一問，立刻盤算起來。

余鼎跟他說在安郡王府先充作二等侍衛，一個月可領三兩銀子月俸，平時可能還有些別的貼補，那這樣算下來，一年他手裡總也有三、四十兩銀子。

他自己吃住在府裡，有四時衣裳，想必是花不了什麼錢。

他便說道：「我一年給家裡十兩銀子吧，以後若有多再添。」

吳氏眼睛一轉。才十兩？這兒子當了捕頭一個月還有三兩呢，就是現在也有三兩銀子一個月，一年下來不得有三十幾兩？哪能十兩銀子就把人打發了。

「才十兩？你現在一個月就能往家拿回三兩。」

岳仲堯眉頭皺了起來，道：「娘，兒子自己還要吃喝呢，而且在外頭刀槍箭雨的，又要應酬交際，哪裡不需要花銀子？十兩銀子已經不少了，咱家這麼些人，一年也用不上幾兩，再說兒子還要留些錢養家、養孩子呢。」

吳氏眼睛一瞪。「你那婆娘還需你來養活？」

岳仲堯揚聲道：「娘這是什麼意思？莫不是要兒子當個吃軟飯的？」

「吃什麼軟飯？她有錢當然該她來養家；再說她嫁給了你，她的東西自然就是你的，將來她若生不出兒子，她的那些東西還不是咱家東根和北樹的？」

「娘！」岳仲堯喝道。

異口同聲的還有岳老二和岳老四。他們是羞的，當著兄弟的面，這是赤裸裸地打臉。

「娘莫說那些胡話，兒子不愛聽。」岳仲堯擰著眉說道。

「娘，我三哥、三嫂都還年輕，生多少個兒子都能的；再說，我的兒子我自己來養。」岳老四對著他娘說道。

孫氏和于氏垂著頭抿著嘴不作聲，也不知心裡在想什麼。

老岳頭氣得不輕。

這老婆娘算盤是越打越響了，平時暗地裡打算也就罷了，怎麼能當著兒子的面說這些？是怕三個兒子不能離心還是怎的？

老岳頭一掌拍在案几上，大聲道：「既然老三馬上要走，這家就分了吧！省得他以後不在家，分家不方便。」

「分什麼分，我不同意！」吳氏在一旁著急地說道。

分了家，她還如何拿捏幾個媳婦？

一個跑了不說，另外兩個分了家，還能聽她的？她現在還幹得動，也不想隨了哪個兒子住，看兒子、媳婦的臉色，還是自己掌家舒服。

岳仲堯沒看他娘，只對老岳頭說道：「爹，小滿還未出門，娘要不想分，就和二哥、四弟這麼過吧，將來再說，只把族長和村長找來，寫了分家文書，把兒子這一房先分出去就行。以後兒子大抵是要在外面討生活得多了，就算年裡回不來，每年的養老銀子兒子都會捎回來，在文書上也會寫清楚。」

老岳頭聽完，長長嘆了一口氣。

這會兒他和吳氏還在，把老三分出去，若他在外闖出了名堂，趁這會兒三兄弟還有情分在，以後他們夫妻若是走了，老三還能多拉扯一把兩個兄弟。

老岳頭想清楚後，對岳仲堯說道：「爹和你去大伯和村長那裡走一趟吧，把文書簽了，你也好早做準備。是這兩天就走嗎？」

岳仲堯想著在走之前，還得去益州見妻女一面，再趕去京城。還有兩個月就過年了，日子頗緊，還是要早些趕路得好。

「是呢，爹，這天也越來越涼了，被大雪阻在路上倒不好了。」

老岳頭一聽，的確是這個理，連忙起了身，就要領著岳仲堯出門去。

吳氏氣恨不已，動手去拉兩人。

「妳就消停些吧！老三就是分出去了，也不會短了妳的吃食的。妳還有老二、老四守在身邊，還怕沒人養活？」

老岳頭瞪了吳氏一眼就背著手出去了，岳仲堯也跟了出去。

孫氏和于氏有些心急，這不是要分家嗎？怎麼就分三房一家，他們這兩房還是照舊？

「爹，娘，那我們呢？」

吳氏聽了便罵道：「妳們也想分？都想離了我們兩個老的，自在過日子呢？老娘還沒死呢！分個屁家！」

孫氏和于氏對視了一眼，又看到自家男人朝她們投來的不滿目光，抿起了嘴。

吳氏雖心有不甘，可耐不住老岳頭和岳仲堯鐵了心要分家，拉不住人，她只好恨恨地在堂屋裡罵開。

而那頭，老岳頭帶著岳仲堯已是到了族長和村長家裡。

這樣的分家法，簡單方便，又不需要他們出面，也沒什麼糾紛，就一紙文書而已，他們自然樂得做個見證。

不到半個時辰，岳仲堯就揣著分家文書回來了。

因為已經決定要走，他便在家收拾了起來。

收拾好了東西，岳仲堯又在村裡的屠夫那裡訂了肉，準備請親近的幾家人來喝酒。

大伯和四叔家都是請到家裡來吃酒，岳大雷和雲錦他們兩家則是在作坊請的。

臨走前的那天夜裡，岳仲堯一個人跑到喬明瑾家的院子外轉悠了好久。

隔天一早起來，他掏了十兩銀子偷偷拿給老岳頭，又拿了四兩銀子給吳氏，再拿了幾兩銀子給岳小滿添妝。

岳小滿成親，他不能在家觀禮，所幸給她找的人是他舊日同僚，大家知根知底，未來妹夫的品性他能信得過，沒什麼好不放心的。

如此一來，他自己身上便只留了不到十兩的碎銀，和安郡王賞的一錠五兩金子。臨走，他也不要人送，只揹著個舊包袱就大步出了院門。

岳小滿紅著眼眶，拿了兩雙她連夜趕製的鞋追了出來。

岳仲堯接了塞進包裡，回頭看到老岳頭一臉不捨地站在院門口。

吳氏也在一旁站著。畢竟是自己親生的兒，她抹著淚遙遙叮囑了幾句，岳老二、岳老四也攜妻帶子地在門口相送。

岳仲堯回頭一一掃過他們，轉身走了。

再說喬明瑾這邊。

岳仲堯出門的時候，他們已走了一半的路程。

一家人除了喬父和藍氏，都是沒出過遠門的，一路上看什麼都新鮮。

過了青川地界，又過了青川的州府永州，他們覺得道路兩旁的草啊樹啊花的，都跟青川不同。

喬父和藍氏雖然是一路從益州過來的，但那時的心境怎跟現在一樣？就也跟著眾人湊熱鬧，陪著一家人說笑，倒是消了幾分不安忐忑之心。

尤其一路上有琬兒嘰嘰喳喳、興奮叫嚷的聲音，一家人心情都很不錯。

而明琦和明珩兩個小的，有時候還跑到車轅上坐著看風景，也不顧塵土吹滿面，那幾個鏢師看明珩眼巴巴地望著他們的目光，偶爾會帶著他在馬上跑一段。

現在雖然是太平年景，但官道仍不是好走的，一路顛簸是免不了。

一家人有藍氏這個老的，又有琬兒這個小的，還有喬父這個體弱的，倒也不敢走得太快，走了十來天，還走不到一半路程。

丁二父子有些著急。

他們這一趟出來都大半年了，不說惦記著家裡，就是現在好不容易才尋到少爺和夫人，他們自然是希望早些把少爺和夫人帶回益州交差。

夜長夢多，這路上誰知道會出什麼事？

再說，還有一個多月就過年了，還要回去準備年節諸事。今年大少爺和夫人回來了，當然要由大少爺這一支來主持祭祖，可不能錯過了年節。

只是這父子兩人的焦急，喬家一家人可沒多在意，照樣該玩的玩、該看的看、該吃的吃。

一家人除了喬父對回本家有些期盼外，喬明瑾等人是把這一趟當作出門旅行看待的。難得出門一趟，沿路的風光一定要好好欣賞了才行。

藍氏對回本家也沒多少期盼，一家人現在日子過得和樂，何苦趕回去過那不清靜、不省心的日子？

所以看到喬明瑾等人要下車觀賞名山大川、名勝古蹟，她都隨他們去，有時候，她也興致勃勃地陪著他們去看。

她又體諒到喬母這一輩子的辛苦，難得出門一趟，願意陪她下車多走走，有時候還願意耐心指點她一番人事交際之類的事，讓喬母開了不少眼界、長了不少見識，獲益匪淺。

不過即便他們走得再慢，路程還是有走完的時候，益州城已經近在眼前了。

益州喬家是個聚族而居的大姓，族人多聚居在益州東城。

原來的喬家老祖只在穿花弄裡建了一幢一進的小宅子，也不知是風水太好還是別的，自喬家老祖在東城建了宅子之後，後來一直子息旺盛。

人多了，一進的宅子漸漸住不夠了，慢慢便往外擴。

再後來，喬家老祖很重視子孫教育，或送子孫入書院，或請人來家教習，子孫慢慢都染了書香氣息，用心攻讀之後，出仕者漸漸多了起來。

子孫有了出息之後，宅子也就越建越大。

如今的穿花弄及喬家所處的東區，都已經成了喬家子孫的聚集地。

喬家原來在穿花弄的老宅，已經成了喬家嫡系的祖宅。

後來喬家在祖宅裡修了家廟，設了祠堂，凡是四時八節、祭祖上供什麼的都會在喬家祖宅裡舉行。

故不論祖宅的嫡系是在益州本家還是在外出仕，族長一職都由嫡系來繼承；若族長不在益州，便會由族內公選一個代族長執行族內事務。

所以不論分出去的子孫有多出息，建的宅子多大，內裡多富麗堂皇，就是比祖宅有過之而無不及，也比不上祖宅的地位和威望。

就連祖宅的門房，氣勢都要比分出去的旁支、庶支子孫要盛一些。

但如今祖宅裡住的並不是族裡公認的正宗嫡系，所以丁二當初傳信回來時，沒有傳至祖宅，而是傳到代族長和幾個族老那裡；當初就是這些人找他去尋回喬景昆一家，祖宅裡居住的人皆都不知。

所以喬明瑾一家人進了益州地界，自然沒有什麼十里相迎的場面。

直到進了益州城，才有族長打發來的管家候在城門口。

「丁二管事。」

「趙管家。」

兩人拱手打招呼，趙管家帶來的兩個小廝連忙上前幫著拉韁繩。

趙管家則伸著脖子往幾輛車上來回掃去，悄聲問道：「可是尋回景昆少爺和夫人了？」

丁二管事點頭。

趙管家神色一斂，連忙拉拉身上的衣裳，小跑著到兩個寬大些的車廂旁邊，行禮道：「小的姓趙，是代族長家的管事，得了景昆少爺和夫人回家的消息，就派了小的在此恭候了。小的見過景昆少爺，見過夫人。」

喬父在車廂裡聽他說完，應聲道：「趙管家辛苦了，替我一家謝過族長和幾位族老。」

「景昆少爺客氣了。」

他正想再說兩句，又聽另一車廂傳出聲音。「族長可是都安排好了，我們一家可還有住的地方？」

趙管家擦了一把汗，心想這便是藍氏夫人了，忙回道：「回夫人，三天前，族長聽到你們要進城的消息後，便使人通知祖宅那邊把正院收拾出來了，又讓人收拾了東邊的幾個院子。那邊雖然不明所以，但想必這會兒也是心裡有數的，只是他們並不知少爺、夫人具體的歸期。」

他說完，垂手站好。

隔了一會兒，才聽藍氏又問道：「原來的正院是誰在住著？三春堂現在又是誰住著？」

趙管事腰又彎了兩分，恭敬地回道：「原來的正院在老爺去後就一直空著，方夫人和劉夫人有各自的院子。三春堂自從夫人走後一直空著，倒是景昆少爺的松院一直有人住著，現在住著的是景倉少爺一家。」

喬明瑾聽得仔細，這個景倉，想必就是祖父的如夫人小方氏所出的庶長子了。

趙管事說完沒等來藍氏的回應，便告了罪領著一行人往城裡去，一路上他候在兩輛車子一側，不時向喬父和藍氏說著這些日子的事，偶爾也提點喬父和藍氏幾句。

喬父感謝族長的這一番安排，對那趙管家連聲道謝。

那趙管家原本並沒見過喬父和藍氏，只知這差事吃力不討好，怕是要被祖宅的人暗恨。沒想到領了差，在此候了兩天，這沒見過面的少爺和夫人竟是這麼謙和，完全沒有祖宅那些人趾高氣揚的模樣。

那些人連族長和幾個族老都不放在眼裡，哪裡看得到他這個管家？

他心裡很是一番感慨，便越發恭敬起來，一路上藍氏和喬父問什麼，他都知無不言、言無不盡，給喬明瑾等人提供了不少有用的訊息。

進了內城，車速漸漸慢了下來。

車外人聲鼎沸，小販們吆喝聲不斷，想來是極繁華的。幾個小的手指癢癢，總想掀了車簾子去看，只是有藍氏在旁，他們只好端坐著。

喬明瑾只覺得晃晃悠悠的，也不知又過了幾條道，走了幾條弄堂，這才覺得人聲漸漸小了，車子也漸漸放慢，直到停下。

「來了、來了！」

喬明瑾聽到外面有說話聲，亦有細碎的腳步聲，似乎人數不少。

「是景昆嗎？」

馬車在喬家祖宅前停了下來，直至外面有人聲、腳步聲，車內一家人這才覺得有些真實感。

喬明瑾直到現在才看到藍氏面上有一絲波動。

車簾被輕輕撩開之後，就有僕婦、小廝來攙喬家人下車。

「三叔祖，六叔，八叔，九叔。」喬父的聲音裡透著些許激動，聲音微顫。

隔了許多年，這些熟識的人都老了，他也老了。

他從來沒跟著父親上過京，一直都住在祖宅裡，小時候，他沒少受過這些人的幫襯，這些人也沒少替他母子兩人說過話。

「景昆啊，真的是你回來了！叔祖可是盼了你二十多年啊！」

留著一小撮花白鬍鬚的三叔祖喬向文，是喬景昆祖父的同胞弟弟，七十幾歲了，精神矍鑠，瞧著身子還算硬朗，此時他拉著喬景昆，神情激動。

喬父緊緊拉著三叔祖的手，喊了一聲。「三叔祖……」便滾下淚來。

在旁的人見了，無不心酸感慨。

喬家嫡系嫡支嫡長孫，卻流落在外二十多年，過著饑一頓、飽一頓的生活。

喬家是益州大族，歷來最注重血脈。

喬家子息旺盛，旁支、庶支比嫡支還要枝繁葉茂，而喬景昆的祖父喬向有，那會兒還只是個白丁，遠不及旁支、庶支子孫出眾；但血統在那裡，祖宅便一直由他這一支住著，族長也由他擔任，不然如今喬興存去了，族裡也不會下力氣去找回喬景昆。

除了三叔祖，其他人也都來跟喬父等人打招呼。

不說各人心裡如何想，喬父這一嫡系嫡支嫡長子的身分，就多得是人敬著、巴結著。

再說，祖宅那兩房夫人帶著各自子女鬧得太過，連族裡都編排上了，而喬景昆這裡，在外頭流落了這麼多年，想必是沒什麼背景人脈錢財的，這樣的人，族裡才好拿捏些。

歷來這祖產祖業都掌握在嫡支手裡，分出去的旁支、庶支都要靠祖產年終的那些分利來養活家小，無不希望掌家理事的家主是個大氣不貪財，背景又簡單的人來擔任。

不然掌家的家主、掌家夫人、家主所生的兒女、姻親故舊那裡隨便漏一點，他們這些旁支、庶支就要少得一點；若家主、夫人是個不省事、是個手鬆的，哪裡還有他們這些旁支、庶支的活路？還是要無背景的來掌家好一些。

藍家那邊沒落了，父母也不在了，而喬景昆娶的莊戶人家女更是不足為懼。

不管在院門前迎接的人是什麼心思，總之他們面上都是一團和氣。

一直到此時，住在祖宅裡的各房，才知道族裡派了人把喬景昆和藍氏找回來，今天人都已經到門口了。

他們不只方寸大亂，竟然還像無頭蒼繩般無措了好久。

這會兒，各房也派了人等在大門口，探聽消息。

三叔祖和幾位族老與喬景昆和藍氏相互見過禮，敘了一番別情，喬父才叫了喬母和喬明瑾等人與他們一一見過。

三叔祖瞧著院門口伸著脖子張望的幾個下人，哼了一聲，揚聲道：「快去稟告你們的主子，讓他們到大廳相迎！」

有機靈的小廝聽見，轉身一溜煙地跑了。

在代族長和幾個族老的眼裡，只有藍氏是新婚第二天進了祠堂，拜過祖宗的，所以她生的長子喬景昆才是正宗嫡系，而喬景昆出生第二日就由上任族長抱著進祠堂，往神龕裡滴過血，他的身分沒人敢置疑。

這兩人才是他們認可的、代表了正宗的嫡系嫡支。

喬家祖宅門口，不說黑壓壓的一片，起碼人來得並不少。

琬兒見到這麼多人，有些害怕，緊緊拉著喬明瑾的手不放，明琦也緊緊跟著喬明瑾；明玨和明珩倒是一臉淡定，一左一右隨在喬父兩側，明瑜則是攙著腿腳有些發軟的喬母，而喬明瑾是陪在面無表情的藍氏身邊。

一家人被引著進了院子。

第六十一章

喬家不愧是益州大族，宅子占地極廣，院落套著院落，園裡林木蔥蘢，假山遊廊，飛簷碧瓦，處處雕梁畫棟。

幾個孩子何曾見過這樣的房子，個個瞪圓了眼睛。

他們眼裡雖有著驚嘆，好在沒有四處張望亂瞟，只是緊緊跟著大人的腳步。

三叔祖和幾個族老見了都忍不住點頭。

這才是嫡系嫡支的風範，哪怕流落到外頭，穿得沒他們家裡的管家婆子體面，但這教養、這膽識絕對拿得出手，就是景昆那才五、六歲大的外孫女，都養得一副大家閨秀模樣。

還有景昆那長子，長得就跟他祖父一個模子刻出來的一樣，神采氣度活脫脫又是一個年輕榜眼。

三叔祖眼眶發熱，他終於不負喬家兩代家主所託，把流落在外的嫡系嫡支找回來了。

一行人穿過幾重垂花門，又穿過幾條長廊，便到了正院。

沒個人出來相迎，族長和幾個族老都忍不住皺緊了眉頭，卻不好當場發作，只領著這一家子徑直進了正院的花廳。

花廳很大，正中一張大的案几，兩邊是兩張寬大的太師椅。大廳正中設了兩排圈椅，一排有六張，皆有茶几相隔，後邊有各設了兩排稍小一些的圈椅。

廳裡兩側有屏風、博古架、花瓶擺設等等，牆上還掛了書畫。

進了大廳，讓人忍不住屏氣斂聲，步子都忍不住放輕了下來。

三叔祖和藍氏、喬景昆相讓了一會兒，沒人坐上座，最後分坐兩側。

喬家這一側只坐了藍氏、喬父、喬母三人，喬明瑾帶著明玨幾個本想站在父母、祖母後面的，卻被三叔祖指著在喬父和藍氏的後排椅子上坐了。

待各人坐定，幾個族老眼睛掃了一圈，沒人奉茶不說，祖宅裡連一個人影都沒看見。

族長和幾個族老都覺得被人下了面子，面露不豫。

三叔祖做為族長，便衝著外頭開口喝道：「祖宅的人呢？都搬出去啦？正好，搬出去也好，正好給景昆一家騰地方，這宅子歷來就是分給嫡支住的，也沒得讓一堆不相干的人白占著。」

有那在外頭探頭探腦的探子聽了，連忙轉身一溜煙地跑去稟報。

幾個族老這意思，是今天人要是不來，就當他們已經被掃地出門，這祖宅只怕真的要拱手讓出來了。

族長和幾個族老見有人去通風報信，便又吩咐下人去泡茶，這才回頭細問起喬家一家子的境況來。

喬父把這些年經歷過的事都簡單說了一遍，雖然平鋪直敘，但族長和幾個族老還是聽出裡面的艱辛和不容易；再看這一家子穿著打扮簡單，頭上、身上都沒幾件飾物，他們心裡忍不住泛酸，不由感慨連連。

族長長嘆了一口氣，說道：「當年你祖父屢試不第，你高祖留下的人脈俱都成了空，到你父親時，雖授了榜眼，但年紀輕輕進京，那會兒咱家在京也沒個人幫襯他，你父親便想借一借劉家的勢，這就是他沒有拒絕先帝賜婚劉氏的緣由。被劉妃攪和了一下，弄了什麼左夫人、右夫人，到最後只是委屈了你們母子。」

幾個族老聽了這一段話，各自感慨了一番，都拿話安慰喬父和藍氏。

藍氏面上淡淡的。

而喬父聽了便說道：「都過去了，雖說前些年過得辛苦了些，但好在一家人都在一起，日子簡單但卻安寧和樂。」

族長和幾個族老對視了一眼，見兩人面上並無怨懟，心頭略鬆，讓這嫡系嫡支子孫流落在外，族裡也是有責任。

三叔祖又對喬父說道：「你是咱喬家唯一正宗嫡支，族裡規矩，族長一職應由嫡支嫡長子承繼。你父親雖任著族長，但這些年他在京裡任職，族裡庶務便由我代為管理，現在你回來了，自然要由你擔起來。」

喬父與藍氏對視了一眼，便說道：「族裡既有這樣的規定，那姪孫就義不容辭，先掛個名；但族裡的事務仍由三叔祖暫管著，畢竟我這才回來，族裡的事務也沒有經過手，怕是一時處理不來。」

族長和幾個族老又對視了一眼，方點頭道：「如此也好，那等你一家安頓好之後，便跟著我學習管理族裡的事務。我的年紀也大了，不說你祖父，就是你父親都沒了，我卻還覥著臉活著。」

人生七十古來稀，七十好幾的三叔祖面上頗有些傷感。

藍氏聽了這話便說道：「三叔身體還健朗著，多少人都盼不來您的高壽呢！想必三叔家裡現在都五世同堂了吧？」

三叔祖聽了這話果然面上露了笑，旁邊被喬父喚為八叔的就說道：「可不是？過不了幾年，都要六世同堂了！三叔那玄孫如今都在議親了呢。」

三叔祖笑呵呵地道：「那小子如今還是個秀才，可沒幾個人願意嫁他。」

旁邊叫六叔的族老說道：「三叔這眼光也太高了，這是要養一個狀元出來呢！榮小子才十二，就已經是秀才了，等明年的大比，沒準兒就能出個十三歲的舉人，比興存大哥當年可一點都不差。」

三叔祖聽了這話，笑得更是開心。

喬明瑾看了兩個弟弟一眼，能看到兩個弟弟面上的驚詫和眼裡的羨慕。

明玨尚好，他如今已歷練得沈穩了，倒是明珩眼裡有些黯淡。

如今他虛歲也有十二了，還什麼都不是，明年就算參考，還不一定能考個秀才出來。

他正經讀書也只不過一年的時間而已，之前家裡困難，只有喬父在家教了他幾個大字罷了，都沒正經上過私塾。

喬明瑾見他這般，拉過他的手拍了拍，悄聲道：「放心吧，等安頓好之後，讓爹給你找間好的書院。路上不是聽丁二說有族學的嗎？過幾天收拾好便送你去族學。」

明珩聽了眼睛一亮。

他之前對考科舉什麼的並不大上心，他只是想讀書認些字，現在他可不想被跟他同齡的人比下去，沒得讓人笑話自家是從鄉下出來的。

這一刻，明珩心裡無比堅定，他要好好讀書，而且要讀出個人樣來！

大廳裡氣氛很是融洽，丫鬟們很快就上了茶。

茶香濃郁，甘醇爽口，好茶。

即便是後來他們家日子好過了，也沒捨得買這麼好的茶。

喬明瑾看了坐在前排的喬父和藍氏一眼，那兩人喝茶的動作無比優雅，面上沒有半絲波動，果然是喝慣了的。

唯有喬母有些拘謹放不開。

族長想了想便又說道：「你父親臨終前分了家，把大半的家業都分到你們這一房，臨終還託了族裡定要把你尋回，你分得的那一份家業，如今都由族裡幫忙管著；現在你回來了，自然要把家業接了去，稍後我就把分家的清單給你送過來。」

喬父起身朝族長和幾位族老致謝。「讓三叔祖和幾位叔叔費心了。」幾個人謙虛了一番，又說了喬興存臨終的吩咐和囑託，不免又是一番感慨。

而喬父少時是得過父親關愛過的，且又是骨肉至親，父親離世，他卻不在身邊……雖然離了這麼些年，沒想到生身父親還惦記著他，他很是傷感了一番。

「等安頓好後，我想帶著一家子去父親墳前拜一拜，給父親磕幾個頭。」喬父面露哀戚說道。

三叔祖聽了不住點頭。「應該的、應該的，正該這樣，你父親臨終前一直念叨著你，彌留之際還唸著你的名字。等你一家安頓好，就領了一家老小到你父親墳前磕幾個頭，讓他也見一見你的幾個孩子；他見到你如今兒女雙全，想必九泉之下就能安心了。」

喬父含淚點頭應了。

正說著話，就聽丁二稟報說是幾位少爺和少夫人來了。

喬明瑾等人聽了，抬眼去看。

領頭進來的是和喬父年紀相仿的中年男子，後面跟了幾個年紀略輕些的，又跟著進來幾個年輕婦人。

可能是還在孝期的緣故，各人身上穿的都不是鮮亮的顏色，進來的婦人頭上、身上戴的多是素色首飾、銀飾珠子之類的，但再素也是滿頭滿身的釵環。

進來的一行人面色倨傲，抬著下巴，只怕是來顯富示威得多。

喬父自他們進來，就扭頭去看他們，面上略帶了些激動，這些可都是他的親人哪……

而藍氏連頭都沒抬，只端了茶來喝。

族長和幾個族老掃了進來的人一眼，問道：「你們姨娘呢？」

跟喬父年紀相仿的是小方氏所出的庶長子喬景倉，聽了族長問話他愣了愣，回道：「兩位母親身體不適，正在臥床休息。」

族長聽了便重重哼了一聲。

什麼母親？你們母親在這上頭坐著呢，兩個小妾、姨娘倒充起主母來了！

前兩天爭家產的時候，怎麼不見她們臥床休息？

但他不好發作，便又說道：「你們嫡母和長兄在此，還不過來拜見？」

那喬景倉和後面幾人對視了一眼，沒動彈。

藍氏見狀便緩緩放下茶杯，朝那婦人望去，上下打量了她一番，笑著說道：「妳也姓方吧？」

那婦人正是小方氏的娘家姪女，正所謂肥水不落外人田，小方氏早早就把她聘給了自己的長子。

此時這方氏見藍氏一臉的從容，冷冷地看向她，立刻被藍氏渾身散發的氣勢唬住了，愣愣地點了點頭。「我正是姓方，怎樣？」

藍氏偏了偏頭，笑了。

「不怎樣，我一猜就是。妳那婆婆想必還想在我走後，由如夫人當上大夫人吧？還想趁我走後好壓劉氏一頭。妳那太婆婆想必也沒少鬧過？三代婆媳都姓方，這喬家莫不是要改姓方了？」

方氏見藍氏還是穩如泰山，不免有些焦急，現在聽藍氏說起喬家三代婆媳皆姓方，喬家這是要改姓，偷偷往喬景山他們那邊看了一眼，果然就見劉氏所出的幼子喬景山夫妻眉頭皺了皺。

藍氏看這兩房人較勁，心裡暗笑，又看了進大廳來的十來個男男女女一眼。

「按道理，方氏、劉氏雖生了你們，可你們也叫不得她們母親；在這個家裡，若你們還認喬興存是你們的父親，那你們便只有我這一個母親。方氏、劉氏雖說叫什麼如夫人、右夫人，只不過是外人聽著好聽罷了，族譜上記的不過是姨娘。」

她頓了頓又說道：「她們是真病也好，不願來向我磕頭也罷，我都不在意，是什麼便是什麼，總不能白的說成黑的，不是憑你們說一、兩句話就能改變得了的。喬家在益州百年不倒，自也有它的一番規矩，若你們守規矩，自然大家相安無事；如若不然，就按你們父親臨終分家所說，過幾日你們就搬出去吧，眼不見為淨，想必你們父親也分了宅子給你們的。」

藍氏說完這一番話，又端起了茶，再不看他們一眼。

喬景倉等人聽完面面相覷。

這藍氏可不是他們打探的那樣，在莊戶人家裡過活的老太婆一個，她哪裡是鄉下婆子的模樣？他們的娘還想拿捏喬景昆一家呢，這、這還如何拿捏？

族長和幾個族老聽了藍氏的話倒是欣慰至極，果然是大婦風範，就該如此這般鎮場，看來祖宅已經鬧不了多久，他們這些老的耳根能清靜了。

大廳正中站了十來個人，都不說話，只有站在最後面的一對夫婦，齊齊對視了一眼，就走上前來，撲通跪在藍氏和喬父面前。「給母親請安，給大哥請安。」

藍氏看了他們兩人一眼，問道：「你是？」

那男子便說道：「回母親，我是景岸，生母是夏姨娘。」

藍氏聽了連忙叫喬父把他們兩人攙起來，這才仔細去看他。

這喬景岸在兒子中排行第三，上頭是喬景昆和喬景倉，他生母夏氏原是藍氏身邊的大丫鬟，在喬興存臨去京都任職前，藍氏給夏氏開了臉，隨著喬興存去京中服侍。

夏氏後來在京中生了庶長女喬蘭芬和庶次子喬景岸。

藍氏瞧著這喬景岸長得還挺有幾分像夏姨娘，便問道：「你姨娘呢？」

喬景岸聽藍氏詢問，臉上一黯，回道：「姨娘十多年前就沒了。」

要不是姨娘沒了，他和姊姊也不會過得那麼艱難。

他又往藍氏和喬景昆那邊看了一眼，也不知這個母親和大哥秉性如何？如今他們一家只能依附嫡母和大哥這邊了。

藍氏聽說夏姨娘沒了，嘆了一口氣，說道：「你姨娘是個好人，當初隨著我從藍家出來，服侍得盡心盡責；若不是當初你們祖母以族裡的規矩為由讓我留在益州，我也不會給你姨娘開了臉，讓她隨你父親進京去。若把她嫁給個管事或是外頭的掌櫃，沒準兒她還能多活幾年，含飴弄孫。」

喬景岸聽藍氏說完，心頭微動。

如今聽藍氏這話，似乎嫡母還念著他生母服侍過她的情意，他心頭不由安定了幾分。

「母親快別這麼說，姨娘當初去的時候，曾叮囑過我，說若是以後有能力一定要尋回母親和大哥，讓我好好替她侍奉母親；如今母親和大哥回家來了，我這心裡不知有多高興。」

喬景岸這會兒心裡多少有些安定下來，瞧嫡母和大哥這般模樣，想必不會不管他們一家。

夫妻倆便轉身去拉自己的三個子女。「都來見過你們祖母和大伯、大伯母。」

夫妻兩人生了兩子一女，長子已是十六歲，長女十四歲，次子十一歲，跟明玠一樣的年紀。長子、長女如今都還沒說親，現在夫妻倆正為長子、長女的聘金和嫁妝犯愁。

三個孩子聽到父母叫喚，連忙上前來，三人早就在偷偷打量藍氏、喬父一行人了，此時立刻便乖順地跪下給藍氏、喬父、喬母三人磕頭。

喬母是個心善的，見不得人這麼跪來跪去，早早就把三個孩子攙了起來；而藍氏和喬父待他們三人起身後，對丁二示意了一眼。

丁二接到藍氏的眼神，上前給三個孩子一人遞了一個荷包。

這些荷包都是藍氏在路上備的，準備打賞小輩用，準備得很足，只是沒想到今天才送出三個。

喬明瑾也帶著明珏、明瑜幾個與喬景岸一家相互見過。

喬景岸妻子黃氏拉著喬明瑾姊妹的手，說了好些親熱的話。她並不像喬景倉他們想著這是一群鄉下來的，她認為喬景昆一家人很是容易接近，也願意與這一家人交好。

喬景岸夫妻如此這般表現，無疑是認下了嫡母、長兄，這對於喬景倉、喬景崖、喬景山等人來說，無疑是打壞了他們的計劃，讓他們暗自惱恨不已。

要是他們擰成一團抵死不認，再在族裡鬧一鬧，那分給長房的家財最後還不是又落到他們幾房人手裡？

所以，喬景倉等人看向喬景岸夫妻的眼神，無不帶著刀。

喬景岸夫妻只做不見，拉著藍氏一行人敘話。

他們如何不知這一些人的打算？就算把長兄這一房分的財物都從族裡要回來，可是跟他們這一房又有什麼關係？能分他們一份？

而族長和幾個族老見喬景岸這麼上道，很是高興，對著喬景倉和喬景崖等人說道：「你們還不過去見過你們母親和長兄？」

那兩房人哪裡是那麼容易妥協的？他們不過是掃了藍氏等人一眼，就站在廳中不動彈。

藍氏見狀便說道：「不願意我不勉強。景山、景崖是在京裡生的，我也沒見過幾回，現在就是站在我面前，我都不一定認得出你們。至於景倉，雖是在益州生的，可是你還小的時候就跟著你父親進京去了，後來我也是沒見過幾回，就算從京裡回來，你姨娘仍是護得你嚴實，等閒不來向我請安。我年紀大了，這眼神不大好。」

喬明瑾在後排聽了，心裡暗笑。

三個庶叔不認她祖母，她祖母這更好，直接就說認不出他們三個。

這庶子不認嫡母頂多是被人說幾句不知禮罷了，但嫡母不認庶子，這問題可就大了，沒準兒能說你不是喬家人；別說要立馬分出去，將來或許會不能在益州生活，以後還不能以喬家人自稱。

喬景倉、喬景崖、喬景山三人自然也聽出了藍氏話中的意思。

沒想到這藍氏竟是個不吃虧的，竟這麼棘手。他們不想認喬景昆一家，沒想到藍氏便說不想認他們，嫡母不認他們，他們還能有什麼理由占著祖宅？

幾人齊齊往族長和幾個族老那邊看了一眼，正好那幾個人也在瞧他們，正等著他們服軟。

這幾人對視了一眼，暫時無計可施，沒有打招呼，便又攜妻帶子地轉身出去了。

這事他們還得向他們各自的母親討個主意。

藍氏見他們轉身出去，也沒說什麼。

一行人坐著敘完話，族長和幾個族老見藍氏和喬父等人面帶疲色，就讓人帶他們去休息。

因為正院已經收拾出來了，喬景昆本想把正院給藍氏住，但藍氏不願意，還是選了她原來住過的三春堂。

喬景昆只好作罷，帶著喬母住進正院。

明玨、明珩兄弟倆住進了前院，喬明瑾和明瑜、明琦則住進了東邊的幾個院子。

好的院子都被劉氏、方氏兩房人住了，但好在這祖宅是喬家的門面，四時八節、旁支庶支都是要過來家祠這邊祭拜，平時都有修葺。幾個收拾好的院子修得不錯，花團錦簇，有正屋、廂房、耳房，正屋一明一暗，有淨室，床也很大。

比之青川他們住的房子不知好過多少，他們沒什麼好挑剔的。

只是院子雖大，卻不見一個丫鬟、婆子來伺候，便顯得空落落的。

喬父和藍氏對於回到祖宅之後會受到冷落，早有預見，一家人看著空無一人的院落倒也不怎麼失落。

好在族長和幾個族老早就知道劉氏和方氏的伎倆，早早就打發人到自家叫了好些小廝、丫鬟、婆子過來幫忙。

等這些人到的時候，卻見喬母已領著喬明瑾姊妹親自動手收拾起來。

喬明瑾一家人向來親力親為，是做慣事的，姊妹幾個都沒有被人伺候過，自己收拾屋子也沒什麼大不了的。

她們卻把婆子們嚇得不輕，急忙上前爭著搶著，手腳麻利地收拾起來。

哪有讓主子們自己動手收拾屋子的？就是有臉面些的婆子都有兩、三個丫鬟伺候。

後又有喬景岸夫妻派了自己房裡的下人來幫著收拾，幾個院子不出一個時辰就收拾妥當。

一家人略歇了歇，很快便到了晚上的接風宴。

這接風宴來的人可不少。

喬家向來聚族而居，在益州這個地方，上有族譜、下有族長、族老，但凡還認識喬家人的，平時若族長和族老吆喝，都會賞臉。

今天是給長房嫡系嫡支子孫接風，接的是未來的喬家家主，若不是有什麼深仇大恨，或是病得來不了的，都得了消息趕到祖宅來了。

偌大的祖宅，天將黑時就擠得密不透風。

族長和族老領著喬父和明玨、明珩去男賓席認人，而喬明瑾則跟著藍氏去女賓席認親。

喬母雖然在路上被藍氏填鴨似地塞了好多東西，可這樣的場面她還是忍不住露怯，話都說不完整，腿腳直打顫。

喬明瑾看她實在緊張，就悄聲教她跟著祖母便好，多聽少說，微笑點頭總沒有錯。因為她們一直不離她的左右，藍氏也以眼神鼓勵她，喬母慢慢地就不那麼害怕了，話也能說完整了，雖然還是不敢主動跟人搭訕，但對於別人的問話，她大都能應對得體。

明瑜本也有些拘謹，不過應對下來倒沒什麼能讓人看笑話的地方。黃氏的女兒一直跟著她，給她引見一些族人和年紀相仿的族裡姊妹，明瑜之後越來越放得開。

而明琦膽子卻大得很，絲毫不露怯，拉著琬兒的手不時還能說笑兩句，看了一回大宅大院的熱鬧。

而喬明瑾只跟著藍氏轉了一圈，就覺得頭暈目眩，笑到最後，她的臉頰都僵了。

雖說都是近親族人，但喬家本就是益州大族，今天來的人又不少，就是和她祖父這一近支的人她都記不住幾個，更別說是別房的了。

她跟在藍氏身後認人，到最後也沒記住多少。

今天來的人，不管心裡是如何想的，至少面上對他們一家都是表達出善意，有表示歡迎他們一家回歸的意思在，有好些人甚至還拉著藍氏直抹眼淚。

藍氏今天遊走在這些夫人、太太之間，跟她在雲家村、跟在喬明瑾記憶中的她完全是不一樣的人，儼然像換了一個人似的。

或許祖母原本就是這樣的吧？端莊優雅，如貴婦人一般，在雲家村生活了二十幾年，也沒抹滅了她骨子裡儀態萬千的大家氣質。

而今日的接風宴上，劉、方兩位大人仍然沒有露面。

喬明瑾本想看看她們到底是怎樣的兩個人，只是人家看來還是不買他們的帳。

不過喬父的幾個兄弟和弟媳婦，及一些小孩子都來了。

興許他們不願意這樣的場面全被喬明瑾一家奪去了風頭，這些人穿梭在賓客中間，言笑晏晏，藉著機會籠絡人心。

誰都不是傻的，喬景昆一回來，他們竟變成庶支、旁支，他們心裡都有些不甘。

原本的一家人，卻是各招待各的。

倒是喬景岸夫妻領著兩子一女，陪著喬明瑾一家招待客人，帶著喬明瑾姊妹認識了不少族裡的同齡人。

喬明瑾見女兒捧著鼓鼓囊囊的荷包來給她看，展示自己收到的各種小玩意，小臉上滿是興奮，喬明瑾便很高興。

當天的接風宴一直進行到很晚，因為琬兒玩累了，先前又一直趕路，很快就犯了睏，喬明瑾就帶了女兒回院子哄她睡覺，沒有堅持到最後。

次日醒來，她聽明瑜說，昨天喬父和明玨都喝醉了，他們被族人灌了不少酒。就連明珩都沒少喝。

喬母是個不沾酒的，便只負責照顧藍氏。只是藍氏久未回來，要打交道的人也不少，她沒被人少灌，到最後，藍氏也是被喬母等人攙回來的。

不管怎樣，這接風宴是順順利利地辦了。

無論族人是如何看待他們一家，至少他們一家的身分毋庸置疑，那麼，將來的家主，就必是他們這一支。

而藍氏和喬父作為未來的掌家人，要做的事還很多。

一大清早，藍氏打發喬父領著兩個孫子去族長和幾個族老家清點家產之後，她就領著喬母在三春堂開始掌家理事。

藍氏吩咐丁二的妻子帶人去清點庫房。

庫房裡的東西是祖上留給嫡支的，誰都不能帶走，而各自院裡的東西，她也不計較了，反正是大家用慣的，願意帶走，且帶走吧。

她又吩咐丁二去準備祭祀用的東西，他們一家人要開了祠堂祭祖，還要到喬興存墳前祭拜，又要請和尚來做道場。

藍氏這邊一迭聲地吩咐下去，那劉、方兩房人則亂起來了。

第六十二章

這一大清早的，藍氏這般大刀闊斧地宣示自己的地位，劉、方兩房頓時就慌了手腳。

喬興存在臨終分家的時候，原本已找了族老及族裡德高望重的老一輩，在他們的見證下把家分了，言明祖宅是留給長房喬景昆的。

而方、劉兩人所出的三個兒子及夏姨娘所出的喬景岸，則言明讓他們搬出去。

只是自喬興存離去後，喬景昆一直沒找到，這些人便一直住在祖宅裡。

如今劉、方兩位就是再不願承認藍氏一房人的存在，窩在房裡不出，藍氏在祖宅這般大動，她們也不能再裝作不知道了。

原本劉、方兩人勢同水火，各人都想爭嫡房地位，如今正主回來了，她們再爭，在外人和族人們看來，也不過是一場笑話罷了。

而喬景倉做為庶長子，只比喬景昆晚了一年出生，在喬景昆離家後，他一直是被當作長子來培養的。

這些年，他也一直覺得他就是喬家嫡房長子，是未來喬家的家主；可喬景昆一回來，便打破了他所有的夢想，他心裡的憤恨和不甘，旁人只怕是無法理解的。

此時喬景倉在房裡團團轉，他的母親方氏看得眼暈，扶著額頭喚道：「好了，景倉，你不要再轉了，轉得為娘頭疼。」

喬景倉聞言頓住了腳步，面上仍是一副焦躁模樣。

他的妻子小方氏看了丈夫一眼，對上座的方氏說道：「娘，大爺這也是心裡煩，若不是那一家子，過不了多久，憑大爺的長子身分，大爺就會是家主，父親分出去的家財就是咱們的了。」

方氏聽完這個大兒媳兼姪女說完，喝道：「大爺、大爺，如今那一房人都回來了，還叫什麼大爺！」說完閉著眼按住額頭。

一直默默坐在位置上的喬景崖與妻子楊氏對視了一眼。

他開口對方氏說道：「娘，如今咱一家再不願承認也無濟於事了。喬景昆是十幾歲的時候走的，祖宅裡好些人都服侍過他們母子兩人，咱們不認，卻不能阻了別人認。那喬景岸不就早早認了嗎？現在他們一家在祖宅當家理事起來，咱們沒理由阻止他們，倒是該想想咱們一家的去留為好。」

喬景倉聽了有些煩躁，揚聲道：「那咱們如今就這樣認了？這祖宅就拱手讓人了？」

喬景崖聽完默不作聲。他是方氏的小兒子，因自小有幾分讀書的天賦，一直得喬興存費心指導，不像他大哥是個讀書不成的。

他在二十幾歲左右就中了進士，很快又授了官，如今已是正五品的官身了。

因有著喬家的人脈，加上他自己更是個圓滑的，任上又沒少撈，對於分到手的家產他真覺得沒什麼好抱怨的。
他本就是姨娘出的庶子，就是喬景昆一家不回來，他姨娘一個妾室也不可能扶為正室。他一個庶子能得喬家的恩蔭，官途順利，已沒什麼好求的，不認嫡母、長兄，在官場上恐還會受人攻訐，因小失大就不好了。
坐在他身邊的楊氏看了丈夫一眼，再看了她所出的嫡子喬明方一眼，還有端坐在椅子上、容顏出眾的長女一眼，嘴角往上揚了揚。
京裡誰不讚她這兩個兒女出眾？她可不想被冠上一個貪財、不認嫡母的名聲，壞了兒女的婚嫁。
她眼睛轉了轉便說道：「娘，如今已不是我們認不認的問題，族裡已經認了，就由不得我們了；而且娘還要替景崖想一想，若是被人知道他不認嫡母、嫡兄，他的差事還當得了嗎？被御史奏上一本，他的仕途可能就結束了。」
喬景崖讚許地看了妻子一眼，看來還是大戶人家養出來的嫡女有分寸，知事明理。
上座的方氏聽了小兒媳一番話，實在打了一個激靈。
她生了兩個兒子，原本從小抱以極大希望的大兒子文不成，武不就，到了此時還只是掛了個閒職，以後只怕仕途也有限。
反倒是這個小兒子有出息，才三十幾歲就已是正五品的戶部郎中了，以後沒準兒還能升至一品，她後半輩子就指望這個小兒子了，可不能毀了他的前程。

剛一想好，她就聽她那大兒媳方氏說道：「弟妹，妳這是站著說話不腰疼呢！妳男人將大把大把的錢財攏到家裡，當然看不上家裡分的這些東西了，可憐我們一家人還要指著這些祖產過活呢……」

楊氏暗自撇了撇嘴，太婆婆留下的嫁妝，可是大部分都落進了他們夫妻兩人的口袋，竟好意思在她面前叫窮。他們房裡姨娘、庶子多，男人又是個愛往花樓裡灑錢的，她自己當不了家，怪得了誰？

不過楊氏一向聰明，她只是端茶來喝，並不接口。

不說方氏這一房，就是劉氏那一房較之這邊也不遑多讓。

比起方氏，劉氏更想得到嫡房的地位及族人的認可。

她本就是個二嫁的，寡婦身嫁至喬家，已經算是高攀，但因為她還有一個在宮中為妃的堂姊比著，自然心也就大了。

劉太妃在的時候，還沒人敢拿她的身分說事，如今劉太妃和她的兒子都沒了，她守寡再嫁的身分當然要被人拿來說嘴。天知道，她有多憤恨這個身分。

她本想在她堂姊還在的時候，坐實了她正室的身分，但喬興存一直沒給她個準確答覆，一直拖著她。

現在他死了，還將大把的家產分了出去，現在就是她兒子想以官威壓人，旁人大概也不會買帳，倒是令人把她的身分提了又提。

現今又把那該死的一家子找了回來，她要坐上正室的位置只怕更難了。

「山兒，雖然你表兄不在了，但他幾個兒子還在，要不你寫封信給郡王府？」

喬景山聽完，皺著眉頭在花廳裡轉圈。

「娘，表兄在的時候對我就不大熱絡，更別說他那幾個兒子了，只不過是面子情罷了；再說這種事，咱又沒占理，讓人家怎麼幫？」

劉氏聽完也是眉頭緊皺，嘆了一口氣，說道：「哎，要是你姨母還在就好了。」

劉太妃在的時候，誰不把他們母子當正房看？尋常宴請哪個不是親自把拜帖送到她面前來？如今這一家子回來，她劉氏倒成姨娘，兒子則成庶子了？

喬景山也是心中不甘得很。

以他母親姨娘的身分，他如何在同僚中立足？將來升遷，或許也會有人以此為由相攔；等明年丁憂結束，他原來的差事能不能保住還是兩說呢……

劉氏沒有兒子那般焦躁，想起方氏那一房人來，她臉上便又堆了笑。

她不過就一個兒子、兩個孫子罷了，這些年賴她宮中堂姊的緣故，她得了不少好東西；方氏那一房，只不過是得了婆婆方氏的嫁妝罷了，這些年已被她大兒子喬景倉敗得差不多了。她方氏有兩個兒子、六個孫子呢，想來她會比她還要心急。

兩人之間早就互看不順眼了，現在她能看到方氏焦慮憂心，心裡很是痛快。

劉氏想到此，揚起嘴角笑了起來。

而另一頭，藍氏可管不了太多。

目前他們一家人剛回來，諸事繁多，那兩房人當她不存在，她也樂得自在。

當她把事情吩咐完，剛坐在花廳裡歇了歇，又聽外頭來報，說是一些丫鬟、婆子下人來領活兒做了。

藍氏如今正缺人手，就不跟這些牆頭草計較了，聽說有祖宅的下人來領事做，便交代他們仍在原處做事。

下人們感激涕零，高高興興地去了。

這喬家可是益州大戶，若被攆出門，就算找得到事做，也沒在喬家待得這麼舒服，月錢這麼多。

下人的事忙完後，丫鬟又來稟報，說是府中公庫及各院小庫房都有人占著，守庫房的人不願清理登記，而她也不好帶人強行破門進去，便來向藍氏討主意。

藍氏聽完揮了揮手，道：「跟他們說，限他們今日把自己的東西清理出來，過了今日，不只公庫，就是各院小庫房裡的東西都歸長房所有；到時他們若理不出來，就不會再讓他們帶走了。」

丫鬟聽完應了是，帶了人下去。

隔了一會兒，益州城裡的牙婆就已得了令，帶了百來人供藍氏挑選了。

有十來歲的丫頭，也有十來歲的小子們，有一家子賣身的，也有年紀大的男女，有認字的，也有會算帳的，懂一手技藝的……男男女女，排隊供藍氏挑選。

藍氏有意鍛鍊喬母和喬明瑾姊妹，挑人的時候便把她們都帶著。

挑人絕對是門學問，除了要看其表相，身體是否健康，是否身有殘缺之外，還要觀眼神、言行是否老實本分。

現在藍氏正是用人之際，凡是身有一技之長的，或識字、或會算帳、或會養花種莊稼、或女紅出色、或梳頭梳得好、或燒菜出眾……都能被留下來。

有一個瘦黃的丫頭，怕喬明瑾等人不挑她，還著急地自薦，說她會燒火，知道炒菜用什麼柴火，熬粥又該用什麼柴火。

最後這小丫頭被明琦留下了。

藍氏看她合了明琦的眼緣，就讓她在明琦身邊當個三等丫鬟。

明琦很是高興，還親自給她取名叫「山杏」。

而喬母因為榮升喬家祖宅未來的當家夫人，不僅要挑一、二、三等丫鬟，還要挑粗使丫鬟、二門內外婆子、守院門的、花房的、漿洗的、針線房的等等，正院需要不少人選。

而喬母是頭一次面對這樣的場面。

雖然經過了昨天的接風宴，她有了一定準備，但要親自選人，她還是有些犯難，看著這群人都覺得跟自己以前一樣，選哪個都不是，選不上的就擔心傷了她們，害她們沒了活計。

藍氏看了她一眼，只好親自帶著她挑了各處人選，每挑一個人，還要跟她細細講解一番，為何會選這個人，這個人以後又會有什麼作用，要這個人做什麼事等等，都一一細細提點。

喬母一邊聽一邊記，慢慢也就鎮定了下來，有幾個粗使婆子，就是她親自挑的，看上去極老實本分。她也不大懂那些彎彎繞繞，挑人的時候只看對方的眼神和她們的手，如果手有厚繭的，便留下來。

喬父、喬母的正院挑的人是最多的，然後是藍氏的三春堂，再來是喬明瑾三姊妹的院子。最後，藍氏還給琬兒挑了一個乳母。

喬明瑾本不想要，說琬兒早過了要餵乳的年紀，但藍氏說回了祖宅，恐怕喬明瑾以後事情多、應酬多，而小丫鬟們經驗不足，照顧不好琬兒，還是要那種生養了孩子的婦人才能帶好孩子。

琬兒如今已是虛歲六歲，不用再餵奶了，只不過是要一個人幫著喬明瑾照顧她罷了。

藍氏給琬兒挑的乳母婆家姓李，見她人品端正，又有帶孩子的經驗，就選了她。

藍氏又給喬明瑾和明瑜、明琦各挑了一個一等丫鬟，兩個二等，四個三等及粗使丫鬟若干。

她同時也幫著明玨和明珩挑了幾個小廝及院中各處人選，還幫喬父挑了兩個長隨及幾個跑腿的，最後再挑了一些會料理莊稼的，準備放到莊子上去。

選人到這時才算是完成了。

下午時，喬父領著明玨和明珩從外邊回來。

父子三人一早便去了族長和幾個族老家中拜訪，還在他們的見證下，拿回了喬興存分給他們這一房人的家財。

父子三人回來時，喬明瑾等人都吃過午飯了，正在藍氏的房裡聽她訓話。

「可是用過飯了？」藍氏對著喬父三人問道。

「用過了，在三叔祖家裡用的。」喬父回道。

他又回過頭對幾個子女說起這位三叔祖。「你們三太祖是你們太祖父最小的弟弟，自小就與你們太祖感情好；這次多虧了有你們三太祖，不然咱們也回不了本家，守不住這麼多家財。以後，你們見了三太祖都要恭敬些。」

看幾個孩子都點頭應了之後，他才把一個四四方方的匣子遞到藍氏面前。

「這裡是父親分給我們這一房的田契、地契，以及祖上鋪子的房契及莊子的地契，還有銀票。」

藍氏接了過去，當著喬明瑾幾個人的面打了開來。

匣子裡，塞滿了銀票和契紙，上面一層很顯然是銀票。

喬明瑾並沒看清是多少面額一張的，只知道有厚厚一疊，藍氏數了一會兒。

她扭頭看到明珩朝她做了一個口形，喬明瑾便笑了笑。

一萬兩一張啊，這得有多少哪？夠他們一家在青川城裡橫著走了。

銀票下面是一疊地契、房契、田契，藍氏一一拿出來細看。

喬家嫡房當初因為有方氏和喬向有當家理事，藍氏並沒有接觸過這些契紙，但嫡房有多少家產，她大致還是知道的。

等她看完這些契紙，長嘆了一口氣，道：「你父親對你也算用心了，這些年，這些東西他都保留得好好的，沒有減少，反倒多了好些出來；除了祖上留的，裡面有好些大概是你父親後來置辦的。」

喬父面上很是複雜。「父親臨去的時候，我竟不在他的身邊……」說完眼眶泛紅。

藍氏瞥了他一眼。「你可是怪為娘了？」

喬父急忙搖頭。「沒有，我不怪娘，若不是娘帶了兒離開，或許兒早不在人世了。咱娘倆也鬥不過那些人，只怕在父親身邊，有人挑唆，父親早對兒子生厭了，嫡子變成庶子都有可能。」

喬父心裡很清楚，後來他母舅家勢弱之後，他娘不說對祖母方氏不能抗衡一二，就是對有宮中劉妃支援的劉氏也無絲毫反抗能力。

這兩房可能礙於族規當不了正房，但讓他父親把嫡貶庶，另娶一房是極可能的。

藍氏看了他一眼，道：「等丁二把祭祀的東西準備好，明日你就去你父親墳前好好給他燒一炷香。他見你來，必是會高興的。」

「嗯。」喬父嗡聲應了。

藍氏轉頭又與他說起這一天挑人的事，再問兩個孫子一天的感受。

明珩快嘴道：「祖母，咱本家的人好多喔，每家都是高門大院的，走得孫兒腿都細了，還走不到待客的花廳。見了人，父親就讓我和哥哥磕頭，祖母看，孫兒這額頭都磕青了。」

藍氏笑著把嘟著嘴的明珩攬在身前，拂了他的額髮去看。「還真是青了。」

旁邊的喬母聽了，連忙心疼地湊過去看。

藍氏撫著明珩的額頭對他說道：「你這孩子也是實誠，把兩掌撐在地上，額頭磕在掌背上就是了，哪裡要磕到地板上？」

「開始是這樣的，後來要磕的人太多，孫兒便分不清了，也記不清誰是誰，只記得磕頭，就磕成這樣了。」

喬母心疼地幫他邊揉邊道：「這一早上都磕頭了？」

「可不是？三太祖家就好些人，還有六叔祖、八叔祖幾個叔祖家裡，還有幾個叔伯家裡，好多人呢。娘，本家的人可比咱在青川的親戚多多了。」

藍氏聽了笑道：「咱家又不是青川的，能有幾個親戚？就是你外婆家幾個親戚，見了也不用這般磕頭。」笑了一會兒，又去問明玨。

明玨便道：「在益州這兩天的事是孫兒從沒經歷過的，沒想到本族人丁這麼興旺，好些人比孫兒小的，都已有舉人功名了，孫兒很是慚愧。」

喬父聽了便道：「咱家在雲家村，前些年家裡連飯都吃不飽，哪裡有錢供你讀書？本家這邊是百年世家，家家孩童從會走路開始就啟蒙了，族裡又有族學，請的都是一方大儒，族人四、五歲就進了族學，哪家沒出幾個秀才、舉人的？就是進士也不缺。你這回到本家，定要用心些。為父這輩子頂多是一個秀才，以後的路還是要由你自己走，過幾天進了族學，用心學，虛心向師長同窗多請教，將來咱們嫡房還是要靠你和明珩兩個。」

明玨聽完，連忙站起身應了。

「爹，那我也要進族學嗎？」明珩問道。

喬父朝他虎了一眼，道：「你還不想去？跟琬兒一般大的都在族學裡讀書，你還想在家玩？」

明珩縮了縮脖子，小聲嘀咕。「我又不是說不去。」

喬明瑾看了他一眼，笑著對喬父說道：「爹，倒也不用著急，先帶著弟弟祭過祖，等他們熟悉了環境，讓人領著他們在各房裡走走，找些同齡的族人熟悉熟悉情況，再帶他們到益州城裡轉一轉，看益州的風土人情什麼的，到時再去族學會好一些。」

明珩眼睛亮亮地衝著喬父點頭。

喬父又瞪他。「就只記得玩！」

明珩便道：「要是我對益州什麼都不知道，去了族學還不是要被人笑話？」

喬明瑾聽了笑起來。

藍氏便說道：「明天祭了祖，你讓人領著他們兄弟到各處轉一轉，再去族學裡跟先生們打聲招呼，看看他們平時都教些什麼，看他們兄弟能不能跟得上再做安排。」

喬父點頭應了。

明琦見喬父還算好說話，衝著他說道：「爹，我們也要出去轉轉。」

喬父虎了她一眼，想了想還是答應了。

明琦和喬明瑾、明瑜對視了一眼，高高興興地與琬兒悄聲說起話來。

不一會兒，琬兒便抬頭問道：「外公，琬兒也要上族學嗎？」

想來小東西方才是聽到喬父的那句話了。

喬父聽著琬兒奶聲奶氣的聲音，笑了起來，招了她到跟前，攬著她柔聲說道：「琬兒想不想去族學？」

小東西看了喬明瑾一眼，又扭頭問喬父。「有人和琬兒一起玩嗎？」

喬父抱著她坐在膝上，笑著說道：「族裡也有女學，有跟琬兒一樣大的小姊妹，裡面有好多女先生，能學好多東西，琬兒要不要去？外公幫妳安排好不好？」

「琬兒不姓喬也能去嗎？」

喬父笑著點頭。「能去，有外公在，咱們琬兒也能去。」

小東西咧著嘴衝喬父點頭，喬父便高高興興地逗起她來。

藍氏想了想，又道：「讓明琦和明瑜也去吧，多學些總沒什麼壞處，不說詩詞歌賦那些，只學些當家理事、看帳算帳的本事都好。」

喬父點了點頭，看了兩個女兒一眼，又道：「明瑜只怕是年紀大了吧。」

藍氏見明瑜低了頭，便道：「族裡女學雖說一般都是十五歲以下的，但也不是沒有年紀大的，只要是還沒有出嫁，都可以進去學習。再說咱家的情況特殊，到時你跟三叔公說一說，讓他交代幾個先生根據明瑜的情況特別安排，只教些得用的就成。咱家是嫡房，族學裡總會賣咱們幾分面子。」

喬父聽完便道：「是，兒明天就去安排。」

當天下午，丁二父子來回話，說祭祀用的東西都準備好了，寺裡也都安排好了，一家人就著手準備隔日去拜祭之事。

當天晚上，一家人聚在藍氏的三春堂準備用晚飯。

經過藍氏大刀闊斧地一番整頓，祖宅已是井然有序了起來。

祖宅裡的下人僕從也已是各歸各位。

廚房的下人給他們燒了滿滿一桌子益州本地的菜餚出來，一家人正想坐下大快朵頤的時候，便聽人進來稟報，說幾位老爺過來向藍氏請安了。

藍氏想了想，吩咐道：「請他們進來吧。」

喬明瑾等人聽了，由吃飯的隔間轉至花廳去。

待他們一家人坐下，簾子被掀開，一行人從外魚貫而入。

喬景倉和小方氏打頭，後面跟著喬景崖和喬景山兩房人。

喬景倉面無表情，倒是喬景崖和喬景山面上擠著笑。

「給母親請安，見過大哥、大嫂。」

跟在後面的小輩也紛紛跪下磕頭。

喬父自他們進來就瞧著他們，待他們跪下，才下座去攙扶。

「大哥可算回來了，這些年苦了大哥了。」喬景崖一臉的官相，扶著喬父做痛心疾首狀。

喬景山也在一旁附和。

只有喬景倉面沈如水，偶爾瞟一眼藍氏等人。

藍氏接收到他的目光，淡淡地回看他一眼，喬景倉一驚，連忙垂下了頭。

喬景崖的妻子楊氏拉著一兒一女給藍氏行禮。「快來見過你們祖母，這兩天你們身子不舒服，祖母回來還不曾來拜見過，快來向你們祖母告罪。」

藍氏不欲與孩子計較，待他們行了禮，便問道：「叫什麼名字？多大了？」

大一些的姑娘便說道：「回祖母，孫女叫明蘭，虛歲十六了。」

站旁邊的少年在她話落後也說道：「孫兒叫明方，十四了。」

藍氏看了兩人一眼，叫如蘭的容顏靚麗，叫明方的少年俊俏，她點了點頭，示意身邊的何嬤嬤給兩個孩子紅包。

兩個孩子接過後，道了謝，藍氏就叫明玨和明瑜等人和他倆認識。站在楊氏身後、長相柔媚的女子也推了身邊的一兒一女去向藍氏請安。

楊氏瞥了她一眼，又叫過另一女子身邊的一個姑娘，以及另外兩個稍小一些的男童，拉著他們五人對藍氏說道：「這也是媳婦的幾個孩子。」邊說著邊給藍氏等人介紹誰是誰。

喬明瑾看了看，這五個孩子大概是喬景崖的四個庶子女了，大的也不過十三、四歲，小的也才七、八歲。

喬景崖一家與藍氏見完禮，那小方氏也不甘落後。她所出的兩個女兒都已出嫁了，但還有兩個庶子養在跟前，見藍氏送出的紅包不輕，她自然不願落後。

接著是喬景山的幾個孩子。喬景山有兩兒兩女，因他生得晚，才不過三十出頭，幾個孩子都小，最大的也不過十歲，最小的才六、七歲。

大兒子明禮和大女兒如明菊是正妻張氏所出，庶子明知九歲，庶女明是才七歲。

藍氏一視同仁都給了一樣的紅包。

孩子小的，都還算知禮，只有喬景倉的兩個庶子，面上有些不屑，荷包拿在手裡還捏了捏。

藍氏也不在意，與他們敘了幾句話，就把他們打發走了。

第六十三章

次日清早，一家人便起了。

喬景岸一家早早就過來，說也要一起去祖墳祭拜，藍氏允了。

浩浩蕩蕩七、八輛車，往祖墳方向駛去，往城外行了一個多時辰才到達。

祖墳占地極廣，綠樹婆娑，芳草萋萋，有土坡、有溪流。

據說此處是請了風水大師看過的，真正的陰宅寶地，可佑後世子孫平安富貴。

喬家後來發跡之後，又在祖墳旁邊高價買了地，再找人修整過，是真正的風景秀麗，不知情的還以為到了某個風光好的名勝之地。

祖墳中軸線上是嫡系墳塋，往兩邊是嫡系旁支、庶支，再遠些是旁系的旁支、庶支。

嫡系墳塋都是青磚石修砌，又用青石鋪了地，設了石階，成人高的墓碑前還砌了放供品的石桌，墳前都植了松柏。

琬兒到了這個地方，就有些害怕，緊緊拽著喬明瑾的手不肯放開，喬明瑾便牽著她緩緩地走。

喬父自從下車後，眼眶就泛了紅，找到喬興存的墳塋時，他撲倒在臺階上哽咽了起來。

藍氏只默默地在墳塋四周轉了一圈，盯著高過她的墓碑久久不語。

喬明瑾等人幫著把供品擺放好，照著看守墳塋的家奴指示，又跪又拜。

最後他指示明玨和明珩給喬興存的墳塋添土，給墓碑描紅，喬明瑾則和明瑜、明琦、喬母幫著燒紙錢。

等紙錢燃成灰燼，喬父還跪在墳前哀哀戚戚地低語。

喬明瑾往藍氏和喬父那邊看了看，拉著一家人後退。

直到拐了彎看不見兩人的時候，才聽到喬父的悲聲傳來。

半個時辰後，藍氏啞著嗓子喚他們過去撒酒、收供品，她指著喬興存墳塋旁邊的空地給喬明瑾看。「那個地方是留給祖母的。」

喬明瑾喉頭一梗。人活一世，到最後不過塵歸塵，土歸土罷了，活著時，當珍惜。

她上前扶了藍氏。

一家人再到喬向有和方氏墳前拜過，又按習慣，在墳塋前分吃了供飯和供肉，略歇了歇，這才登車離開。

再隔日，又是一早，一家人齊齊往城外的寶相寺去做三天道場。

因著昨日喬景岸一家跟著去祭拜，得了族裡的誇讚，這天往寶相寺去，方、劉兩房人也紛紛攜妻帶子、大包小包地同往。

因為這樣，祖宅的馬車都不夠用了，還得臨時從族長和幾個族老家相借了幾輛。

他們要在寶相寺住兩個晚上，因此隨行包裹很多，隨行人員也很多。

喬明瑾出門前往那兩房人那邊瞟了瞟，發現那兩房人連妝匣子都帶上了。明琦見了還翻了個白眼。

喬明瑾跟著一家人在寶相寺做了三天的道場，唸了三天的經文，到結束時，還覺得耳朵裡嗡嗡直響，全是木魚的聲音。

琬兒蔫蔫的，小腿都站不直，眾人皆起身後，她還癱在蒲團上，朝喬明瑾伸手討抱。

那李嬤嬤眼明手快，從喬明瑾身邊接過琬兒，穩穩當當地抱著她。

琬兒看了看喬明瑾，又看了看李嬤嬤，乖乖地窩進李嬤嬤懷裡。

經過幾天的接觸，琬兒已經不那麼排斥李嬤嬤，她知道喬明瑾有事要做，自己不能老是黏著喬明瑾，便乖乖地跟著李嬤嬤，由李嬤嬤哄著吃飯睡覺。

喬明瑾被身邊的大丫鬟春芽攙著，尾隨著藍氏等人出了正殿。

明瑜和明琦與她的情況差不多，只有喬母不用人扶，一個人走得穩穩當當的，還過去幫忙攙扶藍氏。

一家人出了大殿，只向方丈作了揖，並不去廂房歇整，而是徑直去了馬車處。

下人、僕婦們早已是把行李收拾妥當了，待主子們出了大殿，就齊齊尾隨著他們往車馬處走去，一行人當天便回了祖宅。

晚上，一家人草草吃過晚飯，各自回房歇息去了。

吃了幾天的素齋，又唸了三晝夜的經文，他們實在是需要好生睡上一覺。

隔天起來，聚在三春堂吃過早飯，喬父在喬景倉等人攜妻帶子來請過安之後，領著明玨和明珩又出門去了。

藍氏則帶著喬母與喬明瑾等人，與幾個庶子媳婦、庶孫女等人說話。

待何嬤嬤領著人來回話的時候，張氏、小方氏等人也領著各自房裡人告辭了，說是要回去收拾東西。

如今方氏和劉氏還是窩在房裡不出，藍氏便乾脆發話，讓她們在房裡養身子，別出來把病氣過了人。

那兩人除非是搬到自家分得的宅子，不然有藍氏在，她們是出不了房門晃悠了。

藍氏倒也不催他們搬離祖宅，只讓他們慢慢收拾。

藍氏又帶著喬母和喬明瑾等人去見過各處管事，吩咐各項事務。

三個孫女都沒在大宅院裡生活過，見識也有限，以後她們免不了要當家理事，以前教的東西只不過紙上談兵罷了，如今有機會，藍氏自然是要把三人拘在身邊學習。

把祖宅的事料理清楚之後，丁二又帶著好幾個掌櫃和管事，把一疊疊帳本帶來了。

藍氏一家接了喬家的家業，各處的掌櫃管事當然要來向新主子稟報情況，為備主子們查帳，帳本是一定要帶來的。

喬母是個不識字的，跟著喬父也只不過識得自己的名字罷了，看帳本是看不來，藍氏就打發她與幾個莊子的管事娘子聊天，看各莊子都種些什麼莊稼，收成幾何？

這些喬母是慣熟的，看那些管事娘子也都是本分的莊稼人，沒一會兒她就與她們聊開。

藍氏與眾管事掌櫃說了幾句，把帳本留下，然後打發他們到客院休息，若有傳喚再叫他們來。

待人走後，藍氏就帶著喬明瑾幾個翻看帳本，查帳對帳。

喬明瑾幫著藍氏連看了好幾天的帳，才算把接到手的家產都粗略過了一遍。

莊子就有七、八處，鋪子二、三十處，還有各處零散的田產、房舍等等，光是今年的帳本就堆了幾箱子，莫說還有往年的舊帳。

好在莊子、房產、田產這些都是有定數的，也做不來多大的動作；田莊上只不過一進一出、賺個差價而已，莊頭管事是絕不敢做得太引人注目的。

這幾年風調雨順，就是要找藉口說收成不好，他們大概都開不了口。

所以莊子、田產、房舍的帳，祖孫倆都只是粗略看了看，知了個大概，就把莊子上的管事全遣了回去。

祖孫兩人把帳目分了個輕重緩急，很快把幾大箱子的帳簿略過了一遍。

等兩人把帳目理清之後，劉、方兩房人也把分得的宅子收拾好了，某日來向藍氏請安的時候，便說要舉家搬出去。

藍氏勸了幾句，挽留了一番，見那兩房人已是把搬家的日子都定了，才再說了幾句兄友弟恭、相扶相持的話，讓他們下去收拾東西去了。

這日一早，喬景岸夫妻帶著兩兒一女來向藍氏請安，也說了要搬走的事。

喬景岸大抵因為庶子的身分，這些年在劉、方兩房人的壓制下，過得不甚如意，又娶了出身庶女的黃氏，被那兩房人壓得不輕。

好在黃氏是個能過日子的，雖然他們這一房人沒什麼進項，但日子還能過得下去。

又因夫妻兩人都受了庶子女身分的苦，喬景岸除了原妻黃氏，身邊就沒別的女人，兩子一女都是黃氏所出。

不管是因為夏姨娘的主僕情誼，還是因為喬景岸的善良本分，藍氏與喬父都很喜歡喬景岸一家。

藍氏還想把喬景岸一家留在祖宅裡一起住，但喬景岸婉拒了，那兩房人都搬了出去，他們不好再住在祖宅。

藍氏看著喬景岸的長子喬明真，如今都十六歲了，長得清清秀秀的模樣，很是喜歡，便對黃氏兩人說道：「既然你們決意要搬走，我也不攔著，但都是一家骨肉，以後還是要多來往親近親近。」

看黃氏兩人點頭應了，她又說道：「明真也大了，正好和明玨在一起溫書，備著下一科的考試；明玉只比明瑜小了一歲，明瑜都訂了親，明玉也要早些相人家了。」

看明玉一臉嬌羞地坐立不安，明瑜連忙笑著把她拉出去。

藍氏看姊妹兩人跑了出去，再道：「你們分家的單子我都看過了，比那兩房要差了不少，不過有我和你們大哥在，將來自然會看著你們；幾個孩子的婚事，妳大哥也會盡一分力。」

黃氏一聽，眼眶立刻就紅了。

公爹臨終只來得及把家產分了一大半給嫡長兄，另一小半只說讓四個兒子平分，但有方、劉兩房在，他們這一房又能分到什麼？

她家男人是個不願與人相爭的，自小被那三個兄弟壓制，從不會反抗，分什麼就拿什麼，宅子小不說，那鋪子也是不能生錢的，田莊又遠，打理不便。想到三個子女都到了婚嫁之齡，她心裡就泛愁。

現在聽嫡母說，將來三個孩子的婚嫁，長房會出一分力，那意思自然是要幫著出一份嫁妝和聘禮，如此便夠了，她就能安下心了。

將來就是自家過不下去了，這嫡兄一家總會拉拔一把的。

夫妻兩人便拉著兩個兒子跪下來向藍氏道謝。

藍氏讓喬父、喬母把他們兩人扶了起來，又陪著他們說了一些話，才放他們回去收拾去了。

很快便到了喬景岸搬家的日子，一大早，喬景昆帶了一大家子去幫忙。

喬景岸一家搬離後，劉、方兩房人也收拾妥當，搬離了祖宅。

三家人搬離後，祖宅便空了下來。

喬景昆這一房人並不多，又沒有妻妾相擾，藍氏就讓人將空下的房子好生打掃了一遍，各門都鎖好，又叮囑下人要不時去查看打掃，免得久不住人，房子破敗了。

如此進入了臘月，一家人到益州已是滿一個月了。

喬明瑾看著落葉被寒風吹得打轉，心裡起了淡淡的惆悵。

祖宅的事經過一個月的整理，都已妥貼了，喬明瑾也不過是幫著理理帳，翻翻帳簿罷了。白日裡，琬兒和明琦、明瑜都去了女學，她一個人便閒得有些發慌。

祖宅的事她沒有管，都是藍氏帶著喬母在打理。

喬母雖然沒有在大宅大院裡生活過，交際應酬上也差了點，但好在她為人真誠，本性善良，族人都願意與她說話，聽她說些生活中不一樣的東西。

只是要把這整個祖宅都託給喬母，還是為難了些，於是藍氏開始為明珏物色能幹的孫媳婦。

喬明瑾則是真正地清閒了下來。她總想找些事來做，不然覺得自己要廢了。

這日她從外邊回來，正趴在桌上寫寫畫畫，就聽有丫鬟來稟報，說是藍氏讓她去三春堂見客。

喬明瑾聞言看向春芽。「是什麼人來了？」

春芽搖頭。「奴婢也不知，只是三春堂的人過來稟報，讓大小姐去一趟。」

喬明瑾換了一身見客的衣裳，領著春芽往三春堂去。

這一個月來，上祖宅拜訪他們一家人的人多著，有時候，她也記不住誰是誰。

藍氏讓她福禮她就福禮，讓她跪她就跪，讓她叫人她便跟著叫，實在是理不清這麼多親戚關係。

今日來的不知是誰。

她剛抬腿進了三春堂的月洞門，就聽花廳裡一陣喧譁。

喬明瑾腳步頓了頓，思量片刻，抬腿走了進去。

藍氏見她掀簾進來，便對她說道：「快進來，外頭冷吧？」

喬明瑾點頭，笑著說道：「冷呢，比青川冷多了。」

藍氏拉過她的手搓了搓，喬母也一臉擔憂地看向她。

喬明瑾朝喬母笑了笑，朝花廳裡的人看去。

還不待她開口詢問，就聽尖銳的女聲傳來。「哎呀，這是大姊的大孫女吧，長得跟大姊真是像，瞧這水靈靈的，跟大姊年輕時一個模樣呢！」

喬明瑾愣愣地循聲看去，說話的是一個五十歲左右的婦人，中等身材，有些微胖，衣料普通，頭上兩、三支赤金頭釵，面上擠著笑正望著她。

喬明瑾又往廳中掃了一眼，兩側竟是坐滿了人，男男女女，有大有小，此時全都往她這邊看來。

喬明瑾向藍氏望去。

藍氏還未開口，那婦人便又說道：「哎呀，也難怪明瑾不認識呢，當年妳爹走的時候可還是小子一個。我啊，是妳小舅婆。」

她又拉過幾個中年婦人，說這是三個表舅母，幾個年輕男女，說是表兄弟、表姊妹。

喬明瑾恍然，原來這是祖母同父異母的弟弟一家。

她看向坐在對面上首的一五十開外男子，這便是小舅公了？

藍氏也朝她開口道：「瑾娘，來見過妳舅公。」

喬明瑾依言起身，向藍安康福了福。

藍安康連忙虛扶了一把，掏了個嶄新的荷包塞進她手裡。「瑾娘別嫌棄，這是舅公的一點心意。」

他見喬明瑾朝他道謝，有些不自在了起來。

這荷包裡只不過包了一兩銀子，跟方才藍氏送給自家兒孫的禮可是差多了。

雖然他家現在境況比不得從前，但打發幾個銀錁子還是能的，只是史氏那婆娘說喬家現在拔根毛都比他們大腿粗，死活不願多添錁子。

藍氏如何看不出藍安康的表情？只是她不願點破罷了，再不出息，也是一家姊弟。

她叫喬明瑾見過幾個表舅、表舅母，表兄弟姊妹也都一一見過，這才坐下來敘話。

喬明瑾看著這一廳裡的人，心想這小舅公家人可不少呢。

這舅公、舅婆生了三兒一女，又得了七個孫子，好幾個孫女，好在今天人沒來完，不然這一花廳還真坐不下這麼多人。

藍氏對弟媳史氏雖然並不怎麼熱絡，但對藍安康倒真是親姊弟般的親熱，問起這些年的家事就停不了嘴，她對藍家這些年發生的事也是感慨連連。

藍氏沒想到自己走後才二十幾年，藍家在益州城裡的大宅子就已是易了人，弟弟一家還搬去了鄉下居住，哥哥一家也好幾年沒回來了。

「彩蝶不是嫁在益州城裡嗎？如今過得可好？」

藍彩蝶是藍氏同胞大哥的長女。她大哥總共生了一女一兒，如今兒子中了進士，舉家在外上任，倒是藍彩蝶還在益州。

史氏聽到藍氏問起藍彩蝶，撇了撇嘴。

這藍彩蝶嫁得很是不錯，夫家也是益州大族，她雖不是當家大婦，但公爹、婆母還在，一家人也住在一起，生了兩兒兩女，她很得公婆喜歡，在夫家十分有說話權。

藍家敗落後，史氏經常上門看望她，但十次有五次能見到人就不錯了。

藍氏掃了這個弟媳一眼，大約她上門探望是假，打秋風是真吧？

當初她大哥去後，史氏是如何對待大哥一家孤兒寡母的，她可是記得清清楚楚。

這一天，藍安康一家直待到日落西山才回去。

等明玨幾人從族學裡回來，相互見過，藍氏才吩咐廚房準備了飯菜，陪他們一家人吃過飯，並送了厚厚的回禮，最後送他們一家子離開。

待那一家子離開後，一家人聚在藍氏屋裡聊天。

明玨和明珩之前都進了族學。

益州喬家前後出過七、八十個舉人，三、四十個進士，那秀才更是家家都有，是真正的書香世家。

兄弟兩人進了族學後才知道自己以前坐井觀天，恨不得從族學裡多汲取一些學問，態度極為認真。

族人們自然是瞧在眼裡，老懷甚慰，覺得這兄弟兩人總算不辱了嫡房的名聲，而平輩們見他們兩人平易近人，自然也樂得跟他們來往，兄弟倆在族學裡算是如魚得水。

而明瑜、明琦兩人也各自進了族裡的女學讀書。

她們雖自小有喬父教習認字，又有藍氏教習女紅，在雲家村算是數一數二的，哪知進了女學，她們才知道族裡的女娃個個識文斷字，那一手女紅更是必備的基礎。

好些人還琴棋書畫樣樣精通，算帳理家的本事也是早早跟著家裡學著了。

姊妹兩人只覺得自己和人家比起來差得不是一般多，恨不得一天能當成兩天來用，才不會落人後太多。

連琬兒都說在族學裡交了好多小姊妹，每天回來都開開心心地向喬明瑾稟報一番。

如此，一家人之中，除去幾個小的，喬父是天天往外跑，忙著應酬交際，藍氏則帶著喬母當家理事，剩喬明瑾閒得發慌。

雖然藍氏覺得她閒得難受，把家裡家外的帳簿、經年的老帳統統丟給了她，但她還是覺得日子不如在下河村時來得充實。

她不缺錢，自己這兩年來掙的錢也夠琬兒的嫁妝和她的嚼用了。

前些天，藍氏又給她補了一份厚厚的嫁妝，田產、鋪子、房舍都有，還有厚厚一疊銀票，比之她攢的是翻了十倍不止。

但她是個閒不住的，前些天她帶著丫鬟、婆子到益州城裡逛了一圈，瞭解益州的風土人情，總想著能做些什麼……

一轉眼到了臘月中旬，年更近了。到了臘月，各處田莊鋪子的管事便拿著帳本來向新主子報帳，喬明瑾又忙了起來，再沒空閒去數螞蟻。

他們一家子已在益州安定了下來，正在慢慢適應益州，如今手中的人手有了些，正是要好好看看各處產業，考察掌櫃、管事是否忠心的時候，因此她帳目看得很是仔細，經年的老帳全拿出來相對。

藍氏留了管事們住在祖宅裡，只待對完帳、發了年貨花紅再送他們離開。

喬明瑾和藍氏要忙著看帳本，喬母幫不上忙，就把祖宅的事總攬了過去。

目前她已經過藍氏的教導，又有兩個嬤嬤在身邊指導，大體上也不會出什麼差錯。

祖宅的事各處都有管事，凡事都有舊例可循，她不過是坐在花廳聽下人僕婦們回稟事務，在要錢、要人的單子上蓋章放行罷了，決定不了的事，她自會報了藍氏知道。

這般轉了幾天，臨近臘月二十。

這是藍氏和喬景昆回祖宅的第一年，族人和益州城裡相熟人家都在看著，是斷然不能有任何差錯的。

再者今年家裡有孝，自然是不能跟尋常人家一般，更是要仔細不容出錯。

若是哪處出了錯，喬家嫡房真真要被人看笑話了。

藍氏可不想被人笑話他們是從鄉下來的。

近了二十，藍氏把帳本朝喬明瑾一丟，帶著喬母張羅去了。

喬明瑾看著厚厚的幾箱子帳冊，頭大如斗，這不僅要仔細還要講究速度，掌櫃、管事的都還等著她查完帳回家過年呢。

好在到了二十，明瑜、明琦也休了學，會過來幫忙一二。

臘月二十三，小年這天，喬明瑾正帶著兩個妹妹窩在點了好幾個火盆的屋子裡撥算盤，一屋子只聽見算盤的噼哩啪啦聲。

春芽掀了簾子進來小聲稟報，說老夫人讓她去三春堂見客。

喬明瑾連頭都沒抬。「有老夫人見就行了，這會兒我正忙著。」

春芽小心地抬頭看了她一眼，又道：「老夫人說來客一定要見到大小姐。」

喬明瑾頓了頓，抬頭看向她。

春芽生怕自己擾了喬明瑾的工作，一臉不安地低垂下頭。

「來客是男是女？」

「是男的。」

什麼男客指名道姓非要見她？祖母也讓她去見？

她與明瑜和明琦對視了一眼，便擱下筆起身。

明瑜、明琦想了想，也隨著她往外走。

喬明瑾領著兩個妹妹到了三春堂的時候，岳仲堯已是連喝了好幾盅滾熱的茶水。

他在路上心急如焚。一路上，為了趕時間，他連城都沒進，就在野外湊合睡一夜，冷水就乾糧吃了個飽，次日天一亮又急著趕路。

如此這般急趕，竟讓他在小年這天趕到了益州，想來他能陪妻女過個完整的年了。

他本想先繞到益州見了妻女再進京的，沒想到余鼎得了自己的準話，早早就傳信進了京，他才走到半路，郡王府便派人來接應他。

無奈之餘，自己又改道進了京，在郡王面前表了態，懇請郡王給他一個月假期，讓他能去益州見一見妻女再回來替郡王做事。

他本以為他的要求有些過分，沒想到郡王卻應下了。

他在路上不斷急趕，沒想到越近益州，他心裡卻越是膽怯不安。

岳仲堯一路行，一路打聽。

益州喬家可是真正的世家大族，聽說家家不管老人小孩都是識文斷字，在京裡及各處任職的人不知凡幾，家裡的管事下人都住得起獨門獨院，青磚瓦房。

他不過是一個窮莊戶人家罷了。

瑾娘若一直在益州，可能都沒機會見到自己這樣的人，她本該有更好的生活。

岳仲堯進了益州城，也不敢貿然上門，只尋了一間乾淨的客棧住下，他不敢在店內用食，只在外頭花幾文錢買了幾個乾餅進店，要了免費的熱水配著吃。

吃完他尋小二打聽了一番喬家，躊躇了大半個晚上，次日他才備齊了四樣禮登門。

好在藍氏帶著喬景昆回來後，把下人全整頓過，門房也換過了，不然就岳仲堯這般寒酸樣登門，只怕門房早把他轟了出去。

岳仲堯順利地進了三春堂，面紅耳赤地應付藍氏和喬母的查問。

對著現在貴婦人一般的喬母，他更是覺得自己拎的那幾包糕點拿不出手。

至於藍氏在他眼裡，不說現在，任何時候都是一副大戶人家當家夫人模樣；以前的藍氏他都不敢正眼打量，更不說現在的藍氏了。

在藍氏打發人去喚喬明瑾的時候，岳仲堯捏著腰間癟癟的荷包發愁，神飄天外。

這一趟趕路，他又把有限的積蓄花了大半。

早前他只想見到妻女一面，與妻女過個清靜完整的年，可是如今他荷包裡的銀子所剩無幾，他自己吃喝都有些捉襟見肘，何況他還要給瑾娘的親人備年禮打點。

岳仲堯的眉毛皺緊。到如今，他才知那句「手中有糧，心中不慌」是什麼意思。

他手裡無糧，那是心慌慌啊。

早知道……早知道他就先在郡王府做事、得了月俸才來？

岳仲堯腦海裡天人交戰。

喬明瑾進來的時候，就看見他在椅了上一副坐立不安的樣子。

她在花廳門口愣了愣，跟在她身後的明琦差點撞上她的後背，待看到廳裡坐著的岳仲堯時，她重重哼了聲，直接越過喬明瑾，走到岳仲堯對面坐下。

「你怎麼來啦？」明琦一副氣呼呼的模樣，對著岳仲堯問道。

「怎麼說話呢！」喬母喝道。

明琦往上座的藍氏那裡悄悄掃了一眼，便垂眼坐直了身子。

而岳仲堯早在丫鬟替她們姊妹三人打簾子的時候就站起身了，這會兒他的目光正膠著在喬明瑾身上，哪裡聽得見明琦說什麼。

喬明瑾緩緩走進花廳，看他一臉無措地站在花廳正中，朝他笑了笑，道：「什麼時候到的？」

岳仲堯似乎舒了一口氣，急著回道：「昨天下午就到了，身上髒就不敢上門，在客棧住了一晚。」

喬明瑾聽了，往他身上掃了一眼。

他的身上很乾淨，鬍子也刮得乾乾淨淨，看來是打理了一番。他人瘦了很多，但骨架在那裡，又裹著厚棉衣，看起來還是很魁梧的模樣。

他身上的藏青布料很是普通，裹著厚棉衣，與這花廳有些格格不入；不說伺候藍氏和喬母的幾個嬤嬤，就是喬明瑾身邊的幾個丫鬟都穿上了毛料衣裳。

「坐吧，可是休息好了？」

岳仲堯盯著喬明瑾的臉眼一眨不眨，愣愣地在椅子上坐了。

他早就知道瑾娘長得好看，可沒想到竟是這樣好，果然人靠衣裝，跟著他瑾娘委屈了。

他想著以後定要多多攢些銀兩，好給瑾娘多扯幾疋好料子做衣裳穿。

正想著，他又聽喬明瑾問道：「你這時候來，可是不打算回去過年了？」

岳仲堯拉了拉身上的衣襬，看著喬明瑾說道：「妳走後十來天，我就回了，只是路上救了京裡的一個貴人，耽誤了些時間。聽說妳回了益州，我本想立刻來找妳，不想那個被我搭了把手的貴人卻命人尋我去京裡效力。我想著我還年輕，正好拚一拚，便應了下來，也趁著走之前，把家分了，想先來找妳和琬兒，先見上妳們一面，再往京裡去。沒想那貴人竟是派了人在路上接應，我就先去京裡，再向他請了假，等年後再去他府中報到，這才馬不停蹄地趕到益州。」

這番說辭，藍氏和喬母方才已聽過一遍了，倒是喬明瑾姊妹還是頭一回聽。

第六十四章

喬明瑾還正在消化聽到的消息，就聽旁邊的明琦大聲說道：「你家裡真的分家了？你娘沒鬧起來？」

喬母氣得直起身來喝道：「怎麼和妳姊夫說話的？沒大沒小，白去族學了！等妳父親回來，看他收不收拾妳！」

明琦被喝得縮了縮腦袋，小聲嘀咕。「他算我哪門子姊夫……」

喬明瑾安撫地看了一眼明琦，又往喬母那邊看了一眼，喬母這才緩了氣，只拿眼睛一直盯著明琦，生恐她再說出沒大沒小的話。

喬明瑾看向岳仲堯。「真的分家了？」

岳仲堯重重地點頭。「我跟爹說，還不知什麼時候能回去，將來我一年會給十兩銀子的養老錢，爹便在我走前找了族長立了文書。」

喬明瑾看了他一眼，又道：「既然你不在家，分不分都一樣，怎麼起意分家的？你什麼都沒要吧？」

岳仲堯意外地看了喬明瑾一眼，難道有人給她傳信？

喬明瑾倒不知他這般想，她不過是瞭解吳氏罷了，無利可圖的事吳氏是不會幹的。

而岳仲堯分家也得有個契機，不然下這樣的決心可不容易，又是在他臨走和小滿出嫁前夕。

岳仲堯飛快地往藍氏那邊看了一眼，才對喬明瑾說道：「妳走後，娘說要搬到妳那院子去，找人去要妳那院子的鑰匙……我想著分家了，娘就不會再去煩表哥、表嫂了……再說，妳也想分家的……我什麼都沒要，臨走還把手裡的銀子給家裡留了一半……」

喬明瑾暗想，果然如此。若他要分家財，孫氏、于氏大抵是不幹的，她們巴不得岳仲堯不在，又能給家裡拿錢，家裡能省一份糧，地裡的產出又只有他們兩家分。

藍氏看了岳仲堯一眼，幾不可見地搖了搖頭。

好在這人也不算太過愚孝，倒也不是沒救，只要把他和他的家人分開，人還是個能過日子的。如若不然，她定是要讓他和瑾娘分開，各過各的。

就算她把嫁妝厚補了喬明瑾，她也覺得虧待了這個長孫女。

這些天，她見了族裡那麼多人，哪家的嫡長孫女是嫁到鄉下的莊戶人家？

旁人問起她家瑾娘的夫家，她都沒好意思開口。

待外院的喬父和明玨、明珩得了訊趕來的時候，也對著岳仲堯好一頓盤問。

岳仲堯被岳父問得頭都快垂到地上了。

喬父得知他要效力的府上，又問了他的打算。

岳仲堯便回道：「安郡王是掌著京中禁衛營的，我現在雖然只是當他身邊的隨扈，但只要我堅持下來，或許就能擠進禁衛營謀個穩定的收入……我想，想等我已經在京裡站穩住腳後，把她們娘倆接到京裡去……」

喬父聽完便道：「不回青川了？」

岳仲堯搖頭。「我可能近幾年內是不回青川了。」

喬父聽完又問：「你一個月的月俸是多少？把她們娘倆接到京裡住哪？可有地方安置她們？」

岳仲堯結巴了起來。「等、等我在京裡當了一年半載的差，攢了銀兩，就……就在京裡租個小院，安置她們娘倆。我一個月有三兩的月俸，吃喝在郡王府內，一年總能、總能攢下一些錢的……」

他抬頭不經意看到喬父腰上的玉帶及兩側垂掛的香包玉珮，頭垂得更低了。

喬父看了看他腳上黑灰的粗棉鞋，再掃了兩眼自家兒子腳上防水、防雪的鹿皮靴，嘆了一口氣。

他作為下一任的喬家族長，自家的女兒卻嫁了個無田無產的莊戶人家，再尋不出哪一任族長家的嫡長女夫家家境是這般的了。

他現在覺得給明瑜訂的親事也有些匆促，或許過了年，能寫封信把周耀祖也叫來益州？益州人傑地靈，尋訪一個大儒指點他的功課還是極容易的事，總不能讓這個次女嫁個酸秀才，一輩子都為家計勞心勞力吧？再怎麼都不能比長女差了。

喬父往幾個女兒那邊掃了一眼，目光定在明琦身上。

這個小女兒的婚事一定要仔細了，不然他在外應酬，被問到女婿是哪家哪戶，都不好開口。

別人都有光鮮的女婿陪酒幫襯，若他家的女婿太上不得檯面，臉面實在有些過不去。

喬父也無意與岳仲堯說太多，便起身對他說道：「你跟我到書房來。」

他說完背著手走了出去。

岳仲堯訕訕地往喬明瑾那邊看了一眼，還想問一問琬兒的，看喬父正瞪向他，才趕緊跟了上去。

琬兒得知自己的親爹來了益州的消息，急忙讓人把她從六叔祖家送了回來。

她下了軟轎，小身子跑得飛快，待裡外轉了一圈都沒看到她爹人影時，整個人就委屈了，嘴也嘟了起來，欲哭不哭的。

喬明瑾哭笑不得。

「在六太祖家玩得不高興嗎？」

喬父的六叔家有幾個孩子跟琬兒年紀相仿，兩家親近，幾個孩子在一起也玩得好，今天一大早，六叔祖就派人來把她接過去玩了。

小東西搖了搖頭，小心翼翼地看了喬明瑾一眼，想了想又把她斜挎包裡的東西都掏出來給喬明瑾看，一件一件指著都是誰給的。

喬明瑾一邊興致勃勃地陪她看著，一邊默默嘆了口氣。

單親家庭裡長大的小孩，似乎比旁人更懂得看人臉色，琬兒在她面前從不敢提她的爹，也從不敢問。

這麼大的孩子從不知道有父有母在身邊，會對自己的成長有什麼樣的影響，只知道別的小孩有的，她也想有。

何況岳仲堯是實實在在地疼這個他唯一的骨血，每次回來都不忘買些小東西給她，陪她說話、玩耍，給她洗澡，哄她睡覺，還讓她坐在肩膀上。

琬兒打從心裡渴望與她爹親近。

喬明瑾又嘆了一口氣，把女兒抱坐在膝上，對她說道：「這些東西都是姊姊、妹妹們送妳的，可要好好收著，下回有了好東西，也要送給姊姊、妹妹們。」

看小東西點頭，她又道：「妳爹沒走，這會兒他正跟妳外祖父在書房說話呢。」

琬兒一聽，身子立刻坐得筆直，眼睛亮晶晶地望著喬明瑾說道：「爹真的來了嗎？真的在外公的書房？」

看喬明瑾點頭她溜下地，小身子朝外跑去。「我去找爹！」

「妳外公找妳爹有事呢。」

「我不吵外公，就在院子外面等！」她邊說著邊跑遠了。

喬明瑾見此，只好隨她去了，又回頭吩咐琬兒的乳娘和丫鬟跟著她。

而書房裡，岳仲堯連大氣都不敢喘。

什麼時候岳父有這麼大的威壓感了？他對他不都一向和和氣氣的嗎？

喬景昆自回到益州，身分一換，整個人身上便有了當家老爺的氣勢，作為下任族長，他要掌管一族庶務，身分有了，氣勢自然也要有。

喬景昆很高興岳仲堯有這樣的反應。

他對岳家存著一分敬畏，不是什麼壞事，至少，女兒在他手裡，他是絕不敢欺的；將來就算是富貴發達了，掂量掂量一下元妻後面的岳家，也不敢把不三不四的女人帶到女兒面前添堵。這也是很多心疼女兒的父母願意把女兒低嫁的緣由。

喬景昆幾不可察地點了點頭，便對岳仲堯說道：「如今我家的身分你也知道了，去京中做事，只要你不犯大的過錯，就沒人敢以你的性命拿捏你。」

岳仲堯點頭又搖頭。「安郡王並沒有問過我的妻室情況。」

他話裡的意思便是，人家不知道他喬家女婿的身分。

喬景昆瞪了他一眼。這個女婿人品是不錯的，又有能力、有擔當，就是經的事太少，還不知世間事黑暗紛雜，貴人行事間的彎彎繞繞。

喬景昆對他說道：「人家要是問了，才是有可能真的不瞭解你家裡的情況，可人家不問，說明情況盡在他掌握。人家京中的一個郡王府，你又是近身隨扈，他不把你家裡的背景挖個八代、十代，怎麼敢用？」

岳仲堯雖然耿直，但他不傻，岳父這麼一說，他就瞭解了。

貴人最是惜命，哪敢隨隨便便調個人在身邊貼身伺候著？

人家是郡王，想打聽什麼情況打聽不出來？況且他岳父一家又沒特意瞞著，只要在村裡一問，車馬行、鏢行一查，有什麼查不出的？

岳仲堯表情訕訕的，他原以為真的是對方想報恩呢……

「人家想報恩當然不假。安郡王的名聲還不錯，你幫了他，他自然想回報給你；得知你的身分，他覺得你是個能用的，將來他一手提攜你，把你放在心腹的位置上，就能得你感激替他賣力做事。一來能得你的忠心，二來他能放心用你，三來能得了喬家在外的幫襯，他面子、裡子都有了。」

岳仲堯聽岳父這麼一說，只覺得原本簡單的一件事都變得複雜了。

外人看著確實是安郡王想報恩，而他一個窮小子能得入郡王府，絕對是要對郡王感恩戴德，努力做事。

將來郡王看他勤勤懇懇，或許會願意把心腹隱私的事交給他去做，而他因為感恩郡王的提攜，當然會拚盡全力。安郡王有了忠心耿耿的手下，又是知根知底的，自然是如虎添翼。

再加上他又是喬家的女婿，將來沒準兒安郡王還能得到喬姓官員的幫助；就算得不到幫助，至少喬姓人不會與他為難。

這不就是兩相便利、你好我好的事？

岳仲堯忽然覺得自己要學的東西還很多。

若是他想在京裡拚出一分成就出來，看來光靠一分熱忱還不夠。

他自己要多學一些本事，長些見識是一定的，眼觀六路，耳聽八方，察言觀色的本事定是要學，但當務之急，為了不讓自己的小命被別人拿捏在手上，借力是一定要的。

岳仲堯想明白後，撲通跪在喬景昆面前。「岳父，小婿從來沒想過要棄了瑾娘，那四年在戰場上，小婿一刻都不敢忘了瑾娘，最惦記的也是她，生怕小婿死了，她無依無靠。待回來後，我是被逼急了才會應下要娶柳家女子當平妻，當時也只是想先應下來，之後再想個兩全之計。小婿心裡從沒想過要納別的女子來給瑾娘添堵，不管是以前還是以後，小婿都不會有這樣的心思。小婿心裡一直感激岳父把瑾娘嫁給了我，我發誓會護瑾娘周全，給她過安穩日子，小婿從沒想過要納娶別的女子，請岳父相信小婿！」

喬景昆點了點頭。

這個女婿像塊璞玉，方才他只稍一點撥，他就明瞭，確是個聰明的。

他不怕他不借力，就怕他將來飛黃騰達了，踩著妻子及岳家，再把妻子及岳家遠遠地拋下。

瑾娘這些年過的日子，他全看在眼裡，只是他一直幫不上忙，心中焦急卻無計可施。

現在他家有能力了，自然想給女兒最好的，為了女兒日後的生活，對女婿敲打一番，自然是必要的。

好在他一直深知這個女婿的秉性，這才想要敲打、提攜他，不然若他是朽木一根，或是品性不堪的，他也沒那分心力。

喬景昆親自把岳仲堯扶了起來，待他落座，又語重心長地道：「做父母的都想自家孩子過得好，安穩無憂；你既然說你不會有二心，我自然願意相信你——」

岳仲堯急急地打斷喬景昆的話，道：「岳父，請你相信小婿，小婿從無二心，這輩子小婿只要瑾娘一個就夠了！」

喬景昆對他的表態很滿意。

「如此我就放心了。你也看到了，我女兒的身分不僅是益州喬家人，而且還是嫡支嫡房嫡長的女兒，在喬家不說嫡房裡，就是庶支、旁支，都尋不出哪個女婿是你這樣的身分。我這麼說並不是要壓你一頭，只是想讓你惜福，以後對瑾娘好些，我家這樣的身分，就算把瑾娘領回家再嫁也不會嫁不好。」

岳仲堯起身，朝喬景昆作了一揖。「請岳父放心，小婿明白岳父的苦心，小婿一輩子都會對瑾娘好的。」

喬景昆又點了點頭，轉身從書房的暗格裡拉出一個盒子，數了一千兩的銀票遞給岳仲堯。

「這是一千兩的銀票，你拿著……」

岳仲堯急道：「岳父，小婿能養得活妻小，等瑾娘給她祖父守完孝，小婿也攢夠錢了，到時小婿就把瑾娘和琬兒接到身邊，這錢小婿不能要。」

岳仲堯摸著腰間乾癟的荷包，面上堅定，他哪裡能要岳父的錢來養娘子？

喬景昆把錢又推向他，眼裡不容置疑。「拿著，切記，永遠都不要做打腫臉充胖子的事。你在外做事，除了要秉持本性外，更要懂得『識時務為俊傑』這句話。這錢是給你在京裡打點用的，有能力又用心做事自然是必要，但稍加用心經營也不可缺。有些應酬交際的事，哪怕厭惡，你也要去做；與人為善，但不能得罪小人，將來你好了，瑾娘才會好。」

岳仲堯又撲通跪在地上，小心翼翼地把那千兩的銀票接了過來，鄭重地說道：「小婿多謝岳父的指點，請岳父放心！」

喬景昆朝他點著頭，再說道：「你就住在瑾娘的院裡吧，這段時間你跟在我身邊，正好我能帶你認些人。」

岳仲堯知道岳父這是想領著他多看、多學些東西，便一臉感激地應下了。

岳仲堯一腳跨出岳父的書房門，就看到女兒坐在院門的臺階上，伸著脖子朝書房門口張望。

他的心一下子就軟了，還微微帶著些酸。

小東西原本就一直注意著書房的動靜，看岳仲堯推開門出來，叫著就跑了過去。

岳仲堯把女兒小小的身子抱在懷裡，問女兒道：「琬兒想爹爹嗎？」

琬兒興奮地重重點頭。「想，琬兒想爹！」

岳仲堯在女兒額上親了一口，激動地把女兒抱得緊緊的。

喬景昆笑咪咪地站在一旁看父女兩人互動，裝作不豫，對琬兒說道：「琬兒只想著爹爹，便不想外公了嗎？」

小東西扭著身子看向喬父。「琬兒喜歡外公，只是外公天天都能見到，爹爹這才來嘛……」

喬景昆上前摸了摸她的頭，笑著說道：「領妳爹去妳娘院裡吧，讓妳娘給妳爹做身新衣裳穿。」

小東西還不知道新衣裳、舊衣裳有什麼區別，只以為快過年了，她爹也要做新衣裳，便高高興興地點頭，帶著岳仲堯往院外走。

岳仲堯沒把她放下地，高高興興地抱著女兒，朝岳父告了辭，就抱著女兒往外去了。

喬景昆看著女婿、孫女走遠的身影，又吩咐身邊的小廝去庫房挑一些好料子送到大小姐的院子。

他也是過了二十多年苦日子的，當然不會嫌棄岳仲堯穿得不好，但捧高踩低的人總是不少，他不能讓別人在背後笑話女兒，對女兒指指點點。

岳仲堯抱著女兒回到喬明瑾院子的時候，喬明瑾正領著人在選料子裁衣裳。

既然父親說了年裡要帶岳仲堯四處走動，多識些人，那他便不能穿得太差。

父親過了年要接掌族裡庶務，他跟著父親在外行走，自然也是代表著父親的臉面。

喬明瑾原就有女紅基礎，再加上後世看得多，對時下的衣裳提一些建議，做一些改動，還是可以的。

事實上，他們一家回來後，裡外的衣裳都是重新做過的。

他們一家雖然是正經的世家大族後代，但在鄉間生活了那麼多年，哪怕改頭換面，也不是一時半刻就能有大家子弟的風采。

如今回了益州本家，明玨幾個是聰明好學的，經過族學裡的學習和點撥，他們行止間已越來越有世家風範。

而經喬明瑾設計改動過的衣裳也給一家人添了幾分神采，多少有轉移了一些旁人的視線。

「瑾娘……」岳仲堯發現他每次見到喬明瑾都忍不住激動。

他不明白他為什麼會激動，就是覺得自己迫切地想見到自家娘子。

「回來了？」喬明瑾笑著朝他點頭。

琬兒見娘親向她望來，便掙扎著下了地。

「餓了沒有？讓奶娘帶妳去吃點心吧。」喬明瑾對女兒說道。

「不餓。」小東西剛朝喬明瑾搖了搖頭，看到娘親笑咪咪地看著她，眨了兩下眼睛，又朝她爹望了望，這才跟著奶娘出去了。

岳仲堯生怕喬明瑾說些什麼他不想聽的話，急忙先開口說道：「爹讓我住在妳這裡。」

喬明瑾抬頭看了他一眼，想了想，對站在屋內伺候的春芽說道：「領兩個人去把東廂房收拾出來，再讓人去庫房領些被褥及用品。」

看春芽應了是，帶著人下去了，她給岳仲堯倒了一杯茶，在他對面坐了。

「請了多久的假？什麼時候回京銷假上工？」

岳仲堯沒忙著喝茶，他的眼睛盯著喬明瑾不放，回道：「過了元宵就正式銷假上工，只是這裡往來京城，快馬也要幾天工夫，只怕初上就要走了。」

喬明瑾點頭，又問了他一番雲家村和下河村以及作坊的情況，得知一切都好，便放了心。

岳仲堯想了想又說道：「妳那院子，表嫂並沒有把鑰匙給我娘；臨走我又分了家，我交代過我娘了，我娘不會搬進去的。」說完，多少有些不自在。

喬明瑾看了他一眼，道：「若以後我不回去住了，那院子就給你爹娘住也沒什麼，我只是怕表哥、表嫂難做。」

岳仲堯眼睛一亮，對喬明瑾說道：「等明年妳給祖父守完孝，我便接妳們母女上京裡，以後我們一家人在一處。」

喬明瑾看著他說道：「你進了京，應該是要住在郡王府裡吧？」

岳仲堯點頭道：「嗯，我一個人住哪都沒關係，不過我問過了，有成了家的護衛都有租房子住在外面。等我攢了錢，我也租一間好一點的小院，讓妳們母女住得舒舒服服的，等將來我攢的銀子多了，咱就買一間小院子住。」

喬明瑾看他說到前景，不忍潑他的冷水。

京裡居大不易，就憑他當護衛的那三兩月錢，只怕攢到他退工都不一定能在京城內買一間小院。

「瑾娘，妳放心，我這護衛是不會一直當下去的。來接應我的人都說了，我這年齡，又是成了家的，就算在郡王身邊當貼身護衛，也當不了兩、三年；郡王不過是想把人貼身放著，就近觀察品性，好安排合適的職務罷了。」

他看自家娘子並沒有露出不豫，很是專注地在聽他說話，非常高興。

他又說道：「那接應我的人是郡王親自派來的，我想他定是得了郡王的吩咐才來提點我。郡王如今掌著京中的禁衛營，護著京城的平安，他手下不管是大頭目還是小頭目，都需要心腹、忠心之人；像我這樣得了他恩惠的，他用著放心，只要我表現出我的能力和忠心，將來一定能拚一分前程出來，到時候，妳們母女跟著我就不用吃苦了。」

喬明瑾發現岳仲堯說到前程的時候，眼睛很亮。

或許每個男人心裡都是有著一番抱負吧？能一展抱負，護妻兒家小平安周全，必是每個男人心中的願景。

喬明瑾不知道自己的願景是什麼。

她來這個世界快兩年了，似乎一半的她融入了這個世界，一半還在天外。

她沒什麼強烈的歸屬感，只不過是想把眼前的日子過下去罷了。

這個男人似乎已把前路一一為她掃清，努力營造她想要過的日子，但是她還不敢輕易地朝他伸出手……

京城啊，那是個繁華的地界，也是個紛亂的地界，輕易能把人的良知泯滅了。

「你站起來，我幫你量量身，好給你做幾件衣裳。」喬明瑾朝他說道。

岳仲堯有些激動，他多久沒穿過瑾娘給他做的衣裳了？

榻上散著好幾疋顏色不一樣的錦緞，都是他沒穿過的好料子，他又見自家娘子把榻上的衣料一一拿過在他身上比著，岳仲堯心裡熱了起來，熱得發燙。

原來剛才瑾娘就在給他裁衣裳呢……

岳仲堯在喬明瑾的院裡盤桓了一個下午。

喬明瑾沒什麼空理他，她自從接過喬父讓人送來的幾疋錦緞毛皮後，便帶著針線房裡的娘子給岳仲堯趕製衣裳。

岳仲堯心裡美滋滋的，什麼都不做，光看著喬明瑾他就覺得異常滿足。

這一個下午他在自家娘子的院裡，陪著女兒玩耍和癡看自家娘子，直到天邊昏黃，他還覺得時間過得太快。

當天晚上，喬父替他設了家宴，並沒有請外人，只有自己家的人，包括已搬出祖宅的喬父幾個異母兄弟。

喬景倉、景山、景崖、景岸四家人都攜妻帶子地來了。

喬父領著岳仲堯與四家人一一見禮，給這幾個異母弟弟介紹著自己這女婿。

喬景岸等人作為長輩，沒有參與過喬明瑾的婚禮，也沒有添過妝，見了岳仲堯，便一個不落地都給了長輩禮。

不管這些人內心如何想，至少明面上他們看起來都與喬景昆一家人和樂相融，顯著骨肉一家親，見著岳仲堯也都勾肩搭背的，親熱得很。

這一晚，喬父面上笑容不斷。

或許在他眼裡，這兄友弟恭，一家和樂，就是旺家旺族之相吧？對於他這個離家多年的人來說，這樣的親熱和樂，正是他最想看到的。

而聽到琬兒在飯廳裡不間斷的笑聲，他們便知這小東西心裡歡快著呢。

父親在不在身邊，對她似乎有很明顯的差別。

喬明瑾往女兒那邊看了一眼，笑了笑。

這晚的家宴，自然是和和樂樂，熱熱鬧鬧。喬父帶著岳仲堯連番敬酒，連女席都不落，交錯觥籌，言笑晏晏，直吃到月上中天。

酒足飯飽後，自然是各回各家。臨走時，喬景山等人都對岳仲堯熱情相邀，岳仲堯自然全部應下。

岳仲堯雖然在來益州之前就有做些心理準備，但今天他見到自家娘子這麼龐大的娘家，心裡不免還是有些不平靜。

瑾娘的這幾個叔叔，哪一個都不簡單，都有官身；那幾個嬸娘也都是官宦人家的女兒，幾個堂弟、堂妹是真真正正的世家子弟，舉手投足間，跟他岳家的那幾個兄弟姊妹是絕不能比的。

瑾娘的哪一個堂妹嫁得都比她好……岳仲堯想到此，心裡多少覺得有些對不住自個兒娘子。

而喬景昆帶著一家人送走喬景倉那幾家人後，領著幾個兒女回了院子。

岳仲堯和喬明瑾把喬父、喬母、藍氏送回了各自的院子，夫妻兩人便一前一後往喬明瑾的院子走去。

岳仲堯抱著女兒默默地跟在喬明瑾身後，心裡忐忑不安。

他不是個傻的，席間別人對他的態度，對他好的、對他不屑的，他自是有眼看到。

這一家女兒只有自家娘子嫁得最不好，他作為瑾娘的夫婿心裡當然會有些不自在。

他不確定瑾娘回了本家，是不是對他的態度會更冷淡……

琬兒早已趴在岳仲堯的肩頭熟睡，岳仲堯幾次想開口，又怕驚醒了懷裡的女兒。

一直到進了院門，岳仲堯才期期艾艾地喚了一聲。「瑾娘……」

喬明瑾就著丫鬟手裡的燈籠透出的清冷光芒，回頭看了他一眼。

「夜了，有事明天再說吧。」她示意後面錯了好幾步的奶娘去接過琬兒。

岳仲堯聞言，眼神黯了黯，在奶娘到了近前時，錯了錯身子。

「琬兒說想和我們同睡……」他的聲音低沈沈的，好在能讓喬明瑾聽清楚了。

喬明瑾有些錯愕，看了他一眼，又看了看趴在他身上熟睡的女兒，她扭頭看到奶娘和幾個隨侍的丫鬟都低著頭縮在暗影裡，便近前兩步，小聲道：「益州有風俗，出嫁女回娘家的時候，是不能在娘家與夫婿同房的，況且我還在孝期。東廂房丫鬟們已收拾好了，這會兒火盆應是點起來了，你趕了幾天路，也累了，早些睡吧，明早爹還要帶你出門。」

喬明瑾說完逕自接過琬兒，抱著女兒轉回了自己的房間。

岳仲堯愣在那裡。

那樣的風俗，好像別的地方也有，只不過這個同房，卻不是夫妻不能同一間屋子的意思，而是……

岳仲堯愣愣地看著自己的娘子抱著女兒閃身進了屋子，很快在幾層帳幔後消失不見。

直至有丫頭對他喚道：「姑爺……」

岳仲堯回頭看了那個出聲的丫鬟一眼，才轉身往東廂房去。

次日一早，岳仲堯還來不及見妻女一面，就被喬父派來的小廝叫走。

琬兒起得比平時要早，卻未能見著父親一面。

她還以為昨天見著親爹只是她作的一個夢，後聽聞父親真的來了，她喜得讓奶娘、丫鬟幫著淨了臉，又換了衣裳，就飛身去了喬父的院子。

可她還是沒能見上岳仲堯一面。

喬父早早就領著岳仲堯出門去了。

喬景昆對岳家雖然有點不滿，但對這個女婿倒是沒有多少微詞。

在強人的手下救了他，素不相識，又能把他揹去醫館救治；只見了女兒一面，心生愛慕，縱家裡反對，心意也不改。女兒提出和離，他堅決不依，在他面前又是磕頭又是起誓；為了女兒，又辭了可見的前程回家守著妻女……如今為了妻女，他執意分家遠赴京城，只為求一分前程……

喬景昆跟藍氏談過喬明瑾的婚事，自回了益州，他和藍氏心裡的想法更是堅定。

自家女兒雖然低嫁了，婆母為人還刻薄，但好在岳仲堯待瑾娘始終一心。

如今又有益州喬家在，諒岳家也不敢對自家女兒如何，將來在女婿的前程上，喬家再推一把，想必岳家也不敢對瑾娘不好，瑾娘以後自然會有一分幸福安寧的日子可過。

喬景昆想清楚後，一大清早便派小廝把岳仲堯叫走。

喬景昆陪著女婿用過早飯，又耳提面命了一個多時辰，又是對女婿的衣著評頭論足了一番，再讓人拿了香囊、玉珮給他戴上，直至滿意了，才帶著他出門。

岳仲堯的衣裳，喬明瑾早交代針線房的人趕了出來，大氅則是現成的。

喬景昆一早帶著女婿，先往代族長和幾個族老家裡拜訪。

岳仲堯長得本來不差，劍眉星眼、身材魁梧，穿上錦緞大氅，倒像是個天生的衣架子，絲毫看不出是鄉下地方來的，舉手投足很是謙遜知禮，瞧著哪裡是窮家破戶出來的樣子？

這天的岳仲堯，顛覆了眾人對他的看法。

這些人早就知道喬景昆的長女嫁了個莊戶人家。

他們本以為岳仲堯上不得檯面呢，哪想這岳仲堯除了為人不夠圓滑，有莊戶人家特有的質樸之外，倒是落落大方，見識還不淺。

代族長和幾個族老對他的印象大大改觀，拉著他熱情地問長問短。

得知他年後要進京到安郡王府裡當職，他們還紛紛為他出謀劃策，給他搜羅著能用得上的人脈。

這番作為自然讓岳仲堯感激在心，誠心誠意地給這些長輩、族老們施禮磕頭，至傍晚歸家時，他額頭上都青了好大一塊。

第六十五章

自那一天開始，岳仲堯開始異常忙碌了起來，每天天一亮，就跟著喬父出門挨家挨戶拜訪。

益州喬家是個百年大族，家大業大，族人眾多，不說本家嫡支、庶支、旁支，就是那姻親故舊都不少，不只益州本地，鄰近幾縣也有不少族人。

等著喬景昆走訪的人家太多，就算他一早出門，夜落方歸，要走訪完這些相近相熟的人家，可能也要到年後了。

而岳仲堯一來，喬父自然沒把他落下，兩人一起，又夥同明玨、明珩兄弟兩人，這父子翁婿四人不到夜幕拉上不返家。

喬父有心提攜岳仲堯，生恐他閱歷不夠，為人處事、交際應酬不足，便時刻把他帶在身邊，不時提點一二；碰到能幫襯他的族人，他更是不放過，領著他表示萬分誠意。

而年節越近，外出任官或是在別處謀生、做生意的族人都紛紛歸家，在京裡任職的族人就回來了好幾位，喬父當然更是要帶著岳仲堯上門拜訪。

作為喬姓族人，不管內裡是如何看待喬景昆這個人，畢竟他的身分擺在那裡，這個喬姓族長之位是沒人比他更有資格的，所以族人都向喬景昆表示出了最大的善意，對喬景昆如今唯一的女婿，也有心提攜一番。

於是，有那對京中熟悉的，便與岳仲堯把酒言歡，對他細說了一遍京中各家各族及達官貴人的關係，京裡局勢、國之大勢、官場、人際等等情況也揀了重要的說予他聽。

有在軍中任職之人，對於這個從戰場回來的喬家女婿更是喜愛幾分，也給他指點了一些軍中事宜，包括安郡王及其所領的禁衛營等事。

一些有拳腳功夫的，也對岳仲堯指教了一番拳腳。

這對於從沒進過京，對京中迷茫無措的岳仲堯來說，實是獲益匪淺。

於是這個年裡，岳仲堯認識了不少人，頭磕了不知多少個，不過卻磕得他心甘情願，誠心誠意。

而隨著年節越來越近，喬明瑾和藍氏等一干家人也忙碌了起來。

這是他們一家首次回本家過年，又是初次執掌喬家大宅事務，那些族人都盯著呢，他們不能出一丁點差錯。

喬母從來沒被人伺候過，也從來沒管過人，更不要說安排這麼大一家子的各項事務，越是年近，她越是不安，生怕會出錯遭人恥笑，害丈夫、孩子被人笑話，忐忑難安。

藍氏自然知道她的心結，便安慰了她一番。

這個媳婦雖然並不是她心中最合適的人選，但這二十幾年來，陪她和景昆患難與共，她和兒子都不懂田地事務，這個媳婦就一肩擔下了一家生計，家裡地裡日夜操勞不說，服侍她更是盡心盡孝，對兒子景昆也是事事順從，還又為他們喬家生養了五個孫子女。雲氏任勞任怨，上養老，下養小，吃糠嚥菜從無怨言，她沒什麼不滿意的。

藍氏時時刻刻把喬母帶在身邊，言傳身教，教她一些家中庶務與人際應酬。

好在喬母雖然從沒接觸過這些，但為人很是俐落，她以前就在家裡家外操持，又有藍氏時時教導，還有藍氏安排的婆子在旁不時提點，喬母是個願意學的，所幸沒有出過錯。

而這個年裡要辦的年貨很多，要安排的事務更是多如牛毛一般，還不能落下一二。年貨不只是本家本宅要準備，還要準備一些應酬往來之用，也要備著給族人及眾姻親故舊的年禮等等。

家人、族人、姻親、故舊，還有一干下人佃戶……要採買的東西越來越多，藍氏帶著喬母及喬明瑾三姊妹完全忙不過來，於是藍氏便把喬景岸的妻女及喬景倉、景山、景崖三人的妻子都喚了來。

喬景岸夫妻與藍氏更親厚幾分。他姨娘沒了，而他本人卻沒多大建樹，分的家產又少，還有幾個子女要婚嫁，以後都要仰仗這個嫡母、嫡兄，自然是要好好親近來往的。

而喬景倉等人，對於這個嫡母的吩咐他們不敢不聽，不說族人都看著呢，就是情理上也過不去。

藍氏對喬興存的這幾個庶子沒有什麼怨恨，再者如今這四家人都搬出去各過各的日子了，她當然不好說些什麼。

這四家的媳婦一直隨喬興存在京裡生活，娘家也不是普通人家，掌家理事的本事絕對是有的，請她們來祖宅幫忙，是省事省心之舉。

而這四家人也想在族人面前得一些好，故藍氏一喚便來了。

喬景岸的妻子黃氏是真心實意唯藍氏之命是從，但小方氏、楊氏、張氏三人卻有各自的小算盤，好在三人重名聲，明面上的事還是做得很漂亮。

藍氏對於幾人的小心腸視而不見，只要這幾個人還認她是嫡母，還顧及名聲，事情就好辦。而她這個嫡母初回本家，若是對幾個庶子、庶媳婦不聞不問，恐也會遭人詬病，所以她不時讓幾家人來請請安，又讓喬父和明珏、明珩幾人與他們幾家頻繁走動，再吩咐喬明瑾帶著明瑜、明琦與堂妹、堂嫂不時來往，喝茶聊天。

於是這喬家長房的做派看在族人眼裡，便算得上是和樂相融，嫡房、庶房一家親；代族長和幾個族老是不時點頭，對喬景昆和明珏、明珩幾人不免更是親近了幾分。

在喬明瑾和一眾家人正忙著年節之事時，遠在青川的周府也是一片忙碌。

下人奴僕奔走忙碌，卻又不免帶了幾分小心。

府裡的氣氛實在有些壓抑，主子們不展笑顏，下人們當然要緊閉唇舌，埋頭做事。

那聽風院裡，周晏卿自從京城回來後，把自己關在房裡已是數天了。

他無論如何都不敢相信，當他冒著風雪嚴寒，不顧冰雪封路之險趕回青川，拉著從京城喜鋪採購滿滿一車的喜帳喜被、紅綢紅緞、蓋頭鳳冠、首飾衣飾，及一干成親所用的喜慶用品回來時，卻不料佳人早已是人去樓空……

他呆呆地站在銅鎖把門，舊日曾歡笑飲宴，佳人陪坐過的大門口，久久不能回神。

作坊裡外，不論他走上多少圈，再看不到那空谷幽蘭般的靚麗容顏。

他掌周家庶務多年，手中自然有一些人脈，要打聽喬家之事是易如反掌的，何況周耀祖也親口向他承認過益州喬家嫡房二女婿的身分，周晏卿便不得不接受了喬明瑾轉變身分，舉家回歸本家的事實。

她留下的書信他已看過數十遍，每一個字他都能背下來了。

他回來時才進臘月，得知喬明瑾蹤跡後正待快馬去尋時，竟然被周老太太攔了下來。

在周晏卿回城後，為著喬家的事四處打聽，在他回來隔日就迫不及待往下河村去尋訪佳人時，周老太太並未攔著。

反正人都不在了，就算兒子日夜守著又有何用？她放心得很。

就算喬明瑾身分轉變，由一普通窮酸農戶轉為世家大族嫡房嫡女，她無論如何仍不能接受一個二婚且帶個拖油瓶的女子成為媳婦。

等著成為她媳婦的人選能從周府門口排到青川城門口，再者京裡那官宦之家裡琴棋書畫皆通又貌美端莊的黃花大閨女，不照樣跟著兒子回來了？她犯得著去求一個二婚女嗎？

家大業大，世家大族又怎樣？成過親，生過女，在她這裡不管怎樣就是過不了。

臨到這時，周晏卿才知道跟著他一路從京都回來，京都禮部給事中的庶女顏氏，原來不是來青川尋什麼親戚，而是不遠千里來給他當續弦的。

他才得知早在自己遠赴京城之前，母親就與京裡的族叔書信頻繁，議定了他的親事。在京時，母親還去信讓他在京裡喜鋪多多採購成親用品；他以為母親是看不上青川的東西，想給瑾娘一個體面，沒想到這一切都不是為瑾娘所備。

母親說的讓他趕在年前回來，要好生為他籌備婚事原來是真的，只不過對象卻不是他心中認定的那個罷了。

早知道他在走前就託媒婆下了定，也省得如今要承受這般變故。只是，他母親為他做了這一切，若是再來一次，離開前他真的能與瑾娘互換庚帖嗎？

周老太太直接擊碎了他的念想。

就是再來一次，仍是這樣的結果，因為她根本就沒打算接納喬氏明瑾。

對於京裡族弟為兒子選的顏氏女，她滿意得很。

顏父雖只是一個小小的禮部給事中，但人家好歹是京中官員之女，她周家雖家財萬貫，但地位低下的商家如何能跟士宦相提並論？

兒子一個喪了妻的商戶，能娶京中官員之女，已是祖上保佑了。

人家還沒有讓他千里迢迢去京裡迎娶，直接把人送來青川，讓兒子能從青川直接迎娶過門，嫁妝也已備置妥當，這已是親家看重，他們如何還敢挑三揀四？

得罪了顏家，得罪了京裡得居高位的族叔，就不是周晏卿一己之力所能承擔的。他周家遍布全國各地的生意，若沒有京裡相助，只怕不過是能餬口的普通商戶而已。她承擔不起這個結果，周晏卿同樣也做不了家族的罪人。

周晏卿睜著一雙空洞的眼睛，床尾，除了煙青色的帳幔、錦被以外，什麼都沒有。盯著虛空良久，周晏卿才出聲喚道：「石頭……」

不見有人應，周晏卿才想起他受不了這些人在眼前晃悠，早早吩咐他們遠遠避開去了。

他苦笑一聲，再揚聲喚道：「石頭！」

想必得了他吩咐要遠遠避開，為了能聽到他的傳喚，這些人也不會走得太遠。果然有人遠遠應了聲，便聽腳步聲由遠即近而來。

石頭喘著粗氣，回道：「六爺，您喚小的？」

周晏卿冷冷地看了他一眼。這個鬼東西定是被母親喚去問他行蹤，若他能對自己透露一二，他也能做些防範，不至於像現在這般被動。

周晏卿見石頭往後縮了縮，不由重重地哼了一聲，嚇得那石頭差點跪在地上。

周晏卿瞥了他一眼，緩緩開口道：「去，讓馬房準備著，爺要出門。」

石頭一聽，撲通就跪了下來，直愣愣地挺著身子，衝周晏卿說道：「爺，您就饒了小的吧！都是小的愚鈍，看不出老太太的心思，可老太太是周家的主子啊，她要問話，小的哪敢不仔細回的？」

他哭訴了一番，見周晏卿並沒有再冷眼看自己，心裡不由輕快了兩分。

眼前這人才是他的主子，他伺候了他那麼多年，哪裡不想他好的？只有他好了，他才能好。

於是他又哭喪著臉說道：「爺，此時年關將近，老太太早吩咐馬房歇馬，那車廂除了平日裡要用的，餘的都轉至木匠處修整了，要出門，只怕還要去老太太那邊報備一聲。」

他說完見周晏卿緊抿著唇，心下不忍。

只是就算他覺得喬氏再好，周老太太不喜仍是枉然，此時還是要配合著老太太。

那雨花巷裡住著的顏家小姐，也不是他家六爺能惹的。

「爺，今天老太太又讓人送了一車銀霜炭到雨花巷了，新鮮肉菜也送了好半車，還說明天要約陪著顏家小姐來青川的幾個管事到家中坐坐，好商議六爺和顏小姐的婚事呢。」

周晏卿聞言，心裡一陣刺痛。

他不由撫額，緊閉雙眼。

「爺……」

周晏卿擺了擺手，良久才道：「你去回老太太，我要到鄭縣令家去一趟……嗯，要談些生意上的事，讓老太太吩咐馬房的人備車。」

石頭應了聲便出去了。

而正房裡，周老太太聽了石頭的稟報，思慮良久。

她拘了卿兒那麼多天，已是跟那顏家換過庚帖，如今年節將近，時間太過倉促，她就與顏家商議婚期訂在二月初二。

二月二，龍抬頭，正是諸事皆宜，真正的好日子。

她倒不怕卿兒會反抗，目前那人遠在益州，不說她這裡，就是益州喬家都不會讓長房嫡女違背禮教，與有婚約的男子私通。

既然卿兒要出門，只要不出青川，就讓他去吧，把人拘得緊了，搞不好會適得其反。

她對石頭說道：「你去馬房吩咐一聲吧，就說是我說的，給六爺把馬車準備得舒適些，車內炭盆也要先燃起來，燒得足足的，別凍了你家六爺。」

石頭聽了也不敢抬頭去看，只低頭應了，轉身小跑著出了門。

老太太又對侍立在她身後的林嬤嬤說道：「妳去，帶著外院二管事，妳們兩人親自跟去服侍。」

侍立在旁的林嬤嬤垂首應了一聲，邁著小步出了房間。

而周晏卿自出了府後，直奔鄭知縣小兒子鄭遠的外宅。

不得不說周晏卿果然了解他這些狐朋狗友的品性，知那鄭遠必是窩在外室院中，一去果然逮到了人。

鄭遠聽著周晏卿倒了一肚子的苦水，愜意地仰頭大笑幾聲。

果然好運不會集中在一個人身上，不然，若是讓腰纏萬貫、自由適意的周六爺再逢上心心相印的佳人，從此雙宿雙飛，還讓不讓人活了？

周晏卿知他脾性，聽他大笑，也只是冷冷地斜了他一眼，仰頭倒在鋪了厚厚白狐毛的羅漢床上。

「你對這個外室好得很，搬了不少好東西到這裡來，你家裡那位倒是好脾氣不鬧騰。」

鄭遠聽他此言，也仰倒在他身邊，兩手托著後腦勺。

「她哪裡敢對我嗆聲？自她嫁來我家，她家那生意不知好了多少，有我父親為她家開路，現在生意都快做到京城去了，這些還是她親自命人揀了送來的。一介商戶，她幾年無子，我又沒把人放到她眼前，她還有什麼不滿的？」

周晏卿聞言，良久不語。

若他娶了妻，必不會給她心裡添堵，若是能得瑾娘陪伴，他一定對她好，讓她成為世上最幸福的女人。

周晏卿想起喬明瑾，心裡不由又是一陣鈍痛。

他側過身子問鄭遠。「你平日鬼點子最多，可有良策？」

鄭遠聞言，也側過身子面對著他，衝他笑道：「若那喬氏不是益州喬家人，你把人遠遠帶去西南，沒人會說你什麼；再若是那顏氏父親不是京中官員，得罪了就是得罪了，也沒什麼大不了的，只是可惜啊……」

他說完還嘖嘖兩聲，一副無可奈何之相。

周晏卿如何不知道這些？只是他心裡一直還存著與佳人長守的念想。

「真的沒有辦法？」

鄭遠搖了搖頭，片刻又擰著眉說道：「嗯，也不是沒有……」

「是什麼辦法？」周晏卿急忙支起身子，衝他問道。

鄭遠又是嘖嘖兩聲，不屑地看了他一眼。

這還是那個在美人面前面不改色的周六爺嗎？為了一個女人，這樣方寸大亂，嘖嘖……

「你快說！」

周晏卿見他一副閒閒打量的樣子，氣不打一處來，抬腳狠狠踹了他一腳，把鄭遠險些踢下榻去。

鄭遠嘶了兩聲，倒也不好為難他，便再說道：「辦法不是沒有，不過有些……只怕你還不願，她也不願；而且此乃下下策，是傷敵一千、自損八百的招數。」

周晏卿看他一臉鄭重，也知此法可能的確不可為，沈吟片刻，方問道：「是什麼辦法？」

鄭遠看了他一眼，見他一臉堅定，暗自嘆了一口氣。女人嘛，哪裡沒有？環肥燕瘦、端莊妍麗、活潑嬌俏、掌家理事、才氣詩氣……憑他周家的財力，要哪樣的女人找不到？他就不信他沒一個可心的，竟是偏偏看中一個成過親、生過女的婦人，嘖嘖。

不過鄭遠也不忍看他那副心焦的模樣，嘆了口氣說道：「若你真的非她不可，又肯為了她捨下大片家業，其實不是沒有辦法，你便死遁了去吧！唯有此招了。想你身上銀錢也不少，腦子又好，又捧了大把金銀，在別地也不是不能東山再起，只不過怕那喬氏不願。為了你，她便要一輩子都困在內宅裡了，還要躲躲閃閃地過日子；當然如果顏家沒有步步高陞，反而被貶斥，削職為民什麼的，你們倒是能苦盡甘來，撥雲見日。」

周晏卿聽完鄭遠此法，側過身子仰倒在羅漢床上，久久不語。

鄭遠斜眼看了看他，兩人間倒是難得地平靜。

片刻後，他們聽得有人抬步進房，有細細女聲道：「爺，廚下已是備好了酒菜，不知是不是要現下就讓人端上來？」

鄭遠抬身去看，周晏卿也朝那出聲的女子望去。

柳媚娘容顏煥發，嫋嫋婷婷地站在那裡，簪釵玉環，錦緞加身，紅狐狸做的大氅披在身上，端得好富貴。

許是養得好了，她的面容比之前所見更要靚麗幾分。

柳媚娘見周晏卿朝她望來，便施禮說道：「妾見過周六爺。」

周晏卿愣愣地看著眼前的這個女子，眼裡一片複雜。

若是他不那麼自信，早早使了手段，讓眼前這人勾住那岳仲堯不放，憑岳仲堯把恩義時刻掛在嘴上的模樣，瑾娘如何不能早早得了那和離書？

若是瑾娘早些得到和離書，他就有時間籌劃他們倆的事；兩人遠避西南，生兒育女再歸來，母親看在孫子、孫女的分上，想必也會對瑾娘和顏悅色幾分。

可現在悔之晚矣。

鄭遠看他緊緊盯著柳氏，心裡多少知道周晏卿心中所想，柳氏與那位喬氏的瓜葛，他自然瞭解過其中一二。

他見周晏卿不語，便衝柳媚娘說道：「妳出去吧，讓人把酒菜送來，此處不需人服侍，都讓人下去吧。」

柳媚娘應了一聲，又抬頭匆匆看了那兩人一眼，才款款出去了。

鄭遠拍了拍周晏卿的肩膀，無言地安慰了他一番，拉著他坐到圓桌旁。

片刻後，那柳媚娘領著好幾個丫頭、婆子，把精心調製的酒菜送了上來。

周晏卿在鄭遠的這處外宅待了數天，直至周老太太派人來把他喚了回去，說是要準備年裡祭祖之事，周晏卿這才登車回了周府。

很快，年節便近了。

越是臨近年節，喬家祖宅裡越見忙碌，從天不亮到天黑，祖宅裡人來人往。

如今年節近了，喬姓各房各支回來了不少人，每年到這個時候就是喬姓族人大聚首的時候。

不管是嫡支還是旁支、庶支，所有的祖宗牌位都擺在祖宅的宗祠內，只要各房各支還有子孫在，就不能忘了祖宗，此次是最大的年節，當然要進去祭拜一番。

故這些時日，來祖宅拜訪的人絡繹不絕。

喬明瑾跟著藍氏忙著招待族人，竟是日日不得閒，岳仲堯白日裡都極難見上她一面。

而喬父又趁著年裡族人歸鄉之際，帶著岳仲堯和明玨、明珩三人日日出門訪客，所以夫妻倆難得碰一次面。

只是不管回來得多晚，岳仲堯總要進妻子的房間坐一坐。

哪怕喬明瑾已歇下，他仍要進到房內，掀起帳幔看她一眼，也不知是不是怕人不見了。

岳仲堯一方面對岳父的提攜及看重感激在心，另一方面又因回來得太晚，無法相陪妻女而深感內疚。

但喬明瑾並不知道該如何與這個男人交流，她似乎與這個男人並沒有怎麼長談過，過往的話題十之八九也都是與女兒有關。

有時候在聽見他進院的腳步聲時，喬明瑾便爬上床裝睡。

但漸漸地，喬明瑾從岳仲堯與琬兒的互動中，從他與家人的互動中，對他有了一些瞭解和新的認識。

一開始，她的心門緊緊關著，拒絕岳仲堯的接近；慢慢地，因為她的身分，不好與岳仲堯劃清界線，她只好與他保持著不遠不近的距離。

初時，她也想接受現狀，接受自己的身分，與他好生過日子，在異世把這一世好好過完，可因著吳氏，喬明瑾的心門又緊緊關了起來。

現今，岳仲堯默默為她做的這一切，他為了她們母女分了家，又一個人遠赴人生地不熟的京城供人驅使，喬明瑾心裡某處似乎出現了一道細小的裂縫……

這些時日，喬明瑾冷眼瞧著他的作為、舉動，與家人的互動，對他這個人多少有了些改觀。

第六十六章

這晚，又是月上中天，岳仲堯才回了院子。

琬兒等了許久，耐不住先睡了過去，早已被喬明瑾安置到床上。

岳仲堯躡手躡腳地進到內室時，發現雕刻華麗的拔步床上，帳幔已是垂了下來。

昏黃的燈光從床側的宮燈裡透了出來，照在他有幾分醉意的臉上。

岳仲堯呵了呵有些涼意的手，這才小心地掀開了帳幔。

才掀開不大的縫，他便愣在了那裡。

喬明瑾斜倚在床上，身上錦被只蓋了半身，兩眼亮晶晶地正朝他望來。

「瑾、瑾娘……」

不明白自己怎麼就結巴了起來，岳仲堯連忙斂了斂神，柔聲問道：「怎麼還不睡？」

他說完往床裡看了一眼，見女兒此時正蓋著錦被，睡得香甜，岳仲堯的嘴角不由往上揚了揚。

「這丫頭……又等了好久吧？」

喬明瑾點了點頭。

岳仲堯朝娘子臉上望去，只見自家娘子散著長髮，披著一件外衫，兩手正疊抱在胸前，眼睛明亮有神地望著他。

岳仲堯心裡軟軟的，又像有片羽毛在他心上輕輕撥了又撥。

他略略俯身幫喬明瑾拉了拉被子。

「今天又下了一場大雪，正冷著呢，可別凍著了。」他說完又回頭往房內看去，見內室裡兩個炭盆燒得頗旺，這才放了心。

他扭頭往窗戶那邊看了看，生怕丫鬟們把窗戶關得死緊，讓妻女中了炭毒。見各處妥貼，他看著喬明瑾問道：「可是備了湯婆子？」說完正欲往床尾掀起被子查看。

他記得瑾娘一到冬天，手腳就冰得可怕，以前為了瑾娘夜裡能睡得好，他每晚臨睡前都是要給瑾娘燙腳的，還要用自己的雙腿夾著瑾娘的腳丫子捂暖。

如今她一個人睡，也不知能不能睡得好，湯婆子不知備了沒有？

喬明瑾見他動作，用腳壓了壓被子，小聲說道：「備了，在琬兒這呢。」

岳仲堯聽了，轉而小心地掀開女兒的被子去看，果然就見女兒正抱著湯婆子睡得香甜。

岳仲堯笑了笑，幫女兒把被子蓋好，這才對著喬明瑾說道：「這丫頭也是個怕冷的。青川要比這邊暖和多了，冬日裡，難得會下一、兩場雪，下起來也沒這邊這麼大，這丫頭，定是興奮得很吧？」

喬明瑾聽完也笑了起來。

可不是嗎，不只是琬兒，就是明琦、明珩、明瑜等人，從來沒見過這麼大的雪，只要大雪一下，幾個人便在院裡樂瘋了，又叫又跳的。

待雪一停，他們就拉了人到院裡打雪仗，還堆雪人，或是搖落枝條上面的積雪，縮著脖子飛跑。

岳仲堯見喬明瑾面露微笑，一副心情很好的樣子，便趁著有幾分酒意，壯著膽子坐在了床沿。

剛沾上床，他不安地看了喬明瑾一眼。

喬明瑾見了，倒沒說什麼。

岳仲堯見此，更大著膽子整個人坐了上去。

他邊坐還邊往喬明瑾身邊挪了挪，好讓自己能坐得更舒適又更靠近娘子一些。

當然，若是瑾娘讓他把腿也放到床上，並掀開被子蓋上，那他會覺得更舒適。

喬明瑾待他坐妥，聞得他身上的酒味，便問道：「可要讓人送醒酒湯？」

岳仲堯見喬明瑾關心他，心裡如吃了蜜一般，咧著嘴搖頭道：「不了，待晚上好生睡一覺便好了。今日見的人多，好些人都來向岳父敬酒，我和明玨幫著擋了不少，到最後，就連明珩都跟著喝了一點。我還好，就是岳父和明玨有些喝多了，還是被小廝扶著下車的。」

喬明瑾聽了不無擔心。「爹和明玨醉得很厲害嗎？不知下人有沒有備醒酒湯？爹和明玨素日裡極少喝酒，爹以前身體不好，是滴酒不沾的。」

她說完又問：「明珩怎樣？那孩子才多大，怎麼就讓他喝起酒來？」

岳仲堯安慰她道：「不用擔心，爹和明玨那裡，我已交代過服侍他們的小廝了，讓他們回去就餵醒酒湯，還讓人準備熱水；至於明珩那裡，他喝得不多，大家見他還小，倒是沒多給他灌，只是他因著初次喝酒，興奮著呢。」

喬明瑾聽了嗔怪道：「他才多大！雖沒醉，但想來明天定是該頭疼了，也該讓人給他餵一碗醒酒湯才好。」

岳仲堯道：「放心吧，我都吩咐下人準備了。」

他說完看向喬明瑾，不免覺得自己有些醉了。

他感覺到酒氣有些上湧，瑾娘披著長髮的樣子，怎麼看著這麼好看呢？溫溫柔柔、和和氣氣的，待他也是關心得很。

「瑾娘……」岳仲堯柔聲喚道。

喬明瑾見他眼神迷離，便開口道：「快去歇著吧，你今天喝了這麼多酒，若睡得不好，明日起來該頭疼了。」

岳仲堯聽完趁勢倒在錦被上。「瑾娘，我頭有些疼……」

他邊說著，邊把腳也擱到床上，兩腳蹭了蹭，鹿皮靴子就掉了下來。

他整個人擠到床上，貼著喬明瑾睡好，伸手拉過被子把自己整個人都蓋了進去。

喬明瑾在錯愕間，岳仲堯的一連串動作就已做完了。

她能感覺到岳仲堯緊緊地貼在自己身體上。

也不知他是真醉還是假醉，岳仲堯還把手放在了她的腰間，緊緊地抱著她。

喬明瑾愣了愣，見他整個人縮著身子，連頭都埋在了錦被裡面，一手還箍得她好緊。

待喬明瑾回過神來，便用手推了推他。

只是岳仲堯人高馬大、身材魁梧，一時也不是喬明瑾能推得動的，她改為去掰岳仲堯放在自己腰間的手。

她用了幾分勁，終於掰開了。

喬明瑾看他今天是決意要睡在她床上，有些無奈，愣愣地看著床外側鼓起的錦被出神，思慮片刻，她輕手輕腳地跨過他下了床。

房中有備下的熱水，她倒了些許，又投了棉巾進去。

這會兒熱水已成溫水了，溫度正好。

喬明瑾怕岳仲堯次日起來頭疼，便擰了棉巾，為他擦拭額頭及手腳。

待擦拭好，她又給父女兩人掖好被子，這才轉身出了內室。

岳仲堯本是在裝睡，見喬明瑾給他擦拭手腳，他心裡是激動得很，想著待會兒可就能藉著酒意，好生抱一抱他心心念念的娘子了。

只是等了許久，都不見自家娘子回來。

想來瑾娘是再不會回來與他同睡了。

岳仲堯睜開了清明的眼睛，眼神裡一片黯淡……

次日，琬兒先醒了過來。

她看到睡在身邊的親爹，還有些不敢置信，拚命揉了幾下眼睛，見床上那人還在，便興奮地叫起來，倒把岳仲堯給驚醒了。

昨日岳仲堯久等喬明瑾不至，也知道自家娘子到別處睡去了，幾分酒意上來後，他就迷迷糊糊地睡了過去。

娘子不在，女兒在也是好的。

哪料他睡得正香甜，就被自家女兒搖醒了。

岳仲堯被琬兒吵醒，抱著女兒在床上玩耍了小半個時辰，見天色還早，又跟女兒倒在床上一起補睡了小半個時辰。

而喬明瑾昨晚是睡在了岳仲堯的東廂。

她早早就醒了來，見父女兩人在一起睡得香甜，沒有去喚他們，只交代下人不要吵醒他們，便自行梳洗，去了藍氏的院子。

藍氏院子裡，喬母和明瑜、明琦早就到了。

喬父和明玨、明珩今天還未至。

許是聽喬母說了他們父子三人昨晚的情況，藍氏問過情況後，又吩咐下人去廚房煮些清淡的飯菜候著，只等父子三人起來好用，連岳仲堯的那一份也未落下。

一家人回了益州，藍氏並沒有照著大戶人家的規矩，要一家人晨昏定省什麼的。但家人都沒忘了規矩，雖沒定下時間，但每日晨起，一家人還是要往藍氏的院子走一走。白日裡有空，一家人也多在藍氏的院裡打轉，陪著她說說話。

今早，喬明瑾到的時候，喬景岸的妻子黃氏也帶著兒女早早到了。

喬明瑾與黃氏一家打過招呼，便坐在那聽她們說話。

只聽黃氏說道：「聽說昨日大哥和明玨都喝多了，明珩還飲了酒，也不知這會兒怎樣了？怕是起床後會頭疼的吧。」

喬母聽了便道：「可不是？他們昨晚回來的時候，一身的酒氣，連備好的熱水都沒泡上，倒頭就睡，明玨那裡也是一樣；不過有明珩泡了澡，只是我看他也是面紅耳赤的，頭回喝酒，只怕今日他沒睡到中午是醒不過來的。」

眾人聽了都笑了起來。

黃氏又問了岳仲堯的情況，喬明瑾回道：「他酒量還好，回來時倒是耳清目明。」

黃氏便笑著誇道：「還好妳父親有這一個好女婿幫著擋酒，不然昨晚他或許會直接倒在酒桌上。」

喬母笑了起來。「他往常身子不好，都是滴酒不沾的。回來益州這些時日，他喝的酒比以前加起來都多，要不是喝多了，怎麼明珩昨晚喝酒，他竟沒攔著。」

黃氏聽完笑著說道：「可見是喝多了。當初明真要與人喝酒，他爹可是一直攔著，直到去年才沒盯著。結果明真初次喝酒，一直睡到次日吃晚飯才醒轉過來，醒來還直嚷嚷頭痛，連飯都吃不進，只埋頭喝湯。」

坐在後排的長子喬明真聽見自家母親說起往日窘事，一臉通紅地垂下頭。

眾人見了又是一陣笑。

而次子喬明實見了便道：「我當初喝酒可是一早就醒來了呢！」

那孩子比他哥哥要活潑，見眾人看他，還一臉的得意。

黃氏便笑道：「這明實不過比明珩大了一歲，不過論起喝酒啊，早在他八歲時他就偷著喝過了。他父親還怕他喝壞了，派了人一夜伺候，沒想到次日醒轉，他倒跟沒事人一樣。」

喬明實聽了越發得意，頭仰得高高的。

他喜歡這個祖母，也喜歡大伯父一家人，不管是哥哥、姊姊還是弟弟、妹妹，每個人待他都像親兄弟一樣，嫡祖母這一家人比方祖母和劉祖母那兩家人好太多了。

那方祖母和劉祖母還不是他正經的親祖母，又不是嫡祖母，每次見了他們一家都一副高高在上的樣子；而那幾個伯父、伯母也看不起他們一家，連幾個伯父所出的堂姊妹兄弟都看不起他們三個。

他們院裡經常領別人挑剩下的東西，一家人的月錢時常晚拿，有時候還會被苛扣。

但嫡祖母待他們一家可好了，他們都分出去住了，還送了好些吃的喝的穿的給他們，幾天前嫡祖母送了一千兩銀子給爹娘過年辦年貨，又給他和哥哥、姊姊送了好多東西，有明珩一份的，便有他的一份。

他爹娘讓他們三個把嫡祖母當親祖母侍奉，他願意得很。

見眾人笑著看他，他也不怕，還抬頭對藍氏說道：「祖母，我去找明珩吧。」

明真聽了也小聲說道：「祖母，我也去看看明玨堂哥。」

藍氏笑著說道：「去吧，去了便喚他們起床吃些東西。」

「是。」兄弟兩人應了聲就出門去了。

黃氏看著兩個兒子的背影，對藍氏和喬母說道：「這明真要是也像明實一樣，我可就不愁了。這孩子有些膽小，在外頭放不大開，我和他爹常常愁得很。」

喬母道：「明真我倒挺喜歡的，知事懂禮不說，讀書還好，見著我們遠遠便停下打招呼了，可見教養得好。」

黃氏聽了就有兩分驕傲的樣子，她這兒子懂規矩，讀書也是真的好，老爺說待明年下了場，他定能得個秀才回來。

於是她和藍氏、喬母等人說起了兒女經。

花廳裡，祖孫三代聊得很是開心，最後不免聊到兒女們的親事。

喬母看了端坐在黃氏下首的喬明玉，便笑著問道：「明玉可是說了人家？」

黃氏看了眼垂著頭、滿面羞紅的女兒，笑著說道：「還沒呢。先前我們跟著她爺爺一直住在京裡，我和她爹因為一直想著讓她跟她蘭芬姑姑一樣，嫁回益州，所以在京裡的時候便沒有相看人家；想著她也不大，明年才及笄，就不著急，倒沒想她爺爺這麼早就走了……」

黃氏說著，止了話頭，小心地往藍氏那邊看了一眼。

藍氏也看了她一眼，說道：「這孫輩按制守完一年就夠了，倒是明珏因是承重孫，按制要守完三年；再說，咱們又不著急要成親，先訂下人家，等三年孝滿再成親也是無妨的。」

黃氏便笑著點頭。

喬明瑾往明玉那邊看了一眼，這個堂妹和她娘黃氏都是有福氣的。

喬景岸只得了黃氏一個枕邊人，最後也只得了明真、明實、明玉他們三人，並沒有庶兄弟姊妹們添堵……

喬明瑾亂亂想了一番，又聽祖母藍氏語氣中帶著幾分讚許地說道：「你們夫妻兩人這番所慮甚是，把明玉嫁回益州這個決定做得好，將來明玉自然能體會到你們的苦心。」

她說完又對明玉說道：「妳可得記著妳父母的這番苦心，別怪他們不像妳那幾個伯父一樣，把妳嫁進京裡的官宦人家。」

明玉聽了，站起身朝藍氏施了一禮，細聲細語地道：「孫女謹記祖母教誨。」

她又朝黃氏施了一禮。「女兒多謝爹娘為女兒費心。」

黃氏連忙起身攙了她，嗔怪道：「妳這孩子，跟自己爹娘客氣什麼。」

雖是一臉的嗔怪，但她難掩內心的得意，看到自己養出來的孩子這麼懂事貼心，她心裡當然是好受得很。

藍氏又對黃氏說道：「年裡，妳帶著妳大嫂多與族人走動走動，除了明玉的婚事，還要留意一下有哪家的閨秀是可以說給明玨的。我和明玨他爹離開益州太久，現在回來了，也不認識幾個人，明玨的婚事要請妳多多留意了。」

喬母聽了，也拉著黃氏不住地請託。

黃氏便笑著說道：「哎喲，明玨的婚事大嫂還愁啊？這明玨可是喬家家主的嫡長子，是喬家宗子，下任的家主，只要放出風聲，那等著被挑選的女子還不得排了三條街啊？」

喬明瑾和明琦等人聽完都笑了起來，連一直臉紅羞澀的明玉也跟著揚起嘴角。

喬母笑著搖頭，說道：「他掛著個宗子的名聲，卻還只是一介白身，或許會說不上什麼好的人家；再說，妳也是知道我的，對於庶務我是一竅不通，我別的都不求，家世什麼的我全不看，只想找個懂看帳本、能掌家理事的媳婦回來就成。」

黃氏如何不知道喬雲氏的心思？

這些天來，她跟著張氏、小方氏、楊氏三個妯娌，可沒少來祖宅幫著這婆媳兩人料理過年的事務，要讓喬雲氏接手喬家這麼大的庶務，大概真的有些難為她。

而她和喬雲氏相處至今，對於這個來自鄉間的大嫂倒是真心喜歡，有這樣的妯娌，何愁闔家不睦？

「大嫂，明玨如今只是一白身又有什麼要緊？又不是一直都是白身。就算他一輩子都是白身，憑著喬家宗子的身分，他還愁娶不到好人家的閨秀嗎？」

此時見她嫡母藍氏是一臉沈思，想必也是為了明玨的婚事憂心，就認真地說道：「母親和大嫂且不必憂心，我聽孩子他爹說過，族學裡的先生對明玨一直看重得很，想必明年的秋闈，明玨定是能有所斬獲的。」

見喬母看向她，她接著道：「大嫂不知道，咱這益州啊，女子都是從小就要進女學讀書認字的。那女學裡，可不只教認字，規矩禮儀、算帳馭下、掌家理事……教的可不少呢；再說咱明玨可是要挑未來宗婦，哪家出了個宗婦的女兒也是臉上有光的事，家裡有適齡女兒的，還要早早託人來說項，大哥、大嫂還用得著擔心？」

喬母聽了，倒是去了幾分憂心。

藍氏笑著對黃氏說道：「妳大嫂剛來益州，又不認識幾個人，年裡還得妳多領著妳大嫂與相熟人家親近親近，也好拜託她們幫著多留意留意。」

黃氏應道：「是，母親您就放心吧。」

喬明瑾聽完，便笑著開口說道：「四嬸，妳年裡帶著我母親與親近人家走動的時候，只要說一說咱們兩家後院的清靜，再說一說我這弟弟從小可不耐煩處理那些添堵的事，只要這樣放出風聲去……」

黃氏聽了，眼睛一亮。「當真？妳能替明玨做主？」

喬明瑾笑著道：「我倒不敢替他做主，只是比較瞭解他的秉性罷了；再說我爹、我娘還有我祖母在這，是能替他做主的。」

黃氏見藍氏笑咪咪地看自己，而喬母初時還愣愣的，好一會兒才反應過來，連忙著衝黃氏點頭。「能做主的，能的！他祖母和他爹受了那一番苦，將來明玨娶妻，我和他爹是不會准許他納妾的。我雖然不大懂那些大道理，但也知道妾乃亂家根本，咱普通人家娶妻一個就夠了，家裡簡單些比什麼都好。」

黃氏不由得又對喬雲氏高看幾分。

若是放出風聲，明玨將來不會納妾，只怕益州各家各族那遠在別處當官的，都要忙著把女兒嫁回來。

而坐在黃氏一側的明玉聽了這一番話，面上若有所思。

喬明瑾見了搖頭苦笑，但願這件事不會影響了這個堂妹擇親的想法。

時下，畢竟大多數人還是認為納妾是再尋常不過的事，讀書人還把納妾視之為風雅，如他們家這般有了地位又小有家財、且還願意過清靜日子的人家大概不多……

過了小年，喬家真正忙了起來。

打掃庭院、備年貨、裁製新衣、準備貢品、墳前燒紙、祠堂祭拜、貼門神……哪一天都是忙忙碌碌，沒個得閒的時候。

除夕前一天，他們要到宗祠進行大祭祀。

天還沒亮，各院的婆子、丫鬟都動了起來，待各處準備妥當後，就叫醒各自的主子。

雖然女人不能進宗祠內堂，但這一天要做的事還是很多，作為祖宅的嫡系子孫，事情更是多，總不能旁支、庶支都來了，嫡房還睡著不起。

等藍氏、喬母帶著明瑜、明琦到達宗祠的時候，喬父已早早帶著兄弟倆到了。

早到的族人們見到藍氏帶著女眷到來，紛紛過來與她打招呼。

這樣的場合，喬明瑾做為出嫁女是無法到場的，她倒是有意要多睡一時半刻，只是她院裡的丫鬟、婆子寅時便起來忙碌，雖然聲音很輕，但她還是早早就起了。

今天各院裡婆子、丫鬟都被抽調了大半過去宗祠幫忙。

琬兒起後，喬明瑾領著她吃過早飯，就陪著她在院內堆雪人，而岳仲堯難得清閒，當然是陪在她們母女身邊。

岳仲堯童心未泯，陪著琬兒堆完雪人，又和她打起雪仗來，喬明瑾不幸中了幾招，拗不過女兒，也陪著父女兩人玩起來。

直到三人都累得癱下，他們再回房重新換洗，也就到了午時。

待吃過午飯，歇過晌，藍氏還未領著一家人回來。

這一天的祭祀果然進行到很晚。

夜幕落下時，喬明瑾和岳仲堯才等到一家人一起吃晚飯。

只見一家人臉色疲憊，每個人都一副走路不穩的樣子，應該是今天沒少跪，匆匆吃完飯，各人就都自行散去了。

好生歇了一晚上，次日便到了除夕。

按喬家規矩，這一天的中午，祖宅的嫡支子孫是要在祖宅宴請族人吃一頓飯的。這一天除了是要向族人宣告嫡系嫡支的地位，也方便族人之間相互聯絡感情。

今年是喬景昆一家初次回歸本家，喬興存留下的祖產，族人們是看在眼裡的，今天他們要請的人一定就不會少。

再者，喬景昆也想藉此機會多聯絡些族人，不僅是為了家人，也是為了他初次執掌的族長一職，與族人聯絡得好了，對於他以後掌管族內事務自然是事半功倍。

今年雖然一家人還在守孝，但每一年的除夕午宴從來都沒落下過，大魚大肉他們自家人可以不吃，但他們不能要求族人們跟著他們茹素。

於是今天擺的酒席比之往年都要多，連各院子裡面都設了席。

喬明瑾早早便起來跟著藍氏忙碌，到二門外迎接族親。

好在族人們都來得比較集中，並沒有讓他們一家人等太久。

這一天，喬明瑾跟在藍氏及黃氏、張氏等幾個嬸子後面，在族人們的席位間穿梭，到最後，她的臉都笑僵了。

而喬父接掌族長一職，等著與喬明瑾一家攀親的人變得很多。他們家兩個女兒已經出嫁、訂了親，但三個小的不是還沒訂下親事嗎？所以席間，他們對明玨幾人的婚事異常熱情。

原先喬母和藍氏還很擔心明玨的婚事，可今天看來，這要挑的人家多了，拒絕也是門藝術啊！

藍氏和喬母又愁了。

藍氏還好，她與人打交道的經驗不少，喬母對於族人的熱情就有些招架不住了。她心地善良，從來就不是能狠得下心拒絕別人的人，好在藍氏安排喬明瑾一直跟著她，不然估計她連腳都邁不開。

族裡女眷一見到她，便熱情地拉著她喋喋不休，喬明瑾看母親到最後腳都有些發軟，走不動了。

到晚上的闔家團圓宴，喬母累得都沒吃上幾口飯。

好在晚飯是一家子的團圓宴，只有他們一家人而已，並沒有旁人會看她笑話。不過喬景岸等四房人都會過來祖宅吃團圓飯，她作為長嫂也不能太放鬆。

劉、方兩位姨奶奶仍然沒有露面。

藍氏聽完喬景倉等人的解釋，沒有多說什麼。

按規矩，那兩人也只不過是妾室罷了，來赴家宴，那是正室給的體面；不來算是規矩，一般講規矩的人家從沒有妾室列席的。

今年因著家裡還在守孝，他們沒有像往年一樣準備了煙花，但益州城裡燃煙火的人並不少。

他們一家還在吃晚飯的時候，外面的炮竹煙火聲便響個不停。幾個小的坐不住，只要炮竹聲一響，眼睛就飄向外頭，吃過晚飯，他們早早拉著琬兒到外頭看了。

不只是琬兒，就是明琦、明珩幾個自小在鄉間長大，哪裡看過這麼絢爛的煙火？個個興奮不已。

家裡不能放，他們更覺得稀罕，恨不得飛身越過高牆，到外頭好好感受一番。好在喬景山等人說起益州城裡的元宵燈會，燃放的煙花比之現在也不遑多讓，幾個小的這才按捺興奮的心情，全都恨不得睡一覺醒來明天便是元宵了。

因為分了家，他們就要在各家裡守歲，再加上今天午宴一家子都累了一天，藍氏吃過晚飯，也不拘著喬景岸幾房人在祖宅守歲，早早打發他們各自回去了。

雖然守孝不能放煙花，但守歲還是要的。

一家人集中在藍氏的院裡，一邊吃著瓜果點心零食，一邊說笑著聊天守歲。

幾個小的前半夜興奮得很。他們以前也守過歲，但哪有像今天一樣？不僅東西隨便吃，而且品種眾多，連鮮果都有，屋裡還亮如白晝，每個角落都點著燭火；就連院子外面，大紅燈籠也是照得門廊和院子十分明亮。

只是幾個小的，前半夜興奮過了頭，下半夜便聽不到他們的聲響，長輩們轉頭一看，才看見他們全都累得擠在羅漢床上睡著了。

而岳仲堯今年是頭一次和岳家一起過年，一起守歲，也是新鮮得很，坐在榻上與岳父、岳母、舅子、姨子們一起聊天，再看看圍在身邊的女兒，還有坐在他視線之內的娘子，他只覺得心裡異常滿足。

他希望以後的每一個除夕都能有妻子兒女伴在身邊……

第六十七章

次日，喬明瑾又是早早醒了。

今天初一，雖然用不著出門，但新年頭一天是沒人睡懶覺的，她還得去給祖母和父母拜年。

一家人穿戴一新，早早到了藍氏的院子，給藍氏和喬父、喬母拜完年，又得了過年紅包，明瑜、明玨幾個依次到了。

姊弟幾個給祖母、父母親拜完年，只片刻，喬景倉四房人也攜妻帶子地到了。

藍氏笑咪咪地看著四房人給自己拜了年，她便一一給四房人派新年紅包，待那四房人又給喬父、喬母拜完年，她才領著一家人坐下說話，各自道些新年的吉祥話。

在益州的這一個新年，對於喬明瑾一家人來說無疑是新鮮的，當然，也是難忘的。

當然不說小的，對喬母來說，這個年節經歷的事比她過往的幾十年都要豐富得多，讓她大開眼界。

初一，不興出門，不過有了四房人過來祖宅拜年，倒也很是熱鬧。

一家人湊在一起說話、逗趣、玩耍，不論大人小孩，似乎非常地和樂相融。新年頭一天，有什麼想法都要先放一放。

初二，走娘家。這大家世族四處聯姻，媳婦娘家近不了，起碼喬家五個當家媳婦的娘家，有四家就不是在益州本地。

但也並非就待在家裡不出門了，畢竟要尋著能走動的族人姻親還不容易？反正到最後，喬明瑾都沒聽說哪一家是不備馬車出府的。

一大早，喬父小心翼翼地問藍氏，要不要回藍家？

藍氏思慮良久，最終搖了搖頭。

她家那個異母弟媳有多難纏，她不是不知道。史氏後來還不請自來地到喬家數次，每次來都哭窮，一副等人救濟的模樣。

藍氏不想讓益州人在背後議論他們一家不照顧親戚，所以史氏每次來都能拿走大半車的禮物。

只是藍氏並沒慣了她這個毛病，她派人請了藍安康到喬家訓斥了一頓，自那之後，那史氏倒是不見蹤跡了。

之後藍氏有借了錢給這個異母弟弟，讓他去把藍家的一個田莊和一個鋪子買了回來，憑著這兩項，再好好經營，藍家的日子也不會過不下去。

初二這天，喬蘭芬攜夫帶子回了祖宅。

喬蘭芬到了不到一刻鐘，藍氏大哥家長女藍彩蝶也攜夫帶子地到了。

對於藍彩蝶來說，她爹和小叔藍安康已分了家，嬸娘史氏又不是個好相與的，她已是很多年沒回藍家了。

而她爹去世後，寡母跟著弟弟遠在任上，今年一家人都不回來，所以她雖然嫁在益州，可竟一時沒娘家可回；如今藍氏回來了，她便把這喬家當成了可以走親戚的地方。

藍氏可是她親姑姑，唯一的姑姑。

初二這一天，喬明瑾等人雖不出門，家裡仍十分熱鬧。

藍彩蝶和喬蘭芬雖都嫁在益州，兩人原也認識，但沒有深交，如今有喬家這門親戚，終於有了交流的機會，一聊下來，發現對方竟頗合自己的胃口，便相邀到自家拜訪。

後來這兩個同嫁在益州的女子倒真的頻繁走動了起來。

這一天在喬家，藍彩蝶和喬蘭芬聽到喬母發愁明玨的婚事，紛紛獻計獻策，只不多時，兩人已是羅列了十來戶合適的人家出來。

藍氏和喬母聽了，恨不得立時就去登門拜訪。

如今兩人時刻盼著家裡有人來替她們分擔事務，也時刻盼著家裡能添丁進口。

花廳裡，針對明玨的婚事談論熱列，羞得明玨離座後都不敢再進花廳。

而自次日，喬明瑾一家人也開始出門了。

先是由喬父帶著一家人到族長和幾個族老家裡拜了年，再到一些親近的人家裡走動，然後是藍氏帶著女眷走訪一些給她們下了帖的人家。

喬明瑾跟著出門轉了幾天，一轉眼便到了初七。

這天，她帶著琬兒和明瑜、明琦去了喬蘭芬家回訪。現今喬蘭芬在婆家早已當家做主，對於幾個外甥女的到來她高興得很，吃了午飯不算，還非要她們幾個在那裡吃過晚飯才放她們回來。

好在都在益州城，喬蘭芬的夫家離喬家祖宅不遠，乘馬車也才半個時辰。

等喬明瑾帶著琬兒回來，先去給藍氏和喬母請過安，母女兩人才回到自己住的院子。

和前幾日一樣，岳仲堯還未回來。

今天，喬父領著他們幾個到城外的一戶族人家裡拜訪去了。

直到天黑，琬兒都玩累了睡著之後，喬明瑾在床上也昏昏欲睡的時候，才聽到院門開啟的聲音，還有婆子、丫鬟的說話聲。

喬明瑾把房裡的燭火撥了撥，房間瞬間亮了許多。

她披著大氅在圓桌前坐下等著。往常不管多晚，岳仲堯都是要進來看一看的，只是她等了許久，都不見岳仲堯推門進來。

喬明瑾想了想，站了起來，走到房門口往外看了看，發現東廂已是亮起了燭火。

她抬腳朝東廂走了過去。

岳仲堯不習慣有人伺候，東廂房內並沒有旁人。

內室裡，昏黃的燭火不時跳動，此時岳仲堯背著門口，就坐在桌邊。

圓桌上散著好些東西，喬明瑾在門口看得並不真切，只見著他的背影，他的兩手正忙碌著，看起來很艱難的樣子。

此時的岳仲堯正用嘴咬著白布條的一端，一手抬著，另一手試圖給白布條打結。

奮戰中，他看見一雙腳站在他面前，抬頭去看……

「瑾、瑾娘……」他嘴巴鬆開，白布條也跟著散了開來。

喬明瑾見岳仲堯左手腕上纏了幾圈的白布條透出血跡，不免有些吃驚。

「流血了？怎麼弄的？」

岳仲堯見喬明瑾邊說著邊拉過一張小方凳坐在他面前，還伸手拉過他的手查看，心裡湧起萬般滋味。

他後天便要離開了，這些天他連想找機會與娘子獨處都難。

這一走，又不知要多久他才能再見娘子一面。

「沒事，就是流了一點血而已，不痛的，以前連手臂都斷過，這算什麼……」

喬明瑾聞言看向他。「手臂斷過？怎麼斷的？」

岳仲堯見娘子關心他，心裡甜滋滋的，但卻不忍喬明瑾憂心，道：「沒事，都過去了，妳看現在不是好好的？」說完還連甩了幾下左胳膊。

經他這麼一甩，白布條上又滲出了好多血。

「你別再動了，可是上過藥了？」

喬明瑾看著驚心，急忙抓過他的手腕，就要去拆白布條。

「瑾娘，沒事的，沒有大礙，就是流了點血而已。」

喬明瑾沒聽他的，一邊拆解著布條，一邊說道：「怎麼弄的，為什麼不叫人？」

圓桌上，有一小盆清水，一把剪刀，一些白布，但沒有止血的藥粉、清污的藥水和紗布。

岳仲堯見喬明瑾瞪自己，便咧著嘴訕訕說道：「真的沒事，之前在戰場上，斷手斷腳有過，這點傷算什麼？」

喬明瑾聽了也不說話，眼前似乎浮現那樣慘烈的畫面。

等她解開白布條，才發現岳仲堯左手腕上方一寸許的地方，不知被什麼東西刮了長長一道，深得很，解開白布後，血還順著手腕流了下來。

「到底怎麼弄的，怎沒止血？」再深些，只怕連肉都要翻出來了。

「沒事，用白條裹一裹……就好了……」岳仲堯見喬明瑾瞪他，越說越小聲。

「這麼深的一道？到底怎麼弄的？」

「就是……從十二族叔那裡回來的時候，我幫著攙了一位同去的族親上馬車，他醉得狠了，上車的時候踉蹌了一下，把我撞到旁邊的車廂門上，上面有一道鎖梢，被那鐵片割了一下……」

「當時怎麼不在那裡止血？」

「那時大家都告別出門了，我怎麼還好意思回去？而且也不是什麼大事，就只用袖子裹了……」

「爹他們都不知道？」

「我沒跟他們說……」

喬明瑾看了他一眼，再翻看他脫在圓桌上的外衫，果然在袖管看見了一片血跡。

喬明瑾找了棉巾幫他按住傷口，對他說道：「按著傷口，我幫你去找藥。」

「瑾娘，不礙事的。」岳仲堯對起身的喬明瑾說道。

真的不礙事的，只要妳陪在我身邊，就什麼事都沒有了……

「怎會不礙事？你後天就走了，若是在路上有了什麼事，要怎麼辦？」

喬明瑾說完轉身出了房門。

岳仲堯見她出了門，只是愣愣地看著自己的手腕出神。

很快，喬明瑾又回來了，拿了好些東西，幫著他清洗了傷口，又撒了止血的藥粉，幫他包了兩圈白紗布，再綁上布條。

「下次受了傷可不要不當一回事，有時候一不注意小病都能變成大病，要是傷口感染，進了病毒、潰爛，該如何是好？不能不重視……」

岳仲堯聽在耳朵裡，心情萬般愉悅。

今天的娘子似乎有了些溫度，不再像以前那樣冷冰冰地拒人於千里之外了。

岳仲堯貪婪地盯著喬明瑾的容顏，越看越愛，越看越不捨，他心裡只想問一聲：娘子，跟我一道走吧？

在人生地不熟的京城，他多希望娘子能時刻陪伴在身邊，哪怕斷手斷腳他都不怕……

這個夜注定是曖昧的。兩個人說著說著，就到了床上。

當然，也不過是說說話而已。

喬明瑾拿著東西準備回房時，岳仲堯開口了。

他柔聲說道：「娘子，陪我說說話吧。」

喬明瑾聞言看向他。

「我後天就要走了……」岳仲堯再次開口，語氣中帶著幾分哀求。

喬明瑾心軟了，她把手中的東西放在圓桌上，看著他，說道：「嗯。要說什麼？你的手可不能碰水，要洗澡嗎？」

岳仲堯看著她，欣喜地點頭。

喬明瑾起身去幫他兌好熱水。

岳仲堯洗澡時，喬明瑾便幫著把房間隨手收拾了一遍。

當然這些事還不用等她來做，丫鬟們早就收拾好了，她不過是把他換下的衣物及要穿的衣物歸置了一下。

「娘子，幫我遞一下棉巾……」

岳仲堯的聲音從淨室裡傳來。
喬明瑾愣了愣，不過片刻後她還是找到棉巾給他遞了過去。
隔著屏風，她把棉巾掛在屏風上。
不到片刻工夫，她又聽岳仲堯喚道：「娘子，幫我拿一下衣服……」
喬明瑾吸了口氣。「方才不是拿進去了嗎？」
淨室裡安靜了兩息又傳來聲響。「拿錯了，不是這套，要那套煙青色的。」
喬明瑾沈默了半晌，轉身從衣箱裡找到了那套煙青色的中衣，給他遞了過去，仍然是披掛在屏風上。
淨房裡，氤氳的水氣在內室瀰漫開來，帶了幾分夢幻。
岳仲堯穿著一身中衣出來，披著一頭黑髮，還滴著水珠。
「這麼晚了，怎麼還洗頭？」
「洗完頭會清醒一點，我想和娘子說說話……」
喬明瑾定定地看著他，給他遞了一條厚厚的棉巾。
岳仲堯剛喚了聲。「娘子……」見喬明瑾遞到眼前的棉巾，那未盡的話便吞了回去。
娘子，給我擦擦頭髮吧……他最終沒能說出口。
「今天很多人去族公那裡嗎？」
「嗯，那位族公學問很好，還指點了明玨的功課，對明珩的機靈也很是喜歡，還說讓岳父帶著他們經常過去走動……」

「族公家裡大嗎？」

「很大，還有一個很大的花園，養著很多名貴的花。喔，對了，還有一個房子裡養著蘭花呢，角落裡還用火盆供著暖……妳說，要是咱家裡也建一個那樣的暖房，種上各種各樣的菜，是不是到了冬天就能吃到各種新鮮蔬菜了？」

喬明瑾聽了，低低地笑了起來。那樣的暖房，後世隨處可見，只是時下要興建，花費可是不少，就為了吃個新鮮的菜蔬，似乎有些奢侈。

「那位族叔養蘭花的暖房裡燒的是無煙的炭吧？」

「可不是？嗯，這麼說起來，就為了吃幾口蔬菜，每天每天這麼燒著這些炭，嗯，似乎有些划不來，是吧？」

喬明瑾看了他一眼，點了點頭，笑了笑，不過她想了想又說道：「也不一定是要燒火盆的。」

「喔，那還能怎樣？」岳仲堯一副很感興趣的樣子。

「嗯，等以後有條件了再說吧。」

岳仲堯深深地看了喬明瑾一眼，道：「嗯，以後等咱家有條件了，我也給妳建一個那樣的暖房，讓妳冬日也能吃上夏天的菜蔬。」

喬明瑾定定地看了他一眼，笑著說道：「那琬兒可不是有口福了？」

說起琬兒，岳仲堯也笑了起來，說道：「她可不一定要這個口福，只要給她肉吃，她什麼都不管。」

喬明瑾也笑了起來。

她這個女兒跟別家的女兒可不同，愛吃肉呢，沒蔬菜不要緊，有肉就行。自從家裡條件好了後，她天天盼著能吃肉，也不知是不是小時候清湯寡水的餓壞了。

岳仲堯對著一頭長髮又是揉又是搓又是甩的，頭髮還是沒乾。

兩人便有一搭沒一搭地說著話。

後來不知誰說坐著太冷，兩人一起倚靠在床上，還蓋上了被子。

一人倚著床頭，一人占著床尾，想想她就覺得有些好笑。

「瑾娘……」岳仲堯的眼裡燒灼著男性的渴望。

喬明瑾瞥了他一眼。

她不是不懂，只是現在她還不想回應，只好找著各種話題與他天南地北地聊。

冬夜，就算在屋內，依舊冷得很，窩在厚厚的棉被裡，才覺得有了些溫度。

岳仲堯沒盼來喬明瑾的回應，不過能得與自家娘子在同一個被窩，他心裡是美得很，今夜已能讓他回味多時。

「瑾娘，妳的腳冷不冷？我幫妳捂捂……」話音剛落，他用兩腳夾住喬明瑾的腳丫揉搓了起來。

喬明瑾的棉襪三兩下就被岳仲堯蹭掉了。

「不用、不用，我回去了。你頭髮乾了後便早些睡吧，明日還要早起。」

喬明瑾想起身，無奈兩腳被岳仲堯夾得緊，連棉襪都被褪了下去，她抖索了一下。

「娘子……今晚在這睡吧，我、我不動妳……」

喬明瑾臉上有些燒。「我回去了，琬兒夜裡醒來要找我的。」

岳仲堯臉上黯了黯，他看著喬明瑾又說道：「那娘子陪我說說話吧，待我頭髮乾了，我再送妳回去。我、我就想找人說說話，到了京裡，只怕沒人陪我說話了……」

喬明瑾才又坐了回去。

「想說什麼？」

「說什麼都成，娘子說什麼我都願意聽……」

窗外下起了雪，沙沙的雪聲傳來，這雪想必不小。

越來越夜，喬明瑾覺得眼皮有些發沈，只是岳仲堯興趣正濃，她也不好掃了他的興。

等喬明瑾迷迷糊糊地醒來，發現自己在岳仲堯的床上睡著了。

岳仲堯的頭就挨在她旁邊，一頭長長的烏髮散在枕上，與她的一起。

帳幔落了下來，屋內的燈還留著。

昏黃的燈光透過帳幔照在岳仲堯臉上，讓他的臉多了幾分柔和，少了幾分白日裡看到的冷硬。

不知是夢到什麼，他的嘴角還露著幾分笑意，他側著身子，一手攬在喬明瑾的身上。

喬明瑾愣愣地看著他的側臉出神。外面雪聲未停。

岳仲堯在喬明瑾醒來的時候也跟著醒了。

今天有娘子在身邊，本來他睡得很香，想一直這樣睡下去。

但他聽到娘子醒了，他閉著眼睛，調整呼吸，裝著熟睡的樣子。

他不想驚動了娘子。

娘子掀了被子，起身了，從他身上躡手躡腳地爬下去。

他還感覺到娘子停了下來，片刻後給他掖了被子，又輕手輕腳地出門。

隨後噗的一聲，應是瑾娘把燈吹滅了。

岳仲堯豎著耳朵，生怕聽到娘子摔倒的聲音。

好在他只聽到房門輕輕合上的聲響。

良久，岳仲堯才在黑夜裡張開了眼睛。

他的瑾娘，什麼時候才能像新婚時，靜靜地躺在他身邊……

次日，正月初八，喬父帶著女婿和兩個兒子一早出門後，中午便回來了，下午，一家子都沒有出門。

許是因為岳仲堯明日要走的緣故，琬兒一大早醒來就黏著她爹不放。

岳仲堯也順著她，一大早帶了她出門。

到下午，一家人聚在藍氏的院裡說話。

這個年裡，明珩幾個似乎對岳仲堯有了些改觀，尤其是明琦，不知從何時起，她不再對岳仲堯怒目相向，見了面，已經能友好地和他打招呼。

再漸漸地，也會「姊夫、姊夫」地叫了。

喬明瑾看到岳仲堯聽到明琦叫他「姊夫」的時候笑得最開心，應得也最大聲。

兩人偶爾還湊在一起說幾句悄悄話，他們之間似乎有了什麼秘密。

喬明瑾問了幾次都沒問出來，岳仲堯只是笑著對喬明瑾說她有一個好妹妹。

吃過午飯，喬明瑾便回院子幫岳仲堯收拾行李。

父女兩人在院裡玩鬧了一會兒，齊齊在喬明瑾的床上睡著了。

喬明瑾看著他們睡在一起的容顏，方覺這父女兩人像得很。

也不知從什麼時候起，琬兒長得越來越像她爹了，除了那雙黑圓的眼睛長得像喬明瑾外，臉上的五官竟是哪裡都像岳仲堯。

喬明瑾笑了笑，難怪岳仲堯那麼疼她。

初八這晚，闔家吃過晚飯，喬父就把岳仲堯叫到書房去。

直到喬明瑾等得都快睡著了，他才回了院子。

「怎麼準備這麼多行李？」岳仲堯看著地上十幾件大大小小的行李愣神。

「大都是祖母和娘讓人安排的，我不過是幫著包了起來。」
「這也太多了。」岳仲堯看著屋裡七、八個包袱，還有大小箱籠，嚇了一跳。
「這、這……我一個人如何帶？」
「這回又不是讓你一個人騎著馬走。爹不是幫你跟四堂叔那邊說好了，讓你跟著他家的馬車一起走嗎？」
「可他家要去的不是京城啊？」
「四堂叔不是說會送你到京城嗎？就算你不讓他們送，和他家分手時，雇個馬車到京城也不過半天的路程而已。」
岳仲堯仍是犯愁。「就算我不騎馬改坐馬車，可這也太多了，我一個人怎麼都行；再說我還住在王府裡，還不知安排的房子是什麼樣的，或許我要和好幾個人合用一間房。」
他說著便拆起了包袱。「這件大氅就不用帶了，我身上穿著一件就夠了……還有這些、這些……怎麼備了這麼多衣服？王府裡有統一的服飾……」
「都帶著吧。衣服你還嫌多啊，又不是不出門了。」
見岳仲堯又要去拆箱籠，喬明瑾連忙抓住他的手說道：「你別動了，我好不容易才收拾好。這箱子裡有好些是讓你送給王府的土產，不是你的，就是咱家和你的一分心意，爹說了一定要帶著；再說，如果王府安排的屋子放不下，你就把東西拿到我祖父在京裡的房子去放。二叔、三叔不是說，我家在京裡的那處房子還有管家下人守著嗎？他們跟你說過的吧？」

岳仲堯點頭，岳父還讓他住在那處房子裡，可他婉拒了。

他愣愣地看著占了大半個屋子的行李，心裡有說不出的滋味，還未出門，他就想家了，想這些家人……

臨走前的這一個夜裡，岳仲堯仍是哀求喬明瑾留下陪他說話。

喬明瑾沒有拒絕。

不過，讓岳仲堯鬱悶的是，琬兒也一臉興奮地在房裡守著，亦步亦趨，非扯著他說一些不著邊際的話。

岳仲堯無奈，只好抱著小丫頭在懷裡與她說話，陪她玩耍……

臨回房前，喬明瑾遞給岳仲堯一個荷包。

「這是……」

「拿著吧，我知道你身上沒有餘錢了，出門在外，總是要應酬交際的……」

岳仲堯看了喬明瑾一眼，把荷包推了回去。

「岳父給了我一千兩銀子。長者賜，不敢辭，我能要岳父的銀子，卻不能要娘子的。養家餬口本就是我的責任，妳的銀子是妳的嫁妝，妳留著慢慢花；我在京裡也花用不了幾個錢，等我把錢攢著了，就給妳拿回來，以後我們一家的日子會好起來的。」

喬明瑾定定地看著他推回來的荷包。

這荷包還是她想了很久才做出的決定，大多數男人似乎都不願接受妻子的銀錢。

喬明瑾又把荷包推了回去。「就算我借給你的，你拿著在京裡看看有沒有什麼合適的鋪子或是田莊，買著生息也好，或是有什麼合適的小院子也可買下來，好有個落腳之處，這些將來都能留給琬兒。」

岳仲堯聽喬明瑾說完，直接拿過那個荷包塞到了喬明瑾的袖子裡。

「我說了養家餬口是我的責任，將來琬兒的嫁妝也該由我來準備，以後我會掙到銀子給妳用的，妳放心吧。」

喬明瑾看他一臉的堅定，想了想，只好作罷。

只是這次喬父、喬母補給她的嫁妝實在太多，她拿著這些錢在手裡也是死錢，還是要想想買些田產鋪子生息才好，總不能只吃老本。

不過這事急不來，等過了年再慢慢尋摸吧。

次日，寅時岳仲堯便起了，親了親睡在他身側的女兒，他躡手躡腳地下了床。

等他收拾妥當，喬明瑾已是讓下人把他的行李搬出去了。

兩人收拾好後，他們一起到藍氏的院子。

喬父、喬母及一家人都在那裡等著他。

岳仲堯給藍氏和喬父、喬母跪下磕了頭，又把妻女鄭重地託給喬父、喬母。

喬母嗔怪道：「這還用你說？她是我的女兒，以前我們虧待了她，現在巴不得能好好補償她；琬兒你也放心，這孩子懂事著呢，沒人不喜歡的。」

岳仲堯放下心來，又得喬父指點了一番，方出了門，一家人都跟著相送。

臨行前，岳仲堯忍著酸澀，按捺住想把妻子摟抱在懷的衝動，貼著喬明瑾的耳邊說道：「等著我，我很快就來接妳了。」

他定定地看了看喬明瑾，又轉身去與喬父、喬母等人道別，這才上了車。

喬明瑾耳邊嗡嗡迴盪著他方才說的話，愣愣地看著車子走遠。

而琬兒醒來後，發現爹爹不在了，大哭了一場。

這孩子極少這樣放聲哭的，喬明瑾抱著她在院子裡走了幾圈，才哄得她不哭了。

小丫頭萎靡了好幾天。好在年裡來祖宅拜訪的人很多，也有很多與她年紀相仿的孩子，小東西這才慢慢緩了過來。

明玨、明珩兩個一有空，就會帶著她到集市上逛街、買東西，哄得她又高興了起來。

很快，元宵節便到了，小丫頭更是興奮。

這日還沒到日落，她就要拉著明珩和明琦上街。

益州的民風相對開放，在元宵這天，街上不拘男女，人人在街上行走觀燈賞玩。

連藍氏都有些心動，她終於被喬明瑾等人鼓動著出了門。

她也知道若是她不出門，喬母必是要留在家裡陪她的。

喬母從未感受過這樣的節慶，對益州的元宵燈總是好奇著，加上琬兒和明琦幾個在她耳邊日日念叨，喬母心裡早就想走出去看看了。

自從回益州後，她鎮日忙碌，都不能像喬明瑾姊妹幾個一樣到集市上逛逛。

元宵這天，一家人早早吃過晚飯，便在婆子、丫鬟的簇擁下出了門。

喬父也是興致勃勃，這樣的節慶他已經二十幾年不曾見識過了，偶爾他才會在夢裡回味一二。

只不過喬父並沒有跟喬明瑾他們一起，他自有他的圈子，早早被人約了在茶坊敘話。

跟著喬明瑾一家出門的還有黃氏及三個孩子。

還真多虧了她，後來他們又巧遇喬蘭芬一家，有了這兩人的帶領，哪家花燈最好看，哪家食肆的糕餅小食最好吃，哪裡的茶坊能訂到位子，哪裡又是最佳觀煙火的地方……這兩人信手拈來，讓喬明瑾一家少走了很多彎路，玩得非常盡興。

而元宵這天的益州城，人流如織，熱鬧非凡，各色花燈擺滿了大街小巷，整個益州城亮如白晝。

幾個小的樂不思蜀，就是平日裡成熟穩重的明玨都像換了個人似的，猜燈謎、贏花燈，帶著弟妹左竄右竄，活潑得讓喬母還以為認錯了人。

喬蘭芬見尾隨在後的喬明瑾，她沒有左顧右盼，只是一臉微笑地盯著幾個小的，一副落落大方的模樣。

喬明瑾本就長得好，此時看著更是多了幾分端莊不俗，她不由得對藍氏道了句可惜。

藍氏自然是知道這個庶女嘴裡說的可惜是什麼意思。

她心裡對這個長孫女也是頗感可惜。自從這個孫女生下來，她就親自養在身邊，教她讀書認字，琴棋書畫、針線女紅、掌家理事……教了她不少東西。

最初自然是帶了幾分不甘心，她和兒子已經這樣了，流落到這樣一個窮村子裡，還讓兒子娶了一個不通文墨的莊戶女，她不甘心，所以喬明瑾一生下來她就抱過去親自撫養教導。

她教出的孫女總不能比那幾個人的兒孫差了。

她和兒子雖然離開了那裡，但她一定要把孫女培養成宗婦，培養成世家閨秀的模樣……

只是後來兒子卻把這個孫女嫁給了最普通的莊戶人家，還讓孫女被那些鄉下女人折磨……

藍氏心裡不無憤恨，只是她到底無能為力，從小的教養也讓她做不出叫孫女和離的事。好在這個孫女後來堅強起來了，越來越獨立，還讓娘家也跟著好過；若不是瑾娘後來在城裡買了房子，供兩個弟弟在城裡讀書，或許他們一家還在青川的雲家村……

瑾娘後面的幾個弟弟妹妹絕不會比她嫁得更差了，就是已訂了親的明瑜嫁的人家都比她好。

那個周耀祖是個會讀書的，有他們喬家相助，將來仕途上總差不了。

明珩將來更是不會差，年裡就已經有許多人來問過明珩的親事，明珩過了年就十二，虛歲也十三了，這會兒訂親正好。

只委屈了瑾娘……

現在他們一家回到益州了，日子跟以前是天壤之別，她除了用銀錢補償瑾娘之外，將來當然是要成為瑾娘最好的後盾。

藍氏的目光追著喬明瑾不放。

其實喬明瑾的淡定，落落大方什麼的，其實是因為她在後世看得多了。

她不像明珩、明琦那樣，初次見到這樣的燈會，眼下的花燈雖然看起來很是不俗，不過比她在後世看到的，還是差了些，她不過瞟了一眼便去追琬兒幾個人了。

喬明瑾正往前走著，突然聽到前方一陣大喝。「死丫頭，那盞宮燈是小爺先看中的！妳快放下！」

一個十四、五歲，頭戴金冠的富家少爺此時正拉著明琦手裡的花燈不放。

「什麼是你看中的？誰先拿到是誰的本事！你看中的怎麼不先拿去？猜不中字謎怪誰？」

明琦向來潑辣，雖然對方穿得富貴，可她也不差，怕他？

那少年看手中的花燈被眼前的丫頭抽走了，氣得直喘氣，握著雙拳，盯著明琦只恨不得能撲上去咬上一口。

這到底是哪裡冒出來的野丫頭？還敢嘲笑他猜不中字謎！他就是不喜歡唸書、喜歡棍棒怎麼了？哪裡來的臭丫頭，竟然敢嘲笑他，是想吃拳頭吧？

他不過是喜歡那盞花燈，但卻猜不出字謎，所以才跑去找人相助罷了，卻不料氣喘吁吁地跑回來，看中的花燈竟被個臭丫頭取走了！

哼，若不識趣點把花燈送過來，看小爺一會兒不收拾妳！

「拿過來！」

「可笑，這是我們贏回來的，憑什麼給你？你誰啊！」

這花燈可是琬兒看中的，小丫頭見自己的爹走了，已經難過了好幾天，今天好不容易看到她開懷大笑，怎麼能把她看中的東西讓給別人？

那少年看明琦說完竟然轉身就走，氣得不輕。

「臭丫頭，讓妳拿過來沒聽到啊？去，給小爺搶過來！」

那少年吼了一聲，見明琦竟是把花燈護在懷裡，轉身就走，氣得對跟在身後的幾個小廝吩咐了一聲。

明玨見狀，連忙上前護著明琦幾個。

喬明瑾見了，也帶著兩個婆子跟了上去。

那少年見對方人不少，眼睛一轉，飛快地想著對策，不知是現在命人上去搶，還是等他們走到一個角落，再讓人兜頭一暗棍搶下來才好。

這幾個人也不知哪裡冒出來的，從前都沒見過……哼，打了就打了。

他正待吩咐下人上前強搶，就被人喝道：「住手！」

第六十八章

聽到有人喝止，眾人皆循聲望去。

明玨伸手護著琬兒和明琦，也隨眾人的目光往來人看去。

見著對方，他眼前一亮。

一個十五、六歲，身著鵝黃色長裙的少女款款朝他們走來，夜風吹起她烏黑的長髮，在璀璨的光影裡揚起好看的弧線。

好個美少女。

待她走近，眾人瞧得更清楚了些。

她個子高䠷，鵝蛋臉，彎月眉，一雙眼睛黑亮靈動，容顏不算絕色，但瞧著自有一分沈著冷靜、貴氣端莊，也算是上等了；再瞧著她那身打扮，雖然簡單，但能看得出衣飾富貴，低調中透著奢華，想來家中定是富貴。

這女子一走到眾人面前，一雙杏眼狠狠瞪了一眼那乖張的少年，看著他摸了摸鼻子訕訕地低下了頭，問清了緣由，她轉身朝喬明瑾等人施禮道歉。

喬明瑾瞧她知事明禮，態度又好，也笑著道誤會。

那女子見喬明瑾等人並不計較，暗自鬆了一口氣，朝喬明瑾說道：「讓各位見笑了。不瞞各位，這盞花燈我這表弟早就看上了，只是他並不擅長猜字謎，方才可是尋了好幾個人幫忙才得了答案。這一番奔波，他回來看到花燈被人贏走了，心裡不得意方才如此，真是太對不住各位了。」

她說完又俯身施禮，還拉了那少年道歉。

那少年姓周，名善賢，被表姊瞪了一眼，自然看得出表姊那一眼的涵義。

想他道歉，怎麼可能？

他多冤啊，若是被女童拿走也就罷了，可竟然是被一個囂張潑辣的小丫頭搶走的。他本來還想拿別的花燈跟那丫頭換，哪知還沒等他開口，那死丫頭就不依不饒的，哼，敢跟小爺嗆聲，膽子肥了她！他才不給她道歉！

明玨發現自己盯著人家姑娘出神，不免有些臉紅，朝那少女看了一眼，便說道：「姑娘不必如此，若早知這盞花燈是這位公子看中的，我們也不會搶小公子的心頭好。」

那少女飛快地看了明玨一眼，低垂著頭。「不是，這花燈本來就是設了字謎讓別人競猜的，當然是誰先猜中誰拿走，倒是我這表弟無理了。」

喬明瑾見那位公子還是一副不服氣的樣子，覺得有些好笑。

想來也是，為了得到這盞花燈，他跑去找人求救，好不容易得了答案，興沖沖回來卻發現被人捷足先登了，一定是會有些不快。

再者他們家也才回到益州，算是人生地不熟，不好與人爭執，誰知道會不會惹了不該惹的人物。

她俯身對琬兒說道：「花燈是這位哥哥先看中的，我們讓給這位哥哥好不好？娘再給琬兒尋一盞更好看的好不好？」

琬兒聽了很懂事地點頭，還對明琦說道：「小姨，這盞花燈琬兒不要了，等下讓大舅舅給琬兒贏一盞更好看的。」

明琦一聽，狠瞪了那少年一眼，氣呼呼地把手中的花燈朝他遞了過去。

「拿去！」

那少年一看，有些生氣，背了手，仰著頭朝明琦說道：「我不要！」

笑話，讓別人知道小爺竟然從一個小女童手裡搶花燈，還不得讓人笑話死？

那少女見自家表弟那一臉彆扭樣，掩著嘴笑了起來，轉身對琬兒說道：「小妹妹喜歡就拿著吧，這位小哥哥方才是跟妳開玩笑的。」

琬兒抬頭看了看她，又扭頭去看娘親，看到喬明瑾點了頭後，方歡歡喜喜從明琦手裡把花燈接了過來。她是真的喜歡這盞花燈的，上面畫的兔子好好看。

而明琦把花燈給了琬兒，朝那少年重重地哼了一聲，這人哪裡像是在開玩笑的樣子？

喬明瑾朝她剜了一眼，明琦這才老實了。

而明玨見那少女如此，便說道：「多謝姑娘承讓了。我這外甥女是真的喜歡這盞花燈呢，等下若是這位公子有看中的花燈，小生便想辦法為公子取了來吧！」

琬兒朝那少年重重點頭，說道：「我舅舅猜謎可厲害了！一會兒你有看中的花燈，我舅舅一定能幫你贏回來的！」

那少年有些不好意思，但也不服氣，哼道：「妳舅舅會猜謎，他比得過我表姊嗎？」

那少女聽了，連忙臉紅地喝斥他。

喬明瑾笑咪咪看了兩人一眼，開口說道：「這位姑娘若不嫌棄就和我們一起走吧。正好姑娘和我弟弟都是同道中人，可以切磋切磋，恰好我這女兒還未拿夠花燈呢，沒拿夠前她是不肯回家的。」

那少女一聽，想了想便點了頭，心裡不無歡喜。

她猜字謎可是個好手呢，碰上同道中人，恰巧有機會切磋一下，而且猜中就能贏花燈呢；這裡的花燈雖沒有京城的好看，但她最喜歡在花燈會上猜燈謎贏花燈了，若拿得多了，送給路人，人家還會朝她歡歡喜喜地道謝，多有意思。

她來益州兩個月了，也沒幾個朋友，外婆家的表哥、表姊都大了，只有善賢表弟跟她年紀差不多，這幾個人瞧著不像是壞人，一起走，正好有個伴呢！

那姑娘才想點頭，那少年連忙拉著她悄聲說道：「表姊，人心險惡，誰知道他們是什麼人？」

那姑娘聽完自家表弟的話，打量了喬明瑾等人一眼，擰眉，他們瞧著不像壞人啊……

喬明瑾瞧他們倆嘀嘀咕咕的樣子，只覺得好笑，她雖然聽不到那兩人是在說些什麼，但她看得出那兩人面上有些戒備。

不想明琦離他們近，已隱約聽得那人說的話，只聽明琦朝那少年哼道：「小人之心，你們才是壞人呢！」

那姑娘一聽，見他們兩人說的話被別人聽到了，訕訕地低下了頭。

那少年轉身與明琦怒目相向。

這丫頭是狗耳朵嗎？怎麼他說得那麼小聲，還是被她聽到了？

他有些難為情，不過那兩眼還是瞪得大大的，跟明琦對視。

這兩人就跟鬥雞一樣，眾人瞧著都覺得有些好笑。

明玨斥了明琦兩句，就朝那姑娘說道：「姑娘不必擔心，我們不是壞人，沒有惡意。我姊姊邀你們同行，不過是想補償貴表弟的花燈罷了。這是我姊姊和外甥女，這幾個是我弟弟、妹妹，我們姓喬。」

那少年聽明玨如此一說，看向明玨說道：「你們姓喬？我以前怎麼沒見過你們？」

「益州這麼多姓喬的，你難道每個都認識不成？」明琦找到機會就跟他嗆聲。

那少年被明琦這麼一說，便大聲回道：「小爺認識的人多著呢！誰知道妳這個死丫頭是從哪裡冒出來的？」

不等明琦出聲，那姑娘已轉身喝止了少年。

明玨見狀便說道：「貴表弟說的沒錯，他以前是真的沒見過我們，我們一家剛回到益州不久，公子不認識我們也是正常的。」

那少年聽完上下打量了明玨一眼，忽然喔了一聲，指著明玨道：「你、你不會是喬家大房的吧？是剛從外地回來的喬家嫡支長房？」

明玨聽了有些意外，看了他一眼，還是朝他點了點頭。

看來他們一家回來的消息，益州城裡知道的人不少。

身分說清了後，雙方便多了一分信任，相互換了名姓。喬明瑾等人這才得知，那少年原來是益州城裡跟喬家齊名的周家長房嫡幼子，名周善賢；而那少女是他姑表姊，叫趙淩，京城人，此番是隨母親回來看望生病的外祖母。

喬明瑾見那趙淩談吐不凡、知書達禮，對她很有幾分好感。她那表弟周善賢，也不是什麼壞人，不過是性子活潑了點，年紀還小，有些被家人疼寵的富家公子都有的一些富貴毛病罷了。

雙方互相介紹了自己，就姊姊、妹妹地叫了起來，結伴一起賞燈、猜燈謎。

喬明瑾見明玨行走間不時偷看趙淩，暗自笑了笑。她這傻弟弟，如今倒是開竅了，以前窩在雲家村他沒機會見著什麼姑娘，這會兒難得見著一個，竟攪動了春心，邊走邊偷瞧人家，都要撞上人家攤子了還不自知。

明瑜被喬明瑾拉著跟在後面，自然也是看到明玨的這番反常舉止，和喬明瑾在後面偷偷笑了一路。

喬明瑾瞧趙淩一路與明玨鬥猜燈謎，看得出她教養極好、見識不凡，且性子又大方，一點都不扭捏，她一路牽著琬兒極為溫柔體貼，與琬兒說話也極有耐心，總是微微俯著身聽小東西說話。

喬明瑾看在眼裡，對這趙淩越發有好感。

也不知她訂親了沒有？若是周家的姑娘，說親明玨還有幾分可能，但這姑娘雖沒說她家裡是什麼情形，但她能猜得出，她必是官宦人家的姑娘。

明玨目前只是一個小秀才，就算這姑娘還沒訂親，只怕她家裡也是看不上他的。

喬明瑾看著前面弟弟的背影，嘆了一口氣。

元宵節過後，到喬家走動的人家越發多了起來。

這一個年裡，不只藍氏和喬父與舊識都搭上了線，再次走動了起來，就連喬母都認識了好幾個能說得上話的大家主母，約好過完年定要相互來往。

而明玨對於元宵節那天認識的佳人更是念念不忘。

才過了年，知道家裡人都為自己的婚事操心，他主動提起了那晚認識的趙家小姐。

藍氏和喬父、喬母聽了，錯愕之餘，仍匆忙地把喬明瑾叫來問了個清楚。

聽完喬明瑾的話，眾人又喜又憂。

自家孩子並沒有做出什麼丟了體統之事，只不過是元宵之夜見了人家一面，大有好感而已；再者又是這姊弟兩人都誇讚的人，品行相貌想必定是差不了的。

只是對方是京城官家子女，可能會看不上明玨的秀才身分。

藍氏和喬父、喬母商量了幾天，這才下了決心，下了帖子到周家。

三人心中雖都知道要說成這門婚事並不容易，卻不忍心讓明玨失望，那孩子這麼多年難得朝家裡開一次口。

過了兩天，收到帖子的周家並沒有邀請藍氏、喬母上門，反而親自上門來了。

喬明瑾直到被叫到藍氏院子去會客，才知道了這回事，也才知道這一回來的竟是周家的當家太太吳氏，還聽說是那吳氏接了帖，親自帶著幾個兒女及外甥女趙淩過來。

喬明瑾帶著琬兒才到藍氏的院子，便聽得裡面笑聲不斷。

喬明瑾在外面聽了，不由得鬆了一口氣。

待得她進了花廳，裡面的說笑聲就停了，眾人皆抬眼看她們母女。

坐在左邊上首的一個富家太太見著她，立刻支起身子問道：「這便是伯母的長孫女瑾娘吧？長得不像她娘，倒像極了伯母，這不知道的還以為是伯母的小閨女呢。」

藍氏聽了，臉上帶著笑，招呼喬明瑾過去。「快來見過妳周家伯娘。」

喬明瑾連忙牽著琬兒過去給周家太太吳氏施禮。

吳氏扶住了她，拉著她上下打量，連誇了幾句，對喬明瑾說道：「這麼好的姑娘竟是被妳爹娘耽誤了，可要讓妳爹娘和祖母好生補償才好。」

藍氏聽完笑了笑，同時也是一臉惋惜地看著喬明瑾。年裡拜訪的人家越多，見過的富家太太、小姐越多，她就越不好對別人說起這個孫女的婆家。

她越發覺得他們當初對喬明瑾的婚事倉促了。就算她再不願回到益州，只悄悄給相熟的人家寫信，託他們給瑾娘說上一門好親，哪怕再差也不至於是嫁到溫飽不濟的莊戶人家吧？

正惋惜間，她聽到喬明瑾說道：「周家伯娘莫不是太喜歡瑾娘了？我看伯娘的這幾個女兒個個長得天仙一般，幾個妹妹若是放在青川，估計伯娘家裡的門檻早都被踩平了。」

那吳氏聽了哈哈大笑，拉著喬明瑾的手，心情很好。

喬明瑾瞧得出吳氏是個爽利的人，趁她心情正好，她再把她小兒子周善賢誇了一頓，吳氏笑得越發歡快，保養得宜的臉上紅紅潤潤的，叫過自己帶來的三個女兒及周善賢給喬明瑾認識。

互相見過之後，吳氏又把琬兒摟到懷裡，對藍氏和喬母說道：「這孩子真是可人疼，我一直就盼著能生個女兒，可就是生不出來，反倒生了三個皮小子。」

聽了這番話，喬明瑾往坐在吳氏身後的三個女孩身上看了一眼，原來她們並不是吳氏親生的，看來周家後院也不太平。

不過看吳氏對這三個庶女倒是還好，肯帶著她們出門訪客。

最後，吳氏給了琬兒一個墜著羊脂玉的金項圈，這才鬆開了琬兒。

兩家人坐在一起說話，就說到元宵節兩家兒女的巧遇。

吳氏樂得直笑，把明琦拉到身邊，笑著說道：「我這兒子從小就得他祖父母喜歡，在家裡是天不怕地不怕，連他父親都拿他沒辦法，在家裡就是小霸王一個，除了他祖父沒人治得了他，沒想到他竟然在明琦這裡吃了癟。」

明琦聽了朝周善賢瞪了一眼，為了那天的事，她可沒少被喬母和藍氏訓斥。

那周善賢也不甘示弱，鬥眼雞似地朝明琦瞪了回去。

吳氏見了，來回打量了兩人一眼，和藍氏、喬母等人一起哈哈大笑，趙淩也是捂著嘴直笑，花廳裡一片喜樂氣氛。

因為對那趙淩起了心思，藍氏和喬母不時去瞧那趙淩，對這姑娘很是喜歡，時不時朝吳氏問詢一番。

問得多了，吳氏看出了藍氏婆媳的心思，有些錯愕。

本來聽自家兒子說了元宵與喬家巧遇的事，她和自家老爺還覺得這是相識喬家人的好契機，又見喬家下了帖子，她便親自領著幾個庶女和兒子、外甥女來了。

她家老爺作為周家家主，對回歸益州本家的喬景昆一家當然也是關注得很，也知道喬景昆的長子要說親。

這次讓她帶三個庶女過來，就是想看看兩家有沒有可能，沒想到她還沒開口，人家竟是看上了她的外甥女趙淩。

若是別人，她或許還能做主，只是這趙淩，她可真做不了主。

趙淩的娘是她的大姑子，二十幾年前嫁去了京城趙家。趙家可是帝師之家，不說趙家先祖曾做過帝師，就是如今趙淩的祖父也是殿前大學士，趙淩的父親是五品京官，她的婚事是不愁的。

這回也不過是自家婆婆病重，趙淩隨母回益州探病，才在自家住了這兩個月；而這兩個月來，欲與趙家攀親的人兩隻手都數不過來，可大姑子應了哪一家？

趙淩的婚事，她不敢說什麼，自家還指望著京中趙家呢。

吳氏想了想，便對藍氏說道：「我這外甥女啊，著實孝順，見她外祖母病了，和她母親千里迢迢從京師趕回來，日常侍奉在她外祖母床前，家裡家外誰不稱讚一聲？那要把她搶回去做媳婦的，沒有十家也有八家了。她父親聽說過了年又要升了，這回可是正四品銜，我那大姑子說，趙淩祖父有意讓她爹外放任一府知府呢。」

喬母聽了很替趙淩高興，這父親官越做越大，兒女身分也會跟著水漲船高。

喬母聽不出吳氏話中的潛在意思，但藍氏怎麼聽不出來？她很是惋惜了一番。

本來聽明玨說起這趙家閨女，她就知道不容易，今天看到吳氏領了三個庶女上門，她自然也是猜到了吳氏的用意，但她怎麼可能給明玨說親一個庶女？

若是以前，她可能不會那麼反對，可是如今明玨是下任家主，虧了長孫女的婚事，這長孫的婚事她如何能不慎重？

旁邊的趙淩聽舅母說她，很是不好意思，連忙拉著明瑜、明琦和三個表妹出門去了。

那周善賢一看明琦走了，沒人跟他鬥，也坐不住，跟娘親打了聲招呼便三兩步跟著出門離開。

屋裡只剩了喬明瑾和藍氏、喬母及吳氏。

吳氏看藍氏明白了她的意思，鬆了一口氣。這喬家是自家老爺特意交代要她好生交往的人家，她可不想初次登門就把人得罪了。

若是能與這喬家聯姻一定是好的，只是看起來這藍氏婆媳瞧不上她幾個庶女呢。

不過也是，她自己的大兒子也是下任家主，若讓她接受一個庶女當媳婦，她也不願意。

想清楚後，她跟藍氏等人天南地北聊了起來，知道他們一家子初回益州，很多事不熟悉，便與藍氏、喬母說起益州各家各族之間的大小事。

吳氏在花廳與藍氏、喬母聊天，周善賢、趙淩等人與明瑜、明琦也在喬家涼亭裡聊得正熱鬧。

幾個孩子經過元宵夜的初遇，相互間很快就熟悉了起來。

直到吃過午飯，吳氏才帶著周善賢等人離開。

而自吳氏離開後，藍氏待明玨下了學，讓人把他叫到了房間，當著喬父、喬母和喬明瑾的面，說了吳氏今天說的那一番話。

明玨聽了，面上有些黯然。

這次見著趙淩，他對趙淩更是多添了一分心思，誰知道隔在他面前的是千重山，萬重水。

藍氏看著孫兒沮喪的樣子，也有些不好受，便苦口婆心對明玨說道：「好孫兒，你見過的人還少，或許多見一見其他閨秀，就會發現自己的想法不一樣了。再說咱們家的身分雖然跟過去不能比，但對於那些官宦人家來說，咱家還什麼都不是。這婚嫁之事，最該講個門當戶對，將來，祖母和你爹娘定是會幫你尋一門配得上我孫兒的好親事，這一次說不成，也沒什麼啊。」

喬明瑾也笑著安慰了明玨幾句。

在她看來，明玨之前一直窩在雲家村，適齡的姑娘沒見著幾個，這回初見一個人品相貌都出眾的姑娘，自然就放在心上了。

她也很贊成讓他多見一見各家閨秀，可能見得多了，他的想法就改變了。

明玨見祖母、父母親和姊姊都在一旁安慰他，很是不好意思，說道：「我都聽祖母的。不過孫兒也不著急，等孫兒秋闈過後，若能得個好名次，或許說親便能好一些了，祖母和父母親不需要太費心。」

藍氏聽著明玨寬慰她的話，越發心疼。

這個孫兒從小就懂事，家裡家外沒少幫著操持，田地裡的活不管寒冬還是酷暑，他都沒少幹，如今他好不容易開一次口，竟是這樣的結果。

她心裡更是堅定要找到一門令孫兒中意的好婚事來。

自那日吳氏上門之後，沒過幾日，藍氏就帶著喬母和喬明瑾姊妹到周府回訪。周府上下對她們一家的來訪表示了極大歡迎，除了臥床的周老太太，其餘人等皆到二門相迎。

藍氏婆媳倆在周府，當然也見到了回鄉探病的周府大姑奶奶，趙淩的生母。趙淩的母親周氏和吳氏坐在一起，除了同樣的一身富貴之外，她身上還有吳氏沒有的威壓，那是官宦人家身上的優越感。

喬母看出了兩家的差距，和吳氏等人談天說地，卻不再問趙淩的事。

從周府回來後，婆媳倆便頻繁外出。

已過了年，再有幾個月，待出了夏，喬興存的孝就守滿了。最好是在這之前能把明玨的親事訂下來，等他參加完秋闈，若取得功名，正好大小登科。

婆媳兩人為了明玨的婚事是日日不著家，連益州的官媒、私媒都見了不少，姻親故舊們也紛紛推薦合適人選。

除了身上只有一個秀才功名，稍微低了些，明玨真是最搶手的未婚夫婿人選了。

再者上任喬家家主臨終前分家產，留下大半家產給嫡長子的事，益州城內知道的人並不少。

明面上那豐厚的家財就讓益州無數人眼紅，而喬景昆只有明玨和明珩兩個嫡子，家中又沒有什麼庶子，後院也清清靜靜，將來這大半家產還不是留給長子的？

而且喬家可是放出話，明玨四十無子方會納妾，得了這樣的消息，益州城裡有待嫁姑娘的人家哪還能不心動？

不只藍氏和喬母婆媳兩人頻繁外出走動，就是下帖到喬家要求上門拜訪的人家都不少，每天只接待各方往來，就讓喬明瑾等人人仰馬翻。

有時候，婆媳兩人和喬明瑾等人都覺得對方不錯，只是明玨不願點頭。婆媳兩人也不願勉強明玨，自然更是不遺餘力地為他奔走。

這一番忙碌，又是一個月過去。

藍氏和喬母還未能給明玨挑中一個合心合意的人選，越發愁得不行。不過有句古話說得好，有心插花花不開，無意栽柳柳成蔭。

經過來回幾次的走動，喬家和周家儼然已成了親近人家，兩家兒女已經不需要跟在父母長輩後面，都會私下裡相互發帖子相邀請著做客來往。

有周家子女的帶領，喬明瑾幾個，尤其是明琦、明瑜姊妹倆對益州已是熟悉，兩人也多了好幾個可以走動的閨中好友。

這一日，天氣晴好，藍氏帶著喬母和幾個孫女在花廳等候要上門的吳氏。

吳氏到的時候，喬母帶著幾個女兒到二門相迎，相互見面，不免親熱了一番。

此次吳氏的幾個庶子女並沒有跟著同來，與她同來的除了她的大媳婦，便只有喬明瑾的一位姑婆。

這位姑婆是喬家原代族長七叔祖家的大女兒，喬父喚之堂姑母，喬明瑾等人要喚姑婆。

這七叔祖家的姑婆雖然輩分大，但她比喬母其實沒大幾歲，早在他們一家回來的家宴上就已認識了。

這姑婆與喬明瑾一家很親近，經常往來，藍氏與她算是姑嫂，她帶著藍氏和喬母在年裡認識了不少人。

喬明瑾和喬母見她此次也來了，很是高興，只是也納悶得很，這自家姑婆怎的與吳氏一起來了？

藍氏同樣很驚訝。

藍氏與她差了好幾歲，她嫁進喬家的時候，這喬姑婆還未出門子，姑嫂兩人經常在一起做針線，說話聊天，感情極好。

在一番寒暄之後，喬姑婆就找藉口打發了明瑜和明琦。

喬明瑾左看右看，見兩個妹妹走了，自己還坐在那裡，不知道自己是不是也要離席。

吳氏見她那樣子，便笑著說道：「瑾娘且坐下吧，打發她們離開，是怕她們面子薄害羞。我知道瑾娘妳是妳祖母和母親的軍師，對底下的弟弟、妹妹妳都疼得很，妳坐下給妳祖母和母親拿個主意吧！」

喬明瑾聽了，看了藍氏一眼，見她微笑點頭，才安坐在椅子上。

看來自己這已婚婦人的身分，跟兩個未出嫁的妹妹已是截然不同了，喬明瑾想明白後，搖頭笑了笑。

她抬頭看了自家祖母和母親一眼，見兩人對姑婆與吳氏同來心有困惑，只是不好相詢，便對吳氏說道：「伯母今天怎麼沒帶我那幾個如花似玉的妹妹過來，反倒拉來我姑婆？也難得我姑婆今天不去聽戲，肯陪著周家伯母到祖宅來。」

喬姑婆還未等吳氏開口，便笑著說道：「可不是？今天我本來是準備去董家班看四郎探母的，哪知竟被她攪和了；若不是她說以後會賠我幾齣好戲，再出錢請董家班到我家裡唱一天，我才不跟她來呢！」

那吳氏聽了也笑了起來，對喬姑婆說道：「別說請唱一天了，若那董家班日子排得出來，就是請他們到妳家唱足一個月，我都不心疼那個錢哪！我家老爺可是特意交代，今天的事一定要請喬家嬸娘出馬，我可不敢違了我家老爺的令。」

喬明瑾等人越聽越糊塗，不知有什麼事情是需要周家家主特意交代，但又是跟自家有關。

那喬姑婆見藍氏等人還是一臉迷茫，不好讓她們在那裡瞎猜，就說了此行的來意……

「什麼？妳是說我們家明琦嗎？」

藍氏和喬母聽了喬姑婆的話，有些錯愕，婆媳倆對視了一眼，開口問道。而喬明瑾也覺得錯愕，竟是這樣的嗎？這喬姑婆竟是為了說媒來的？

聽得藍氏問話，這回不等喬姑婆開口，吳氏便接口說道：「可不就是妳家明琦嗎？不只是我，就是我家老爺也極喜歡她，說她性子活潑，愛恨分明，為人良善還透著大氣，跟我家那小兒正合適。不過妳們也知道，在我們家，我那小霸王一樣的幼兒，他的婚事是輪不到我們夫妻做主的。」

見藍氏等人正傾身聽她說話，她又說了起來。「我家善賢生出來的時候是難產，我足足在床上養了兩個月才將養了過來，所以他一落地，就被抱到他祖父母那裡去了。在家裡，善賢這孩子從小有他祖父母疼著，天不怕地不怕，我和他父親都說不得他，這孩子只聽他祖父母的。他的婚事沒有他爺奶點頭，我們就是看中了一樣沒轍。」

喬母聽到吳氏說她生養的女兒被人喜歡，心裡歡喜得很，可在藍氏聽來，又有一番思量在心中。

自古這婆媳最難相處，而要奉養上下兩位婆婆更是難做。最怕的就是太婆婆喜歡而婆婆不喜歡，婆婆喜歡的太婆婆又不喜歡，讓媳婦夾在中間；再者這周家有嫡子庶子、正妻姨娘的，明琦在鄉間過習慣了，只怕處理不了這些關係。

藍氏思慮了一番便對吳氏說道：「妳方才說我家明琦是妳婆婆看中的？」

那吳氏在大宅門裡浸淫了這麼多年，如何看不出藍氏的擔憂？她笑著說道：「這明琦原是我和我們家老爺瞧中了，又再說給我家公婆聽的。上次明琦來我家玩，不是被叫去給老太太請安了嗎？老太太一眼就相中了，還說這孩子能治得了賢兒……」

吳氏說到這裡兀自笑了起來，對藍氏等人說道：「妳們是不知道，我那小兒從小被他祖父母寵壞了。他祖母年前身子不好，生怕她走後，這孩子沒人管著，像那脫韁的野馬，性子野了；上次見了明琦，竟是哪樣都喜歡，還特意叮囑我家老爺要早早把人訂了，莫教人下手搶了先！」

吳氏說著又笑了起來，坐在她旁邊的喬姑婆也跟著一起笑。

藍氏和喬母聽完，都跟著揚了揚嘴角。

吳氏見這婆媳兩人展開笑顏，心中大定。

她為了這個小兒的婚事可是愁了多年，婆婆看中的人她瞧不上，她看上的人婆婆又瞧不上，眼見著賢兒都十五歲了還說不上人家，她早就愁上了，生怕婆婆把她娘家的什麼人塞給賢兒。

這喬家的小女兒雖然以前是在鄉間長大，規矩禮儀上還差了一些，但她如今的身分完全配得上自家兒子。

等訂了親，不說他們家，就是喬家或許都會請人來好生教導，她完全不擔心。

倒是自家小兒從小就不愛讀書，只愛耍棍棒，將來還不知要如何生計。她和他爹早就為他的婚事發愁，找個身分低的，她不願意；找個有身分的，人家看不上自家兒子。

喬家正好，有身分、有銀子，若賢兒背後有個富足的岳家，就算賢兒祖父母百年後分家，叔伯們分薄了家產；再等他們夫妻百年後，她生的三個兒子分家另過，她也不擔心這個小兒子會吃不上飯。

如此這般想著，她越發覺得這喬明琦不錯。

正像她婆婆說的，要早些把人訂下來，現在外面的人還只盯著喬家大兒子的婚事，若他們會意過來，只怕這喬家小女兒的婚事也會被人搶了。

想通後，她面上便有些焦急，急忙用眼神示意喬姑婆。

喬姑婆見吳氏的樣子，心裡得意，朝藍氏和喬母連誇了周善賢好幾句，再說道：「嫂子妳不用擔心，這善賢讀書上是差了點，但這孩子不是個笨的，在別的方面可是出色得很。他的功夫可是他祖父請了專門的人來教的，憑周家的關係，若想給善賢謀個仕途還不容易？」

藍氏聽了，看了眼直衝她點頭的吳氏。「這些我倒是不在意，只要人不笨，將來不管做什麼總能混口飯吃。仕不仕途的，我們也不看重，只要孩子是個好的就成。不過妳們也知道，明琦從小在鄉間長大，生活簡單，性子又單純，我和她爹娘是想給她找戶簡單的人家嫁過去的，大宅門裡人多事也多，我怕孩子處理不來。」

吳氏自然能聽出藍氏話中之意。

她家人是多了些，不說公爹那幾個姨奶奶，她家老爺的那幾個庶兄弟，就是她老爺都有好幾位姨娘，庶子、庶女當然也是有的。

好在她婆婆和她都不是個軟和的，家裡還鎮得住。

她對藍氏和喬母說道：「兩位請放心，明琦若是到了我家，我定是把她當親生閨女一樣。妳們也知道我就生了三個兒子，就盼著能有個女兒陪在身邊，若明琦能到我們家，我定是要把她帶在身邊，手把手教她的。將來他們小家裡的事我全不插手，都由他們自己說了算；我不是那種會往兒子房裡塞人的人，也希望兒子以後日子過得簡單些。」

坐在她身旁的大兒媳婦聽了連忙點頭，出聲支援她婆婆。

藍氏和喬母見這婆媳兩人關係很好的樣子，舒了一口氣，看來這吳氏並不是那種會苛待媳婦的人。

只是明琦的婚事也不好馬虎，有些情況還要再瞭解一下。藍氏和喬母沒有拒絕吳氏，只說要與孩子的爹商量一番。

吳氏也知道這兒女大事不能隨便了，臨行前又語言懇切地說了一番，見藍氏並沒有不豫，這才領著媳婦告辭了。

喬姑婆則留了下來。

藍氏婆媳留喬姑婆說了一個下午的話，從她那裡瞭解了周家的好些情況，對於周善賢更瞭解了幾分。

待喬姑婆走後，藍氏和喬母對周善賢已經有幾分中意。

待晚間喬父回來後，婆媳又與喬父說了白日裡發生的事。

喬父聽得周家來求娶小女兒，還愣了愣，實在是這段時間他們都在忙著明玨的親事，不料無意間竟是引來明琦的婚事。

喬父沒著急應下，只說要再瞭解一番。

往後的幾天，三人把明玨的婚事暫時放下，找了喬蘭芬、藍彩蝶分別瞭解周家及周善賢的情況，再問過幾家相熟的人家。

待人人都說這門婚事能做得，喬父、喬母才讓喬明瑾去問一問明琦的意思。

等喬明瑾與明琦說的時候，明琦只是滿臉通紅，彆扭不說話。

喬明瑾很瞭解這個妹妹，若是她不滿意的事，早就嗆起來了。

得了明琦的意思，喬明瑾便轉身和喬父、喬母說了。

藍氏聽了就做主應了這門親事，仍是請了喬姑婆作媒說項。

周家得知消息後，歡喜異常，立刻就請了官媒上門換了庚帖，訂了兩年後等明琦及笄，就把人迎進門。

明琦的親事訂下之後，兩家的關係更是密切了起來。

周善賢後來還來了幾次喬家，得知明琦會騎馬，他不相信，請了她專門去馬場比試。看過明琦嫻熟的馬術之後，他不再說話了。人家一個鄉下來的，沒人教還能把馬騎得這麼好，沒理由他有專門師父教導的卻輸給一個小妮子。

從此之後，他更是下力氣苦練功夫、馬術和箭術，兩年後，他憑著一身精湛的功夫進京考了武舉，又進了禁衛營，後來更是成了一方大吏。當然此為後話了。

而自從那天周善賢見識了明琦的馬術後，又得知明琦並沒有看低自己，對他不喜讀書的事並不反感，倒是漸漸對明琦有了好感。

而後他又與明琦接觸了幾次，越發喜歡家裡為他訂下的這個小娘子。

此後，他在外得了什麼好物，總是悄悄地給明琦留著，想方設法送到明琦面前，兩個人關係越發好了。

而自明琦的婚事訂下來後，明玨的婚事更是讓藍氏和喬父、喬母著急。

或許是初次對一個女人有好感，卻被無情的現實打擊了，明玨越發用心在書本上，對家裡為自己挑的人選沒說不好，但也沒點頭。

喬父後來見他如此，就說且讓他安心備考秋闈，等到秋闈過後，會有合適的姻緣等著他也說不定。

藍氏和喬母雖然未停止出門應酬，但對明玨的婚事已經不那麼著急。

日子平靜地流過，如此便到了四月。

益州的冬天雖然比青川時間要長，但這個時候，厚厚的冬衣也該晾曬收箱了。

這日，喬明瑾帶著明瑜和明琦在家裡翻晾冬衣，琬兒則跟前跟後在一旁幫忙。

小東西快六歲了，已脫去稚嫩，臉上已是慢慢長開，雖然她長得像岳仲堯多些，但還是能在她臉上看出幾分喬明瑾的影子，特別是那雙又大又圓的眼睛，誰見了都說是喬家人。

這孩子去了幾個月的學堂，規矩禮儀上已是做得極好，已不再是怯懦地要跟緊喬明瑾的模樣，有時候，喬明瑾不到晚上睡覺都見不到女兒。這小東西就是不去學堂的日子裡都忙得很，天天有小應酬、小交際，認識的朋友比大人還多。

「娘，太婆不是讓娘去挑做夏衫的布料嗎？娘什麼時候去？琬兒要自己挑顏色。」

喬明瑾領著丫鬟正往竹竿上曬冬被，聽了這話，低頭看向自家女兒。

只是還未等她開口，旁邊的明琦便笑著說道：「喲，小琬兒這是知道打扮了？還沒脫去春衫呢，就要著急讓妳娘做夏衫了？這是又要去誰家玩啊？可別是給妳娘領個小女婿回來吧？」

喬明瑾和旁邊的明瑜一起笑了起來。

琬兒也不見惱，還朝明琦做鬼臉，衝明琦說道：「是小姨著急想去見小姨夫了吧？等下也讓娘給小姨挑幾疋好看的花布，好教小姨夫見了流口水。」

喬明瑾和明瑜聽了，又是忍不住大笑了起來。

明琦聽完惱羞成怒，扔下懷裡的大氅給旁邊的丫鬟，就去追琬兒。

姨甥兩個一個跑，一個追，圍著院裡的竹竿跑了起來。

丫鬟們見了紛紛避讓，站在一旁笑咪咪地看兩人追逐，完全不怕主子們會喝斥她們。

喬明瑾見兩人跑個不停，便笑著說道：「好啦，一會兒把衣被蹭下來，看我不收拾妳們。不是說今天善賢要過來嗎？跑得那頭髮跟雞窩一樣，也不怕善賢見了笑話。」

明瑜也在一旁笑著說道：「可不是，一會兒她要是不能出去見人，那善賢拿來的東西可就歸我了。」

琬兒一邊跑一邊大聲說道：「還有我、還有我！」

「少不了妳的。」

明瑜揚聲應了一句。每次來，別人或許沒有禮物，琬兒是一定有的。

明琦聽得喬明瑾的話，跑了兩步就停了下來，帶著丫鬟回房收拾去了。

喬明瑾笑了笑，讓丫鬟帶琬兒下去擦拭。

兩姊妹領著下人繼續收拾，不一會兒，喬明瑾聽到下人來稟報，說是有人找她。

第六十九章

喬明瑾聽到有人要見自己，心中納罕。

極少有人要單獨見她。

她想了想，稍做交代，移步去了待客的小花廳。

在花廳前的臺階上，遙遙見到廳中那背著手的背影時，她愣在了那裡。

而廳中人聽到動靜，回身朝她望來。

周晏卿嘴角含笑。

終於不是在夢中了，她越發好看了。

他瘦了，面上還帶著幾絲疲憊，但衣冠齊整，乾乾淨淨的，跟往日裡一個模樣，長身玉立。

「妳……」好不好？

在夢裡，周晏卿一直很想這麼問一句。

喬明瑾朝他點了點頭。

周晏卿見了，輕輕揚了揚嘴角。

她知道我想問什麼，她果然是最懂我的。

周晏卿覺得眼眶有些發熱。

他一路奔波，終於見到了她。

他抬頭。「這益州的天花板竟畫這麼好看的壁畫，真好看。」

喬明瑾則垂下了頭，拚命眨了幾下眼睛。

「要喝什麼？雪頂岩霧可沒有，高山岩霧倒是盡夠你喝。」

周晏卿定定地看了她，才揚著嘴角說道：「那還不是客隨主便嗎？可不能因為沒有雪頂岩霧就沒茶喝了。」

說完，兩人相視笑了笑。

喬明瑾抬腳邁上了臺階，從周晏卿身邊擦身而過。

周晏卿緊捏著雙手，莫名有些緊張。她身上的味道似乎變了，又似乎沒變。

兩人各擇了椅子坐下，靜靜對望。

隔了千重山，萬重水，驀然回首，那人似乎還是初見時的模樣，像那空谷中的幽蘭，引得他伸手欲去採。

「怎麼瘦了？可把馬跑死了幾匹？」喬明瑾笑著問道。

她的語氣中是慣常的熟悉，還是歷盡千帆之後的淡然？自己也分不清楚。

周晏卿聽她這麼一說，回道：「可不是瘦了？日日思君不見君，連岩霧茶都喝不下了。」

他的言語中有幾分玩笑之意，更有幾分真情實意。

喬明瑾垂下頭。

這回她沒能眨去淚意，有幾滴滾了下來，直直掉到青磚地板上，最後，沒了進去。

周晏卿再次仰頭，他看不見壁面了，眼裡模糊得厲害……

他最先回過神來，上身倒在寬大的椅背上，似往日那樣，帶著幾分隨意，幾分紈袴，朝喬明瑾戲謔道：「這益州啊，我早幾年前就想來了。這回年一過就備好了行裝，卻是走到現在才到……」

喬明瑾瞧他癱在椅子上，有了往日在下河村的那分隨意和放鬆，眼睛也仍像以前那樣斜睇著自己，她有些恍惚。

她覺得自己似乎又回到了下河村……

青川到益州城坐馬車，就是再慢些，一個月也能到了。當初他們一家人在冬日裡行車，又走又停的，還用了不到一個月的時間。

他這般竟是走了幾個月嗎？

這一路，他必定不是遊山玩水過來的，只怕是才將將出門吧？

「你是從別處來的？」

周晏卿聞言身子僵了僵。

她都懂。

周晏卿只覺似被人揪住了五臟六腑，一時之間悶痛得厲害，喘息艱難。

年前他就想過來了，只是母親拘得緊，又哭又鬧的；不等出了元宵，他早早備妥了出行的馬車，只是母親求著他，讓他又去了一趟京城……

即便再怎麼緊趕慢趕，如今也已是草長鶯飛，春日都要盡了。

瑾娘……瑾娘定是等得心灰意冷了吧？

茶水端上來後，誰也沒喝，杯子裡水霧裊裊。

周晏卿緊緊盯著她，見她一舉一動，一顰一笑，還和夢中的一樣。

只是，到底是變了吧？

他只覺得心中鈍痛，似有人在凌遲著他。

「那個作坊……」氣氛悶得讓人難受，喬明瑾開口道。

「說到作坊啊，我是不是該罵妳一頓出氣？扔下它就跑了，只留下那麼一封書信……」

一封書信，薄薄的不到一頁紙，他捧著它從日出讀到日西斜，從黑沈寂寥的夜讀到次日鳥叫蟲鳴……

數月來，紙張都被他摸得薄了，輕得只是吸氣呼氣便能把它吹走。

喬明瑾聽他說起作坊，像是又回到最初的時光。

那作坊傾了她全部的精力，從她家那破落的院子裡開始，從只有何氏父子開始，一點一點壯大，直至工匠數十人……

周晏卿看著坐在對面，那心心念念的人兒一臉回憶和不捨，心裡何曾又歡喜得起來？作坊同樣傾了他最真的熱忱，兩人把它從小做到大，把根雕作品賣到各地，從最初的陌生到信任到熟悉、到默契，再到他沈陷……

那裡記載著他此生最平靜、最安寧的日子。

那簡陋的廚房，那沒抹油漆、沒雕花刻像的飯桌，那簡單的美食，旁邊也沒有丫鬟、婆子伺候羹湯……

一切的一切都簡簡單單，卻最讓他難忘，最讓他不捨，讓他想起來就心痛。

兩人憶起往日，都沈默了下來。

良久，喬明瑾才道：「我把那作坊都交給你吧，我恐是再無力照管了；再者你以後……也不方便的吧，把作坊搬至城中或許更好。現在大概附近的材料都被收得差不多了，倉庫和院子裡的存貨可能也快用完了，搬到城裡，來回運輸更方便。只是……作坊的工匠們，除了你們周家的工人之外，餘下的那些，若是他們願意留下的，你便把他們都留下吧，都是做熟了的……」

周晏卿點頭道：「放心吧！我心裡有數，什麼都不會變，一切都還和過去一樣。」

喬明瑾愣愣地抬頭看向他，恰逢他也正望向自己。

兩人目光膠著，清晰得能看見對方眼裡自己的倒影。

喬明瑾悄無聲息地嘆了一口氣。

周晏卿離了喬明瑾的花廳，又去拜見了藍氏和喬父、喬母。

喬父、喬母見到他很高興。

難得來一位家鄉人，他們對他像是對自家子姪一般親切，更因為明瑜的婚事也是他牽線搭橋的，女婿又是他的族弟，對他十分親熱，拉著他說了好半天話。

臨走要留飯，周晏卿婉拒了，只說還有事要忙。

而藍氏見完他，愣愣地看著喬明瑾出神。

喬明瑾彷彿還沒從方才的再遇中走出來，只是呆呆地盯著腳下的青磚石地板。

藍氏瞧著這樣的她，有些心疼。

「瑾娘……」

喬明瑾並未聽見。

藍氏嘆了一口氣，又喚了一聲。「瑾娘。」

喬明瑾愣愣地抬頭。

「來，到祖母這裡來。」藍氏朝她招手。

喬明瑾聞言起身。

她坐到藍氏寬大的榻上，扭頭對藍氏笑了笑。

藍氏瞧著心酸，把她的頭攬在自己的肩頭。

喬明瑾緩緩閉上了眼睛，放鬆了下來。

藍氏拍著她，好半晌，方道：「他是喜歡我的瑾娘吧？」

喬明瑾的頭動了動，輕輕嗯了一聲。

藍氏聞言，又嘆了口氣，稍稍扭頭看向偎在懷裡的孫女，撫著她的頭，良久才開口問道：「瑾娘呢？是否也跟他一樣？」

喬明瑾聽了只偎進藍氏的懷裡。

藍氏本以為等不到回答，不料卻聽到喬明瑾小聲說道：「他很好……只是不在對的時間遇上。」

藍氏聽著有些糊塗，又似乎有些明瞭。

「那瑾娘呢？不想爭一爭？有祖母呢。」

喬明瑾在藍氏的懷裡搖頭。「不了……沒人像祖母這麼疼瑾娘了。」

藍氏聽了越發心酸，摸著喬明瑾濃密如黑緞一般的長髮，緩緩說道：「也不是一定要和他娘住一起……我瞧他有些放不下呢。」

喬明瑾眼裡湧上些許淚意，輕輕搖頭。「會累。」

會累啊……這可不好。人生苦短，只爭朝夕，何必委屈了自己？

藍氏有些了悟，拍著孫女道：「好，若讓我的瑾娘受累，那就不要……只是祖母有些捨不得呢。」

喬明瑾聽了把頭埋進藍氏的懷裡。

藍氏抱著她，低頭又看了孫女一眼，再問道：「那仲堯……」

喬明瑾看著藍氏胸前繡著的一朵又一朵石榴花，用手輕輕摸了摸。「他很好……很合適。」

藍氏又嘆了一口氣。

「好，瑾娘說他合適就合適，就依瑾娘的；若他以後不好，看祖母放不放得過他。」

藍氏嘆氣不止。好在岳仲堯是個專心的，若是今天來的那人不是個專心的，或許她就不會這麼不捨。

祖孫倆靜靜地相互依偎著。

藍氏心疼之餘，想到自己孤守的婚姻；若是在對的時間裡能讓她遇上對的人，那她是否還會苦守無望的婚姻？

她孤獨了一輩子，這個她一手帶出來的孫女無論如何都要幸福，連著她自己的那一份。

藍氏一下一下地拍著喬明瑾。「會過去的，日子就是這樣，有捨才會有得。我的瑾娘一定要好好的，一定要快快樂樂的……」

喬明瑾在藍氏的懷裡重重點頭，她一定會的……

再說周晏卿，從喬家裡出來後，他一時之間竟不知要去何處。

益州街頭巷尾人聲鼎沸，店鋪林立，旌旗飄搖，他置身其中，行人不時與他擦身交錯，可他卻覺得異常孤單。

看不盡的街頭，猶如他未知的人生。

退後一步，有他可見的寂寞孤獨；向前一步，哀求爭取，未嘗就沒有機會，可能從此海闊天空，花誘蝶來蝶戀花。

瑾娘落在青石板上的眼淚，看得他驚心，更落得他痛徹心腑。

要如何放手，他才能甘心？

周晏卿在益州逗留了十數天，天天在益州街頭流連。

益州城裡依舊繁華，行人如織，可他並不過眼，也不過心。

他心深處只有燙疼了五臟六腑的那幾滴眼淚。

又隔了幾日，周晏卿下帖邀喬明瑾同遊。

喬父、喬母得知後，把明玨和明珩叫來相陪，藍氏則揮手讓兩個孫子該幹麼還幹麼，她知道她的孫女曉得分寸，便讓喬明瑾一個人出門去了。

只是喬明瑾仍是叫了明瑜、明琦同往。

益州的承恩寺外有一大片油菜田，此時正開著密密簇簇，引遊人爭相觀賞的黃花。

周晏卿攜了喬明瑾在一塊平坦的山石上坐下，臨坐前，他細心地為她撣了灰塵。

喬明瑾見了，衝他揚了揚嘴角。

面前的油菜花田如畫一般，綿延地看不到盡頭，明瑜和明琦見之喜不自禁，早早就丟下兩人撲了進去。

喬明瑾笑咪咪地看著，好像跑動的是自己一樣。

「怎麼不帶琬兒同來？」周晏卿看向坐在身側的喬明瑾。

「祖母要帶她去藍家。」喬明瑾並沒扭頭去看他。

「我很喜歡她。」周晏卿又道。

「我知道。」

我都知道。

兩人說著便沈默了下來。

良久，周晏卿隨著喬明瑾的目光看向花海中的姊妹兩人，笑著說道：「妳這姊妹兩人都找到了一門好親事……」

喬明瑾斜睇著他。「我也不算很差吧？」

周晏卿定定地看著她，心裡微微有些疼痛。「他……聽說，他過年時是在這裡過的？」

「嗯。」

周晏卿沈默了下來。

許久，他再問：「他……他對妳好不好？」

喬明瑾看著花海，低聲應道：「好。」

周晏卿閉了閉眼睛，有些難受。

又一會兒，見花海中歡跳著的姊妹兩人漸行漸遠，他扭頭笑著問道：「怕我吃了妳，還找人左右陪護？」

喬明瑾朝他挑了挑眉頭。

周晏卿看著眼前夜夜入夢來的面容，點頭。

她不需要開口，他都盡知。

他會的，他會把她重重地、緊緊地摟在懷裡，天崩地裂也絕不放手。

只是，妳會給我機會嗎？

喬明瑾見他眼睛裡有小心翼翼，有期盼，還有懇求……

她轉頭，目光又移向花海。

她怕看得久了，會陷進去。

「還要去何處？回青川嗎？」

周晏卿緊緊閉上了眼睛。

錯過了。

他太自信，給了她太多時間，生生地把人送了出去；如那手中沙，握得越緊，越是握不住。

瑾娘……妳可知我悔了，我恨我自己將妳放任這麼長時間。

「回青川……明日就回。」

喬明瑾聽了，心頭猶如被人重重一擊，她朝前俯下身來。

周晏卿搶過去，把人緊緊抱在懷裡。

此時恍如天地閉合，時間靜止，只有他，還有他懷裡的她。

「跟我走……」

跟我走，請跟我走吧！我會護著妳，寵著妳，再不放開妳的手；只有我們兩個，我們快快樂樂的，直到白髮蒼蒼。

喬明瑾的淚滾了下來，沒入他的華服。

「妳會跟我走的吧？」周晏卿輕聲問道，帶著幾絲期盼。

喬明瑾閉了閉眼睛，在他肩頭輕輕搖頭。

周晏卿能聽到自己心碎的聲音，兩手不由收緊，埋首在她的肩頸，男兒淚簌簌而下。

喬明瑾只覺得身子僵硬，像被人定住一般。

「為何？我們去西南，只有我們兩個人……」周晏卿搖晃著她。

「要丟下一切嗎？」

「我會東山再起的。」他的語氣中有著堅定不移。

「家不要了？母親不要了？什麼都不要了？」

「瑾娘……」

喬明瑾回府時，已是日落西山。

她平靜地陪著父母家人吃過晚飯便回了院子，檢查了琬兒的功課之後，早早地上了床，只是全無睡意。

她眼裡滿是那人愴然離去的背影，孤獨、悲傷……

次日，喬明瑾醒來，只覺得有什麼東西正離自己遠去，空得難受。

遣人去問，那人果然已離開了。

喬明瑾呆坐了半晌，才起身去藍氏的院子。

見到藍氏，她的淚立刻滾了下來。

藍氏輕輕地拍著她，聽她一字不落地說起昨日之事，聽完，重重地嘆了一口氣。

她和瑾娘心腸都不夠硬，也都走不過世俗禮教，走不過自己想要的，也走不過太多的牽掛……

「會好的，很快就過去了……會好的吧？」

「嗯。」

「七月妳祖父的孝期一過，祖母送妳進京吧？」

「好……」

七月流火，暑氣漸消。

喬興存的三年祭這天，祖宅裡人來人往。

事實上，從幾天前，府裡就熱鬧起來了。

但熱鬧中又帶著一絲肅穆。

喬景昆作為喬興存唯一嫡子，又是喬家家主，且離家多年未曾在喬興存身邊盡過孝道，主持這場三年祭，他自然要比別人來得盡心盡力。

喬府裡請了法師唸了好幾天經文不說，一家人又去喬興存的墳前祭掃，立了碑，添了土；之後又去承恩寺裡吃了幾天齋，回來再宴請告知族人近親及故舊親朋。

如此忙了半個月，喬興存的孝期就過去了。

喬府裡，藍氏領著一家人脫了素服，又命人從倉庫裡搬了好些料子出來給一家人裁新衣，銀樓的工匠也請了好幾位到家裡，給一眾女眷訂製首飾，連喬景倉等四家人都有份。

只是那幾家人在脫了孝服之後，便一刻不停地收拾行裝。

喬景山等人都是有職務在身的，喬興存去後，幾個兒子都報了丁憂，如今當然是要回京補職，就算喬景岸和喬景崖只是閒職，也是要回去銷假。

再者益州自然比不得京城繁華，那幾家子都是在京裡住慣了的，不說小孩一直當這裡是鄉下地方，就是大人也是巴不得早早進京。

在京裡隨處可遇到貴人，或許抬手，以後就是一片錦繡前程，兒女們的婚事一樣是要去京裡相人家才是，益州又能有幾個貴人？

那幾家人都在各自的家裡忙了起來。

喬父是個念舊情的人，見幾個庶弟要舉家進京，他領著明玨和明珩兄弟兩個看望幫忙，藍氏則領著喬母和喬明瑾給那幾家人打點土產禮物。

再怎麼說，那幾個人也是藍氏的庶子了。

臨走前，劉氏和方氏兩位姨奶奶肯定不會窩在家裡；就她們在藍氏回來後，不給藍氏見禮問安，偏安一隅的行為，已經讓很多族人在背後說道了。

按理，即便丈夫去世，有主母在，作為妾室，即便生養兒女，仍是要在主母身邊服侍的；沒有藍氏的恩典，這兩位可不能隨意地就隨了兒子分家去另過日子。

所以這兩人再不把藍氏當一回事，此時也是要來磕頭的，不然只要藍氏跟族裡人說一聲，這兩人就得留在祖宅養老了。

這對於她們兩人來說，可比死還難受。

喬興存還在時，她們都不曾服侍過大婦，喬興存不在了，若是她們反而還要留下看大婦的臉色，日子只怕是沒法過了。

不管兩人心裡如何想，為了還能過那樣逍遙的日子，表面功夫她們還是要做。

所以這兩人來了。

藍氏雖然不在乎，也不願計較這兩人的無禮怠慢，但在兩人到她面前下跪請安時，她還是擺了一場大婦的面子，不然都當她是軟柿子不成？

好在她不是那種刻薄的人，更不願把這兩人留在身邊添堵，很爽快地打發這兩人跟著自家兒子走了。

在外人看來，藍氏這一番做派又是贏得了眾人的交口稱讚。

不過喬姑婆很是不平，說若是她，定是要把這兩人放在身邊折磨一番才甘心的。本來屬於藍氏的東西，這幾十年來卻被她們兩人搶走了，京城裡只知喬興存的劉、方兩位夫人，哪裡還知道有藍氏這位元配嫡妻？那兩人作為妾室，連皇宮宴請都沒少去。

但在藍氏心中，已是千帆過盡，沒有什麼比得上家人更重要的；再說先人已去，如今兒子、兒媳孝順，孫子、孫女承歡膝下，再沒什麼比這更好的，她不願為一些不相干的人費神。

七月底，送走了喬景倉四家人之後，喬景昆把一家人聚在一起，商討他們一家的去留。之前一家人離開青川時，便說先去益州為喬興存守孝，待過了孝期，再來商量一家人是要在益州生活還是回青川。

畢竟幾個孩子都是在青川出生長大的，喬母的娘家也在青川，當時怕一家人在益州住不慣，沒有決定去留，對家裡的房子、地契、田地什麼的都沒有處理；如今孝期守完了，就到了要決定去留的時候。

若是要回青川，他們該準備起來了，入了秋就不好走。

這一天，一家人齊聚藍氏院裡的花廳裡，連琬兒都沒落下。

氣氛嚴肅，沒人先開口說話。

喬明瑾想了想，問乖乖坐在她身邊的琬兒。「琬兒，跟外公、外婆和太婆婆說說，琬兒喜不喜歡益州？」

琬兒如今六歲了，已到了知事的年齡，在來之前，喬明瑾也把一些事跟她說了說。

此時小東西聽得自家娘親這麼問，便連連點頭，衝坐在上首的藍氏和喬父、喬母說道：「喜歡，這邊的家好大，還有很多好吃的東西，街上也熱鬧，花燈也好看，還有好多人陪琬兒玩，又沒有東根和北樹欺負人，也沒有偏心的奶奶……」

小東西小聲嘀咕，眾人沒聽見，喬明瑾卻是聽到了。

吳氏的偏心，在小東西的心裡已是刻下痕跡；因為吳氏的偏心，她自小就學會看人眼色，對陌生人總是有一些畏懼，要與人相熟了之後，她才會打開心扉。

喬明瑾聽了女兒的這番話，對女兒有些心疼。

這孩子即便有她全心全意的疼愛，仍然是沒有太多的安全感，得有他們這樣健全和睦的家庭氛圍，女兒才會一直快快樂樂的。

如今，女兒已習慣了跟娘家這些人在一起，若是換了新環境……

喬明瑾想著便有些憂心。

而藍氏聽到小東西說喜歡益州時，笑了起來，招呼小東西過去。

「來，到太婆婆這邊來。」

小東西咧著嘴下了椅子，蹬蹬蹬地就朝藍氏小跑了過去，撲進藍氏的懷裡。

藍氏摟著她揉了一頓，對她笑著說道：「琬兒喜歡這裡啊？不回青川啦？」

小東西朝喬明瑾看了一眼，又想了想，才看著藍氏說道：「太婆婆回青川嗎？琬兒要跟太婆婆在一起。」

藍氏聽了心頭喜歡，大笑了起來，連誇了幾句乖，把小東西摟抱在懷裡，餵她吃點心。

喬明瑾見狀笑了笑，又看著擰著眉的喬父，和欲言又止的喬母，開口說道：「爹娘，咱們一家還是留在益州吧，爹爹已是接了家主之位，再離開怕是不能的了。再說，青川咱也沒什麼人脈，為了明玨和明珩的前途，咱也得留在益州，有族人相助，將來他們兩人就能少走些彎路；再說祖母是生在這裡，長在這裡的，留在這裡要更合適些。」

她說完又往明琦那邊看了一眼，再笑著對喬母等人說道：「明琦將來可是要嫁在益州的，若咱們都回去了，剩她一個人在這裡，娘就不想她？青川和益州這麼遠，可能要幾年才能得見一面。」

這一家，大概只有喬母是想回青川的，畢竟對她來說，那裡才是她最熟悉的地方，有她的父母兄弟姊妹，有她最熟悉的家人。

而且後來喬家日子好過了，她走在村裡，走到外面，別人自然都是仰望巴結她的；但在益州，有錢的富貴人多著呢。

她是鄉間出來的，跟富貴人家的小姐、太太們來往，心裡還是忍不住犯怯。每次出門之前，她都要問遍了屋裡的人，生恐穿戴不妥當或是言語不妥當，在外面受人笑話。

雖然知道留在益州對兩個兒子最好，但她心裡還是念著青川，現在聽喬明瑾這番話，她才想到明琦的婚事來。

若是他們一家都回青川，明琦以後可就不能隨時回娘家了，只怕真的要好多年才能得見一面。

光想著，她心裡就不捨了起來。

而明琦聽到喬明瑾說到自己，也沒有不好意思，還揚聲說道：「若是你們都回青川了，那我也要回去！反正我還沒嫁，再說姓周的又不愁沒人嫁他！」

大夥聽見這話都笑了起來。

明珩和和明瑜還不住地打趣。

「若讓善賢聽到他可該傷心了。」

「可不是，那小子沒少讓我幫他帶東西進來。」

明琦忍不住嘀咕。「他沒了我又不是成不了親……」

明瑜也笑著打趣她。「說這些話來哄我們，其實妳心裡正不捨得吧？」

「誰捨不得啦！」

大夥聽了，又齊齊笑了起來……

最後，為了幾個孩子，藍氏和喬父都決定留在益州。

而喬母自來就把丈夫和兒女看得重，嫁雞隨雞是她從小就接受的閨訓，對青川雖有不捨，不過她最後也願意跟大家一起留下來。

而對於喬明瑾來說，她在哪裡生活都一樣，並沒有什麼特別的。

事情定下來之後，一家人便又商量如何處理留在青川的房子田地等事。

藍氏和喬父都決定要把自家的房子和田地送給雲家。

當初若不是雲家收留，母子倆還不知道會變成怎樣，哪有如今的雲散雨歇，後福榮享？這分大恩，藍氏和喬父可一直記得。

反正他們一家也不會回去了，就當做是喬母給父母的養老銀。

喬家的事處理起來簡單，因其留在青川的東西不多，很快便說定了。

倒是喬明瑾的產業還有一些，都是她一點一點打拚來的，不好隨意處置。

事實上，喬明瑾在青川的產業加起來也不過幾千兩銀，相對於回益州後父母和祖母補給的嫁妝，實在是不值得一提。

喬明瑾有心也送給雲家算了，反正她又不可能回去收租。

但喬母說道：「妳外祖父他們是不會收的。咱家那幾十畝地送給妳外祖家，還不知他們收不收呢，妳的那些東西就留給琬兒吧，將來的事誰都不好說，只託妳外祖家幫忙看著也行。」

喬明瑾想了想便點頭。「那先這樣吧，每年從收益裡提三成給外祖家當酬勞，若是外祖家看管不過來，過兩年再讓他們幫著賣了去。爹不是要送書信和中秋節禮回青川嗎？就一併把文書等東西都託人帶回去吧。」

看喬父點頭，她又說道：「要不爹娘讓外祖父一家今年到益州過年吧？外祖父他們沒有出過青川，以後也不知道娘什麼時候才能回去看他們，可以讓他們到益州來認認親。到時候考完秋闈了，再把耀祖請了來，一起商議明瑜的婚事，之後有外祖父他們在青川幫著耀祖料理，爹娘也好放心些。」

喬明瑾是想著自己馬上就要進京了，年裡不能回來，喬母和一家人定是會想她的，正好讓雲家人到益州來過年，一家人熱鬧熱鬧。

喬母聽了很是高興，一臉期盼地望著喬父和藍氏。

藍氏見之一笑，說道：「瑾娘說到我心裡去了，本來想著她和琬兒今年不跟我們一起過了，這個年怕是要過得不開心，正好請雲家人來認認門，大夥兒在一起熱鬧熱鬧。」

見眾人點頭，她又道：「咱家和耀祖的孝都守滿了，剛好請耀祖一起來，好商議他和明瑜的婚事。」

明瑜見大夥說到自己，一張臉熱得跟燒熟的蝦子一樣，想起身出門又不捨這一家人團聚的時光，在椅子上坐立不安。

喬父看了她一眼，笑了笑，衝藍氏點頭道：「如此正好，那兒子今天就把信送出去。這一來一回也要兩、三個月的工夫，到秋冬季節，路上就不好走了；再順便給耀祖也送一封，這孩子馬上就要秋闈了，恰好能勉勵他一番。」

他說著就匆匆起身安排去了。

一家人也沒走，留在花廳裡商量喬明瑾進京的事。

早在喬興存孝滿前幾天，岳仲堯的信就到了，本來他說是要親自來接母女倆的，只是在一月前他就被派去了外地；如今他要聽令於人，再者這一來一回還要不少時間，他不好開口請假，只好引憾，在信中跟喬明瑾賠了不少不是。

其實喬明瑾完全不在意他來不來接。他不在，一路上她正好自在些；又不是著急趕路，正好一路遊山玩水過去，不然豈不白來這世一遭？

說到喬明瑾和琬兒要離開，眾人都心生不捨。

喬母已是好幾個晚上拉了琬兒與她同睡，而藍氏也拉著喬明瑾歇在自己的院裡，祖孫倆睡在一個被窩裡，夜夜敘話到天明。

而明琦和明珩是跟慣喬明瑾的，得知姊姊要離開，都嚷嚷要跟了同去，他們連行李都悄悄打包好了，最後卻被喬父喝住。

其實按喬明瑾的意思，她也想把這兩個弟妹帶在身邊。

初來異世，最初那段最苦最難的時光，是這兩個弟妹陪著她走過來的，喬明瑾對他們的感情自然不同，也不捨與他們分開。

明琦和明珩見喬父不同意他們跟姊姊去京城，很是沮喪，好幾天像跟屁蟲一樣黏著喬明瑾。

雖然一家人對喬明瑾的離開都很不捨，但離開的日子最終還是到了。

喬明瑾與家人在益州度完中秋之後，又與家人送明玨去參加鄉試，再盼了幾天，待他考完，與他聚了一場，這才告別家人上路。

喬府門口，離情依依。

喬母拉著喬明瑾的手直掉淚。女兒養到這麼大還沒像這樣離過他們的視線，就是當初出嫁了，夫家與婆家也不過半天的路程，想見就能見到。

現今這一別，不知何時能再見一面，山高路遠，若是受了委屈家裡也不知道……

她光是想著就難受，拉著喬明瑾的手，恨不得把她又拖進府去。

在一旁的藍氏對這個即將遠別的孫女，也很心酸，拉著喬明瑾殷殷叮囑，要她一定要好好的。

喬明瑾邊聽邊點頭，喉頭哽咽，眼神掃過站在門口送行的家人們，淚滾了下來。

臨別時，她又給祖母和父母親磕了頭。

若不是他們，沒有喬明瑾，也不會有她。

喬明瑾剛磕了一個頭，正待再磕時，就被喬母拉了起來，緊緊抱在懷裡。

母女倆都哭得眼眶通紅，明瑜、明琦幾個也是偎在兩人身邊直抹眼淚。

喬父則眼睛紅紅地背過身去，良久才轉過身子勸喬母道：「好了，又不是見不著了。待明玨的成績出來，若僥倖中了，到時就安排他進京就讀，姊弟倆又能做伴了，到時我們也放心些。以後妳要想瑾娘了，就陪著妳兒子進京去看她。」

喬母聽丈夫這麼一說，方好了些。

而明玨在旁聽了更是連連點頭。對於此科考試，他信心十足，他大概很快就能和姊姊再見面了。

明珩跑過來拉著喬明瑾的手，說道：「姊姊，到時我和哥哥一起進京，我也要到京裡讀書，也要陪姊姊！」

喬明瑾又忍不住紅了眼眶，哽咽著點頭。「好……姊進了京城就尋個大大的院子買了來，收拾好了，都等你們來……」

明琦待喬明瑾說完，搶著拉過喬明瑾到一旁，悄聲說道：「姊，周善賢說過了年，他家要把他送到京城學本事考武舉，到時我也去找姊姊。」

喬明瑾摸著她的頭，笑著點頭。「好，到時咱們姊妹又在一起了。」

一家人在府門前絮叨了半天，直到鏢行的鏢師來催，這才蹬車上路。

臨上車前，琬兒哭得直打嗝，抱著喬母的脖子死活不放手。

藍氏和喬母抱著她親了又親，哄了又哄，說到過年時又在一起了，這才哄得她上了車。

晨曦中，車子漸行漸遠，喬明瑾掀起車簾子，還能看到一家人站在門口衝她揮手。

過了益州地界，母女倆才從離別的傷感中走了出來。

一路上，風光大好，母女倆貪看風景，走走停停，因不急著趕路，都沒怎麼受顛簸之苦。

而這一路，母女兩人隨行隨樂，一路上買了很多東西。

本來出發前，藍氏和喬母就為她們收拾了滿滿一車子的東西，從穿戴到吃喝到擺設應有盡有。

可現在，喬明瑾這一路上見著喜歡的就買，一路走來，又是買了近一車的東西。

幾個隨行的丫鬟、婆子跟在後面幫著提，也是高興得很，平時哪有這樣出門的機會？跟了喬家長房已是前世燒了高香了，如今跟著喬家出嫁的大姑奶奶，更是燒了幾世的高香。

一行人樂悠悠的，只當出門踏青遊玩。

只是益州離京城並不遠，即便再走走停停也總有到頭的一天。

這一日她們便到了良州。

而出了良州再走上一日，就是京城了。

下半晌，一行人進了良州城門，喬明瑾決定不再趕路，在良州歇上一天。

喬明瑾這邊下馬打尖，另一頭，岳仲堯早在收到岳父的家書前，整顆心就飛出去了，早早就去了喬景岸等人給他們夫妻收拾出來的院子，埋頭打掃。

事實上，也不須他做什麼，這處小院雖然他不回來住，但自有守院的下人每日收拾。

只是他怕委屈了自家娘子，又親自打水，裡外收拾了一遍，還上街裁了娘子喜歡的紗幔掛了上去。屋子裡因他的收拾裡外一新，就等女主人入住了。

他本是想親自去接妻女的，卻被外派到別處待了一個多月，等回到京裡，妻女已是出發在半路。

岳仲堯日日上差，日日魂不守舍，數著指頭，念叨著妻女到何地了，又行幾里了，跟魔怔了一般。

這日，他終於得了準確書信，他的瑾娘已快到良州了。

岳仲堯心情激盪，指尖顫抖，跑到安郡王面前請了假，又連夜打馬出京。

一路快馬奔馳，夜風吹在臉上，颳得生疼，可是他全無感覺，嘴角咧得高高的，眼裡、心裡只有自家娘子的身影，一顆心熱呼呼的，猶如鹿撞，似乎不按捺住就要蹦跳出去一般。

他快馬從星夜裡趕路，一直到日出東方，一直到路上行人牛馬相錯。

良州近了……

——全書完

番外〈十年〉

炎炎夏日，熱浪翻滾。

寧遠將軍府的園子裡，一絲清風也無，烈焰之下，園子裡的青石板都蒸騰著熱氣，整個園子裡看不到一個人走動。

這園子占地不小，此時滿目蒼翠，嬌花開得正豔，卻無人有心賞景。

整個園裡只有知了蟬叫得最是歡快，只是那蟬聲讓人越聽越是煩躁。

園中，高大茂密的棗樹下，幾個小廝圍了一圈，齊齊仰著頭朝上望著，汗水一滴一滴地往下直淌。

只是誰也不敢放鬆了，他們拿袖子抹把臉，又小心翼翼地仰頭看著。

順著小廝們的目光往樹上望去，高大的棗樹上，離地六、七尺高的枝杈間，赫然趴著一個六、七歲的男童，錦衣華服，長得圓滾可愛。

這孩童此時半個身子趴在枝條上，兩手圈抱著枝幹，兩腿往下垂著，一臉委屈和倔強，眼睛靈動，與小廝們對峙著，讓人見了倒是不由要誇一句好定性。

只是樹下的人卻是急得嗓子都要冒了火。

「小少爺，您快些下來吧，小的求您了……」

「是啊是啊，天兒這麼熱，咱們還是快些回房去吧，這樹上哪有房間裡舒服啊……」一群下人忙不迭地點頭附和。「是啊是啊，房間裡小豆子早就準備好了冰盆，還有冰好的西瓜，還有冰鎮綠豆水，都是小少爺喜歡吃的呢……」

「是啊，一會兒冰該化了。小少爺，您就快些下來吧……」

「不下，就不下！打死也不下去！」

男童一臉的倔強，下人越是勸，他越是抱緊樹幹不動。

實際上，細看那小子的眼睛早就憋得通紅了，只怕下一刻就要委屈地掉眼淚。

他早就趴得僵硬，身上的衣服都跟從水裡撈出來的一樣，好難受喔。

他好想抱一抱涼涼的冰盆啊，再啃幾口好吃又止渴的大西瓜……嗯，幾口怎麼夠？他定是要吃上半個的，不，是要吃一整個！要又大又甜又沙的，誰也不能跟他搶！

小子光想著想著，口水就差點掉了下來，他伸著粉嫩的舌頭往嘴唇上舔了舔，奈何卻越舔越乾。

哇，爹爹，你快來救救小兒啊……小兒好想吃大西瓜啊……

樹底下，一個奶媽模樣的婆子這會兒也是急得團團轉。

這小少爺又犯倔了，早上在外闖禍，惹惱了夫人，這下子夫人可是不會來勸他的，要是小少爺等等出了什麼事，她是會挨板子的！老爺發起怒來，可怕得很……

那嬤嬤不由自主地抖了兩抖，拿著帕子又往臉上抹了一遍。

奶媽不時往樹上看兩眼，再伸著脖子往園外張望兩下，一邊抹著汗一邊朝上勸道：「小少爺，聽嬤嬤的，下來吧，啊？小少爺餓了吧？午飯都還沒吃呢，快下來讓嬤嬤陪少爺去用飯好不好？就做少爺喜歡吃的肉丸子好不好？」

她見小祖宗嘴裡咂巴了兩下，心裡一鬆，那肉丸子可是這小祖宗的最愛，每頓他都要吃上兩個。

奶媽見他鬆動，又緩言勸道：「嬤嬤這就讓人去做肉丸子好不好？老爺去了京郊的兵營，只怕要天黑才回得來呢，咱們先下來吃飯啊？」

這小祖宗犯起倔來，還真是非老爺出手不可，但老爺這一時半刻的哪裡會回來？

樹上的男童聽了奶媽這一句話，一張小嘴頓時就癟了起來，哭喪著臉問道：「鄭嬤嬤，爹爹真的要天黑才回來嗎？」

見鄭嬤嬤連連點頭，他的眼淚都快飆出來了，他眼睛轉了轉，又慘兮兮地問道：「那姊姊和哥哥呢？」

那鄭嬤嬤見他願意說話，很是高興，連忙回道：「小少爺忘了嗎？大小姐隨著兩位舅奶奶去城外的寺廟去了，也要天黑才回來呢；大少爺在書院，大概也沒那麼快回來。小少爺，我們先下來好不好？一會兒夫人要是來了，怕是小少爺要受罰啊！」

本來聽到家中無人救他的時候，他正有些鬆動，想著要不要下來，肚子實在太餓啊，可聽到夫人兩字，小童又抱緊了枝條。

「不下去！下去娘要打我屁股，我就要在樹上等爹爹回來！」

鄭嬷嬷一聽，差點就跪下了。

一群人見勸不動小祖宗，又見勸不來夫人，只好陪在樹底下當雕像，無計可施。

而正房裡的喬明瑾聽見下人來回稟，卻是絲毫沒有心軟。

這孩子不給他一點苦頭吃，怕是不會長記性。

喬明瑾想到頑劣的小兒，頭又疼了起來。

一晃十年就過去了，想起前事，就像她不過才從益州出發來京，她這一進京尋夫，就在京裡扎下根來。

這十年裡，她為岳仲堯生了兩個兒子。

大兒子岳青瑛，今年九歲，一生下來就被岳仲堯視為掌中珠。

喬明瑾還記得她生瑛兒時，岳仲堯不顧下人的阻攔，硬是要闖進產房來陪她，他定要看著孩子出生，最後還是喬明瑾把他勸了出去。

瑛兒還在她肚子裡，岳仲堯就在琢磨孩子的名字了。

他沒唸過幾年書，肚子裡墨水有限，又非要自己取一個響亮的好名字，一有空暇，他便日夜琢磨。

當初琬兒生下來時他不在家，青琬這名字還是喬父取的，他既感激又有些耿耿於懷。這個兒子他可是盼了多年，好不容易等來，他不願假他人之手，連喬明瑾都不能過問。

喬明瑾每每看到他咬著筆桿在書案前擰眉沈思時，就覺得好笑。

每每她要湊過去看他又寫了什麼好名字時，岳仲堯總是在她來之前就趴到桌上，捂住案上的宣紙，一臉通紅，死活不讓她看。

其實自他進京以後，有閒暇時，他會看一些書、認一些字，有空也會練練字，那些兵書他不再需要喬明瑾幫他解釋，字也寫得越來越好看，起碼跟那些大字不識一個的兵營同僚比起來有文化得多了。

如此直到了瑛兒生下來那天。

喬明瑾被送入產房後，他就在產房門外團團轉。

其實從喬明瑾產前幾天起，他就專門請假在家裡陪著了，鬧得兵營裡一堆人笑話他。

最後，這個兒子被他定了名字，叫青瑛。

瑛兒生下來之後，因為喬明瑾要自己餵養孩子，岳仲堯便與喬明瑾同吃同睡，在喬明瑾坐月子時也沒有分房另睡。

那時候孩子夜裡要起來吃奶，有時候喬明瑾睏得實在起不來，都是他起來抱了孩子放到喬明瑾的懷裡餵奶。

待餵好了，他又給孩子把屎把尿，有時候孩子吃飽了不睡，他還陪著兒子一起玩；兒子睡了，他就一整個晚上盯著兒子傻笑，對瑛兒實在疼愛。

現在瑛兒九歲了，岳仲堯因為自己小時候家裡窮沒能上學堂，一直引以為憾，瑛兒才四歲他就請了先生來家裡啟蒙，教了兩年，再給孩子擇了書院，送瑛兒去書院。

喬明瑾覺得孩子太小，想晚幾年再把他送去書院，他都沒同意，說兒子沒有一個文采斐然的老爹，可不能輸在起點。

喬明瑾最後就隨了他。

瑛兒那孩子倒能明白父親的期望，很是懂事聽話，讀書也刻苦，他很能下功夫在功課上，書院的先生們經常誇讚他。

岳仲堯每每喜不自禁，直跑到同僚中去吹噓，引得一條街上同住的武將家孩子也棄武從文。

岳仲堯想著他一個人在京城打拚，又沒個姓岳的兄弟相幫，有鑑於此，每晚苦苦造人，巴不得喬明瑾給他生十個、八個兒子出來，以後好相扶相持，互為臂膀。

瑛兒三歲時，喬明瑾生下了第二個兒子，後來起名為青琤。

岳仲堯對這個小兒子同樣愛若掌珠，生下來時他就抱在懷裡不撒手，恨不得與小兒同吃同睡。

只是喬明瑾生下琤兒時，奶水不夠，而琤兒又太能吃，比他哥哥能吃得多了；當時喬明瑾吃了不少催奶的東西，岳仲堯也親自跑到安郡王府，拜託郡王妃在太醫進府時幫忙問一問催奶的法子，他不顧王府眾人取笑他，硬是抄了滿滿一大篇催奶良策回來，讓下人給娘子燉了吃。

可喬明瑾吃了許多，還是奶水不足，後來沒辦法，她只好停了奶，請了一位奶媽專門給琤兒餵奶。

岳仲堯見她閒下來了，又是下苦心造人，不過這十年來，她也就得了瑛兒和琤兒兩個孩子。

不知是兒子太過稀少，還是岳仲堯對孩子太過稀罕，他待兩個兒子如珠似寶。瑛兒還穩重些，琤兒卻活潑好動，從小就喜歡跟在他爹後面看他耍棍棒。岳仲堯覺得小兒像他，越發喜歡、縱著這小兒子。

琤兒時常騎在他肩上把他當馬騎，而岳仲堯也絲毫不顧下人們詫異的目光，父子倆在一起樂呵得很。

別人家是慈母嚴父，而在他們家卻完全相反，喬明瑾為了不讓兩個兒子被岳仲堯養歪，只好扮起了嚴母角色。

兩個兒子經常能和父親玩鬧在一起，撒嬌要這要那，但在喬明瑾面前，卻乖乖順得像隻綿羊。

而這小兒子此時還未上書院，是請先生在家裡教學，他很是羨慕哥哥能日日出府，便仗著父親寵愛，時常偷偷跑到外面去玩。

他們家所在的這條街住的都是武將府第，武將家的孩子又不像文官家的孩子那樣拘得緊，於是時常能看到街上一群孩子呼嘯著一起玩鬧。

那岳仲堯疼孩子，別人家可能給孩子玩的都只是一些木劍、木槍，而他見小兒喜歡耍拳腳，高興不已，從小兒才會走路的時候，就親自到兵器鋪子給小兒訂做了一整套小的真刀、真槍，惹得小兒越發得意，時常拿到巷子裡顯擺，也招來越來越多的孩子喜歡跟他玩在一起。

玩得多了總會有衝突，這不，今兒便闖禍了。

喬明瑾想著自家那個小兒，頭就有些疼。

孩子太小，打不得罵不得，輕不得重不得。

孩子的教養問題著實令人頭疼。在岳仲堯那個會寵孩子的人面前，有時候，她訓過孩子，轉過身岳仲堯又先向孩子投誠了。

兩個人經常因著孩子的教養問題，不時嗆一、兩聲。

至於今天，這小兒闖的禍是她明明白白看在眼裡。

說起今天的事，其實也賴不得自家孩子，只不過小兒今天的行為，跟她平常教育孩子要與人友好相處、兄友弟恭的原則相悖。

這孩子許是被岳仲堯寵慣了，總以為自己是什麼了不得的人物，又因為岳仲堯捨得在孩子身上下本錢，總是給孩子最好的，在這一條街的眾孩子之中便有些惹眼。

其實這一條街上，左右都住著武官，和他爹的品級不相上下，甚至有些孩子的府第還比自家高得多，也不知這孩子哪裡來的優越感。

喬明瑾一直覺得小兒有這樣的想法是件危險的事，長大了就會眼高手低，不知天高地厚，更不知天外有天，人外有人。

喬明瑾總想好好與他說教一番，只是他總被岳仲堯護著，而她要料理一家庶務，也找不著機會，總是覺得他還小，才一直拖著。

不過今天他把喬明瑾給氣著了。

今天一大早，他姊姊琬兒就被明玨和明珩的夫人接去寶相寺。到今年，琬兒已經十六歲了，喬明瑾和岳仲堯一直在為她物色夫婿人選，就是喬明瑾的娘家也一直在幫她留意著。隨著她越來越大，喬明瑾也願意讓她多出去走一走。

在琬兒一大早出門之後，瑛兒就去了書院。

本來小兒是要鬧著與姊姊同去寶相寺，只是喬明瑾知道今天有好些夫人、太太也要去寶相寺，琬兒的那兩位舅母就是帶她去相親的，她便不同意小兒跟著去。

他姊姊走後，喬明瑾就拘了他在家，後來見他待不住，她才同意他去巷子裡找小夥伴們玩。

這一玩就是一上午，午飯時，左等右等都不見他回來，喬明瑾便起身出去巷子裡找人。

還不等走到門口，就有下人來報，說他與別家的小孩在巷子裡起了爭執。

喬明瑾連忙趕了去。

才出去，就看到他和一個比他還小的孩子正推鬧著，兩人一頭一尾握著一把紅纓槍不放手。

那孩子喬明瑾是知道的，叫竇英，與琤兒同歲，他父親的品級比岳仲堯低了一級，但家裡門第高。

他們竇家是實實在在的武將之家，他的爺爺和叔伯們都是有品級的將軍，在這一條街上是數一數二的人家，那孩子因出身比別人好，也是個傲嬌的，此時正與琤兒爭著一把紅纓槍，誰也不鬆手。

竇英雖與琤兒同歲，但琤兒這孩子從小就能吃，才六歲就跟人家七、八歲的孩子一樣，長得虎頭虎腦的，加上岳仲堯早上會帶著他一起晨練，還會教他一些簡單的功夫，倒讓他的力氣比同齡的孩子大得多。

這不，還沒等喬明瑾走過去，就看到琤兒把紅纓槍搶在手裡了，而那孩子也被甩到地上。

可那孩子動作很快，又爬起來搶，抓住紅纓槍的穗子不放。

琤兒連忙推了他兩把，他一時搶不下穗子，就用腳去踹人家，把人踹倒後，再用紅纓槍去戳。

好在這孩子沒往那竇英身上戳，只戳那孩子此時鋪在地上的衣服，三兩下就把那孩子的衣服戳破了。

許是衣服新做才上身的，那孩子見衣服破了，頓時就哇哇地號哭了起來，嚷嚷著「你等著」便轉身跑回去。

琤兒見了，得意地插著腰哈哈大笑。「小爺等著呢！」

喬明瑾氣得不行，方才喝了幾句沒喝住，此時氣得走到他身邊在他身上連打了好幾下。

圍觀的一群孩子見大人來了，紛做鳥獸散，喬明瑾也拎著自家小兒回府。

只是剛進門，他就掙脫著跑了，一溜煙地跑到園子裡，爬上園中那棵大棗樹上不下來。

喬明瑾在樹下喝斥了幾句，見他抱著樹幹不撒手，氣得不再管他，也命下人們不要理他，不許給他水和食物，她才回房去。

一個時辰過去後，下人稟報說那孩子還趴在樹上。

喬明瑾想到此，重重嘆了一口氣，頭疼得很。

此刻又有下人來報，說那孩子要在樹上等他爹回來。

喬明瑾撫額。

午飯都沒吃就倔著要在樹上等，若他爹到明天才回來，只怕他還是會等的。

如今岳仲堯已是正五品的寧遠將軍，忙得很，隨時都要外出，有時候一個月都不回來。

今天小兒要吃些苦頭了。

喬明瑾有心要給小兒一個教訓，聽了下人稟報也不去理會，吩咐丫鬟們去傳她的話，除非他自己願意下來，否則誰都不許把他抱下來，也不許給他水喝、給他東西吃，若違了她的令，立馬趕出府去。

下人們見她是認真的，不敢有二話，只好站在樹下陪著。

再來說那趴在樹上的小兒。

都趴了一個多時辰了，他娘還不來哄他下去，他早就委屈地滴滴答答掉眼淚。

一群人急得在樹下團團轉，心急如焚，望眼欲穿。

終於，寧遠將軍在下人們的殷殷期盼中回來了，龍威虎步地朝他們走來。

下人們喜得都差點跪下了，而小兒遠遠就看見了自家親爹，號叫得慘，把岳仲堯的心疼得亂顫，幾步竄到樹下，小心翼翼地把小兒抱了下來。

那小兒一落到父親懷裡，就緊抱著他爹的脖子哭開了。

岳仲堯見了，心疼壞了，摸到小兒汗濕的衣背，再看著小兒一臉通紅，氣得連踹了站得最近的幾個家丁，對著一干垂頭聽訓的下人們喝斥道：「都是死人哪？就眼睜睜地看著少爺在樹上遭罪！養你們有什麼用，都給我滾去領板子！」

他斥完便抱著哭得直打嗝的小兒回了正院。

一路上他把小兒的頭按在懷裡，頭一次覺得家裡太大了，七繞八繞的還走不到正院，要曬著他家小兒了。

岳仲堯一邊走一邊連聲吩咐跟在身後的下人，去準備冰盆、午飯，及各種小兒愛吃的食物。

待父子倆回到正院，下人們已經把所有的東西都備齊。

父子倆一踏進屋子，暑氣頓消。

小兒舒服得從父親肩頭支起身子，感受冰盆帶來的涼意，他一扭頭看到在榻上倚著的親娘正朝他望來，又嚇得縮了回去，連忙圈緊了親爹的脖子不放手。

岳仲堯扭頭見喬明瑾一副沒事人的樣子，便有些來氣，想如在兵營裡那樣對她吼上兩句；但他一向在喬明瑾面前扮賢夫扮慣了，就是兩人爭執，他都不敢高聲，此時也是，他想吼兩聲，卻又憋回了嘴裡，只是狠瞪了她兩眼，就抱著小兒在圓桌前坐下，給他布置飯菜。

見小兒埋頭苦吃，他到底還是氣不順，背著喬明瑾嘀咕了起來。

「孩子在樹上都要中暑氣了，妳倒好，穩坐房裡。琤兒早飯都沒吃幾口，這會兒午飯還吃不上，也不見妳心疼……那紅纓槍本來就是我給琤兒訂的，別人要搶了去，他當然要奪回來……妳倒是怪上孩子了，還讓他在大熱天裡趴到那樹上去，萬一中了暑氣要如何……」

小兒一邊聽，一邊委屈地偷偷朝喬明瑾望過去。

喬明瑾也不回應岳仲堯的話，見小兒朝她望過來，她一臉嚴肅地朝他瞪了過去，嚇得小兒立馬又埋頭在飯碗裡猛吃，再也不敢抬頭了。

岳仲堯見此又是一陣心疼，嘀嘀咕咕地朝喬明瑾那邊又瞪了一眼，轉回頭忙不迭地拿了筷子給小兒挾菜。

飯畢，喬明瑾見小兒眼睛盯著那冰在桶裡的大西瓜不放，她招來丫鬟。「把這西瓜抱下去，妳們幾個分了。」

小兒聽了，連忙跑過去想護住西瓜，回頭看娘親沈著臉，他只好眼睜睜地看著丫鬟們把西瓜抱走。

岳仲堯眼看著小兒的眼淚就要掉下來了，心疼不已，上前把小兒摟在懷裡，軟言軟語哄了起來，邊哄邊擰著眉對喬明瑾說道：「孩子有什麼錯，妳說他兩句就行了，眼睜睜地看著他窩在樹上……這孩子就喜歡西瓜，一個人能吃下一整個，妳又不是不知道……」

話一落，小兒趴在他爹的懷裡哭開了，肩膀一抽一抽，卻不敢在喬明瑾面前哭出聲來。他惹得岳仲堯更是心疼，柔聲哄道：「不哭了啊，一會兒爹爹給我兒要來一屋子的西瓜，不給別人，就讓我兒吃個夠。這一身汗，爹抱你去洗一洗。」

小兒頭也不抬，甕聲甕氣地道：「要爹陪琤兒一起洗。」

「好好，爹陪琤兒一起洗。」

話說著，兩父子便出去了。

日落前，琬兒和瑛兒也回來了，一家人歡歡喜喜地坐在一起用晚飯。

而在那之前，喬明瑾已是拉過小兒訓斥了一頓，這會兒，岳青琤正乖乖地坐在椅子上，半點不敢造次。

好在這小兒雖然頑劣，但行事還算有分寸，心中尚有大是大非觀，知道什麼事能做，什麼事不能做，今天紅纓槍戳的只是別人的衣服，而不是往人身上戳。

這也是喬明瑾見岳仲堯寵孩子，並不下死力去管教的緣故。

開飯前，姊弟三人照例在一起說了些溫心的話。

琬兒特別喜歡這兩個弟弟，因她生得早，在兩個弟弟出生後，平時就經常幫著喬明瑾帶他們，很有姊姊風範，她非常照顧兩個弟弟。

琤兒比她小了十歲，她更是疼愛；而琤兒也很喜歡這個姊姊，平常總愛跟姊姊說些悄悄話。

今天琬兒才回府，這小東西就撲上去訴說了一番，委屈的小模樣惹來琬兒一陣陣心疼。而瑛兒回府時，他自然也不落下跑去兄長面前撒嬌的機會；但瑛兒雖心疼他，卻很有長兄風範，聽他說完後還是抓著弟弟說教。

喬明瑾瞧著姊弟三個在一起親親熱熱的，很是安慰，領著幾個孩子在一起吃了一頓溫馨的晚飯。

吃過晚飯，一家人照例坐在一處聊天，小兒就賴在他爹的懷裡。

喬明瑾瞥了他一眼，也不去管他。下午她把他批了一頓，有岳仲堯在，倒沒有打他，可下回若是再犯，她就非狠揍他不可。

喬明瑾先問了大兒的功課，而一旁的岳仲堯看著這個讀書有天賦的長子，更是嘴咧得老高。

喬明瑾問過大兒，再轉頭看著已長成大姑娘的女兒，心裡又是高興又是心酸。

養了十多年的女兒，如今已是到說親的年齡了，馬上就要成為別人家的了……她的心裡一陣失落。

那一頭，岳仲堯看著這個女兒，同樣是又喜又憂。

喜的是自家有女已長成，憂的是也不知哪家的臭小子會把女兒搶了去。

他一方面開心越來越多的人上門來求娶女兒，另一方面又恨不得把女兒藏起來，不讓她出門。

此時的琬兒已十六歲了，長大後，她倒不像小時候那麼像岳仲堯，臉上能看出幾分喬明瑾的影子，嬌花一般。這孩子容顏姣好，明媚秀麗，個子是隨了岳仲堯，長得比同齡人要高䠷得多，婷婷玉立。

岳仲堯看著結合了自己和瑾娘優點的女兒，心裡又甜又澀，對著女兒柔聲問道：「今天去寶相寺玩得還好？妳舅母都帶妳見什麼人了？」

琬兒的兩位舅母，便是明珏和明珩的夫人。

這兩位都是生在京裡、長在京裡的，家裡顯赫，自然不是他們家這鄉下來的能比的。自琬兒長大後，那兩位就領著琬兒在京裡參加各種花會，在貴人間行走，教她交際應酬。

現在的琬兒一點都看不出鄉土氣，儼然就是京中世家的閨秀，有兩位舅母手把手的教導，她的規矩禮儀完全讓人挑不出錯來。

此時，琬兒聽完岳仲堯的問話，柔聲回了。

說完後，她又對喬明瑾說道：「娘，兩位舅母說過幾天要來咱家一趟，說是兩位舅舅想來問問娘今年要不要回青川過年；若是不回去，要不要與他們一起回益州，或是把外公、外婆和太婆婆都接來京裡一起過年？」

喬明瑾聽完，偏頭看了岳仲堯一眼。

這十年裡，他們一家回過兩次青川，因為孩子太小，不好趕路，後來又有兩次把孩子們的爺奶接到京裡過年。

只是這幾次的團聚印象都不大好。

孩子們本來對他們的到來都挺期待的，只是再後來，幾個孩子就不再提起他們了。若岳仲堯提出回青川過年，孩子們的興趣並不高，還有些抗拒。

實在是那一家子太能找事了，來了就不想走，在京裡四處招搖，給岳仲堯狠狠丟了好幾回面子。

就是那兩次回青川過年，他們一家對那兩次的印象也不好。

那一家人眼睛就盯著他們的行李，若是禮物備得不合他們的心意，就一整個年都不讓人好過。

後來岳仲堯便只是每年給他們寄豐厚的養老銀回去，可是這也滿足不了那一家子的胃口。

孫氏和于氏見岳仲堯有出息了，本是分了的家又合起來過了，還月月給他們寫信，說家裡又是缺這缺那了，又說親戚朋友們都知道家裡出了一個京官，現在應酬多了，用錢也多了，而家裡若是吃的、用的太差，也會丟了岳仲堯的面子云云。

喬明瑾對此實在有些招架不住。

就是她自己在下河村修的房子，也禁不住他們念叨，給了他們，他們一家子便都搬了過去，又拿著岳仲堯寄回去的錢往外擴了擴。後來房子修得大了，又來信說要買的東西更多了，不然房子空空的要讓親戚們看了笑話。

岳仲堯也不願慣著他們，收到信都會回，但銀子只是一年寄一次。

此時岳仲堯見喬明瑾看他，有些訕訕的。

他娘還想搬來京城與他們一家住在一起，之前過年時接他們來，年後，他娘死活不肯回去，年裡還跟著他們到處去應酬，鬧了好幾場笑話，後來還是他爹死拽著她回去的。

岳仲堯想著便嘆了一口氣。

家裡因著他寄回去的銀子，房子修得大了，田地也買了不少，就跟鄉紳一樣，現在也請了人伺候了，還有什麼不滿足的？每次他娘總能在來信中絮絮叨叨地抱怨……

岳仲堯想了想，便對喬明瑾說道：「今年咱就在京裡過年吧！過幾天，邀兩個大舅子來，商量商量就把岳父、岳母和祖母接進京一起過年。今年冬天，耀祖要回京述職，到時明瑜也會帶著孩子跟回來的，一家子就能團圓了。」

喬明瑾笑著點了點頭，這十年裡，他們一家子團圓的日子可不多。

明玨和明珩雖在京城當官，但明琦隨著周善賢去了鄰縣的練兵營，而明瑜則跟著周耀祖下放到外地做了知縣夫人；前幾年過年時，總是一家人回益州，或是接了喬父、喬母和藍氏進京團聚，可即便如此，他們兄弟姊妹五個，過年時總是聚不齊。

一家人又說了一會兒話，夫妻兩人這才把三個孩子送回了各自的院子。

目送三個孩子走出院門，兩人這才轉身回房。

「怎麼你今天回來得這麼早？往常去了京郊，不是要到天黑才回的？」

「本就沒什麼大事，去看一眼就回了。好在我回得早，不然琤兒那孩子怕是要曬乾在樹上了。」

他說著又瞪了喬明瑾一眼。

喬明瑾斜了他一眼，把他放在自己腰間的手甩了開來。「那孩子也不知像誰，別家的孩子犯了錯，都會向父母撒嬌認錯，想把錯翻過去，獨獨他還占了理，越打越是倔。」

岳仲堯聽完，笑咪咪地湊過來把手放在自家娘子的腰上，還湊到喬明瑾脖頸處偷香，攬著喬明瑾說道：「琤兒那孩子吃軟不吃硬，越是跟他對著幹，他就越是犯倔。今天他還真占了理，那紅纓槍本就是我為他訂的，向來是他的心愛之物，他好不容易從別人手中奪回來，妳還罰他，他可不就惱了？」

喬明瑾哼了一聲。

夫妻兩人說著話就到了內室。

他們夫妻向來親力親為，自給自足慣了，都不喜歡丫鬟們在房裡伺候，早早就把人打發了。

一進內室，岳仲堯便把喬明瑾攔腰抱住。

喬明瑾笑著掙扎了起來。「癢……」

「哪裡癢？這裡？還是這裡？」

喬明瑾難耐地扭著身子，攀著他笑得亂顫。

岳仲堯正是龍精虎猛的年紀，一下子就被挑動了情緒，把喬明瑾攔腰抱了起來。

「我們去浴池裡泡一泡？」

喬明瑾一手抵著他肩膀，另一手拍他。「你先去，我收拾收拾。」

岳仲堯把嘴湊了過去，很快就貼住喬明瑾的粉唇，含糊道：「有什麼好收拾的……瑾娘……我……」

他邊說著邊一手上下亂動了起來。

喬明瑾趁他分神，滑了下去，推他。「你先去洗。」

岳仲堯無奈地看了一眼嬌妻，轉身進淨室去了。

不一會兒，淨室就傳來他的聲音。「瑾娘，把棉巾遞給我，我忘了拿！」

喬明瑾衝淨室白了一眼，每次進淨室，他總是忘了這、忘了那，也不知是什麼毛病。

而岳仲堯每次趁著喬明瑾拿東西進去的時候，總是要撲上來動手動腳，有時候，興致來了，便拖著喬明瑾到浴池裡大動一場。

喬明瑾常常被他的熱情嚇住，他那模樣似乎是要把過往的虧空全補回來似的。

喬明瑾從浴室出來，岳仲堯已不在房裡了。

這一頓洗，又是大半個時辰過去。

岳仲堯在浴室總是異常凶猛，她頗有些受不住，今天她就覺得有些疲憊。

在梳妝桌前梳著頭髮，她梳著梳著差點睡著了。

岳仲堯回房時，就看到自家娘子在鏡檯前打盹，他很是心疼，從背後抱住了她。

「怎麼了？可是累了？」

喬明瑾回頭瞪了他一眼，從梳妝檯前起身。岳仲堯咧著嘴笑了起來，連忙攬著她一道往床邊走去。

「往常也不會這麼累啊？」

今天怎會這樣？他沒多要啊？岳仲堯有些納悶，莫不是小兒惹得她心煩了？又或者是……

岳仲堯頓住腳步，把妻子整個轉過來。

「瑾娘，妳、妳是不是有了？」

「有什麼？」

喬明瑾一時沒反應過來。

岳仲堯越想越覺得是，嘴都快咧到耳根了，抓著喬明瑾的肩膀異常用力。「瑾娘，是不是又有我的兒子了？」

喬明瑾被他這番動作嚇了一跳，再聽他此言，她偏頭想了想，才斜了他一眼，往床邊走去。

岳仲堯愣了愣，立刻跟了上去。

「瑾娘……」

喬明瑾在床邊坐了下來。「你是不是糊塗了？我前幾天月事才停的，大熱天的你還非得跟我擠一張床，莫不是忘了？」

岳仲堯偏頭想了想，欸，還真是。

娘子每次來了事，總是有些煩躁，要他到別處睡，可他一刻都不想與娘子分開，仍是擠到床上去，那時他還挨了娘子一頓踢。

喬明瑾見了便說道：「順其自然吧。咱已經有兒有女了，兒子已經有兩個了，就是往後再沒有，也不遺憾。」

岳仲堯看了喬明瑾一眼，看她已是脫了鞋正往床上躺去，他幫她掀了被子，扶她躺到床裡側，自個兒也脫了鞋子爬上去。

「兩個兒子還是太少了，我想多要幾個；再說琬兒馬上就要出門了，我也想生個軟軟的女兒。」

喬明瑾看他已是脫衣掀起被子也躺進來，往床裡側挪了挪，說道：「這事不是你想有就有的，又不是我不想要，孩子不來我也沒法子。」

岳仲堯見她說著說著便面壁而睡了，就湊過去從背後抱住她的身子，頭靠在喬明瑾的脖頸上蹭了又蹭，兩腳把喬明瑾的腳夾在自己的雙腳間。

喬明瑾掙了掙，見他紋絲不動，便說道：「去，大熱天的你也不嫌熱。」

「哪裡就熱了？娘子，妳轉過來好不好？我要看著妳。」

喬明瑾轉了過來，瞬間就被他抱進懷裡。

喬明瑾靜靜地躺在他懷裡，任他摸頭摸肩，上下撫摸著自己。

這個懷抱她躺了十年，已是越來越習慣，越來越依賴，哪天岳仲堯外出，她還得抱著岳仲堯的衣服才能睡得著。

兩人相擁著躺在床上，了無睡意。

「剛才去書房可是練字了？」

自從瑛兒在讀書上越來越有天賦後，岳仲堯苦於自個兒不能像別家父親那樣指點兒子的功課，只要有閒暇他就會到書房苦修，生怕被兒子笑話了去。

岳仲堯把娘子的頭往懷裡按了按。「妳就笑話我吧。」

喬明瑾笑出聲來。「我哪敢笑話你啊？你可是五品寧遠將軍了呢。」

被自家娘子笑話了，岳仲堯在她的翹臀上輕拍了兩下，以示抗議。

「今天安郡王也去了京郊兵營，他向我透露，我這官職今年有望再往上升一升。」

喬明瑾聽著他話語裡的得意，此時她摸著他後背上縱橫交錯的傷痕，想著他這十年來的努力，他為了在京裡站穩腳跟，流血淌汗，她忍不住為他心疼。

為了出人頭地，為了養家、養妻、養兒，這十年來，什麼危險的事他都搶在前頭，別人不愛幹的事他也從不拒絕，從無品的護衛再到正五品寧遠將軍，他足足用了十年時間。職位高的看不上他這個五品武官，而職位比他低的，卻又覺得他升得快了。

這其中的辛酸只有喬明瑾知道。

岳仲堯心裡總有一分執念。頭幾年，應酬交際他都是用喬明瑾的嫁妝銀，他那點俸祿杯水車薪，連他自個兒應酬都不夠用。

後來隨著他職位越升越高，家裡不再需要用她的銀子了，他總算能舒了一口氣。

喬明瑾知道這十年，他走的是別人用二十年、三十年才走完的路，每一次見他從外邊帶傷回來，她都要背著他哭一場，對於下河村的平靜安寧她就更是懷念。

岳仲堯也知道娘子又是心疼了，連忙摟著她道：「早就不疼了……不過太難看了，我要穿著衣服睡，妳總不讓。」

「穿什麼衣服睡？這樣抱著舒服。」

岳仲堯低頭看見自個兒娘子已是愜意地瞇起了眼睛，很是舒心地笑了笑，更把娘子抱得緊了些。

良久，他又聽娘子問道：「郡王說是升半級還是一級？是從四品還是正四品？」

「這個還未知。我這些年的表現他都看在眼裡，這些年我有幫了他不少，他一直想幫我往上提，只是咱家什麼背景？就算有職位閒下來，也爭不過那些有門第、有背景的。」

岳仲堯覺得這樣還對不住家人，遠遠不夠，言語中不無遺憾。

可喬明瑾從來就沒指望過他高官厚祿，抱著他柔聲說道：「我知道你想往上進，但咱家這樣已是很好了；再者咱本來就沒什麼家世背景，犯不著跟人比。」

「可是這京裡遍地都是豪門貴胄，我這五品官，連皇宮都進不去，咱家又是外來的，京裡的那些宴會，人家從不會請了妳去……」

喬明瑾支起身，吻在他的唇上。

岳仲堯的話被打斷，只愣了愣，便抱緊懷裡的人親了下去。

直到良久，兩人才氣喘吁吁地分開，岳仲堯頗有些意猶未盡，按著她來回摸索。

喬明瑾任他施為，躺在他的懷裡，柔聲道：「我從來就不看重那些，也不耐煩在別人面前扮假臉。京裡講究門第，五品的武官在別人眼裡雖沒什麼，但在我眼裡，你卻是最好的。咱家這樣清清靜靜的就夠了……上回你不是還說你上官被人送了兩個美人，害他家那母老虎追到兵營去？咱家這樣就好，沒什麼背景，就不會有什麼人來拉攏咱們；若是有什麼人也送什麼美人來，我可就回益州去了……」

岳仲堯連忙抱緊了她，斥道：「胡說什麼，我哪是那樣的人？平日裡有妳和孩兒就夠我忙的了，妳要回益州，我也跟妳一塊兒回。」

喬明瑾從他懷裡抬起頭看他。

「不信？」岳仲堯擰著眉問。

「信。」喬明瑾又趴回他的懷裡。

岳仲堯得意非常，把她抱在懷裡好一會兒，才又聽娘子說道：「你明天若是有空，就帶著琤兒去竇家道歉去，那孩子今天把人家的衣服戳破了，對方回家定是要告上一狀的，竇家不是咱能惹的。」

看岳仲堯點頭，她又道：「你也不要太慣著琤兒了，那孩子不知天高地厚，長大了可怎麼好。」

岳仲堯看著娘子已是憂心地皺起眉來，伸手去撫平，說道：「妳放心，我心裡有數。瑛兒妳教得很好，懂事聽話，我不擔心他。琤兒妳也不須擔心，那孩子雖然皮了些，但行事有分寸，小錯可能有，但大錯是不會犯的。哪個孩子小時候不犯些錯？我可不想把孩子養成跟京裡那些世家子弟一樣，一板一眼的，看著都能悶死人，我不想我兒子成了那副模樣。」

喬明瑾噗哧笑出聲來。「你個鄉下來的，自然是不懂，人家那才叫規矩禮儀，帶出去誰不誇的？」

岳仲堯哼了一聲，道：「那有什麼好的？自個兒什麼想法都沒有，就照著別人的想法活著。妳看那些孩子站在親長後面，動都不會動一下，走路還要數著步子走，不管是站著還是坐著都跟木頭一樣，我才不想我的孩子變成那樣。」

喬明瑾笑了起來，惹得岳仲堯又是在她的翘臂上連拍了好幾下。

提到孩子，兩人便說起琬兒。

「琬兒我還想留她兩年，反正京裡也不像咱鄉下，留到十八、二十歲的多著呢。」

喬明瑾聽完笑了。「咱家是什麼人家，留到二十？你也不怕人家在背後議論咱女兒，就算再兩年才出門，但這會兒就要先把親事訂下來了。」

岳仲堯點了點頭。「琬兒的親事，妳可要好好挑選，家世咱不看，人品好就行。」

喬明瑾點頭應了。那孩子這些年在京裡幫了她不少忙，還幫她帶兩個弟弟，懂事又聽話，她當然不想委屈了女兒。

「對了，前幾天收到青川的來信，你可回了？」喬明瑾又抬頭問道。

岳仲堯搖了搖頭，嘆了一口氣。

前幾天他娘來信，信中不僅說到東根、北樹兩個姪子要說親，需要銀子下聘，還說到二哥長女玲瓏的婚事，說是讓他幫著在京裡挑戶人家。

岳仲堯有些頭大。

這京裡有錢有勢的人多得是，遍地都是富貴人，他這個五品武官跟人家五品的文官比起來都要矮一截，何況是從小養在鄉下的玲瓏。

京裡哪裡尋得到什麼合適的親事？再者若是以後她日子過得不好，二哥、二嫂肯定會找他麻煩？

按他的意思，自家在青川地位已經很高了，在青川也頗受人敬重，完全能找得到一個門當戶對的人家；哪怕是高嫁，人家看在他的面上，也會好好待玲瓏，他哪裡料到娘和二嫂孫氏非得要他在京裡尋門親事。

岳仲堯想著又嘆一口氣。

那孩子因她娘重男輕女，把她養得有些怯懦，而這些年因為家裡日子好過了，她頗有些眼高手低。

她娘又日日在她耳邊說堂妹琬兒跟她是一樣，都是一家人，從小也是生長在鄉間的，跟她沒什麼兩樣，害得那孩子總愛跟琬兒比，見琬兒在京裡，她頗有些不甘心。

那兩次來京過年，她也裝病死活不肯回去，而他一家兩次回鄉下過年，到最後，琬兒的衣服、頭釵全都被她拿了去。

這樣的性子要如何在京裡找婚事？京裡又哪裡是好混的？稍一不留意，人家就能給自己暗裡來一招。

岳仲堯此時見娘子已背對著他躺進裡側，把人又摟了過來，抱進懷裡。

「妳放心，我心裡有數，明天我就回信讓家裡在當地給她尋一門合適的親事。」

「你定要把話說清楚，不然那邊若是把人悄悄送了來，我可是不接待的，琬兒的親事還沒著落呢；那孩子若是個好的，咱還能從低階的武官家裡給她尋一門合適的，可你看她那性子……」

岳仲堯安撫地拍著她。「妳放心，我都看在眼裡。按我說，在青川尋一門合適的，人家看在我的面上，還會多多照顧包容她；可若在京裡，只怕她以後的日子會十分難過，連咱們都要被人說嘴。」

喬明瑾聽完點了點頭。若家裡的孩子都是好的，她不介意提攜提攜，但那幾個孩子哪裡是什麼省心的？

每年往青川又是寄這寄那、寄銀寄錢的，已是夠了，若再抱怨不知足，恕她不奉陪了。

岳仲堯把自家娘子哄好後，看著懷裡的人兒一副慵懶的樣子，在他懷裡昏昏欲睡，雪膚玉脂，一副勾人的模樣，頓時就按捺不住，他三兩下把娘子的衣物剝了個精光，就啃了上去……

——全篇完

番外〈來生〉

暑熱的天裡，熱浪翻滾，偶有一陣風吹來，捲起一陣陣熱浪。

這個天裡，即便待在遮光之處，也是淌汗不停。

趙管事此時正一臉苦相，小跑著往外院的書房而去，邊跑邊不時拿著帕子往額頭上抹兩把。

院裡的小廝、丫鬟見他一路小跑，紛紛朝他行注目禮。

也不知出了什麼事，竟讓平時沈穩的大管事跑得如牛喘一般。

而那趙管事一邊小跑，一雙厲目一邊朝那些下人們掃去，駭得那些人紛紛低垂了頭，不敢與他直視，紛紛忙著手裡的活計去了。

這可是爺身邊的頭號管事，若惹著了趙管事，就不是打一頓板子那麼簡單，沒準兒今天還在宅子裡與人聊八卦，明天就會被發配到北邊的礦場做苦力去了。

書房門口靜悄悄的，原本守在門口的兩個小廝，這會兒只怕是到哪裡躲清涼去了。

趙管事在門口頓住了身子。

「六爺，是小的……小的有事稟報……」

趙管事說完便傾著耳朵細聽。

片刻後，門內一聲低沈的聲音傳出。「進來吧。」

趙管事鬆了一口氣，又往額頭上抹了一把汗，這才撣了撣衣裳下襬，輕輕推開書房的門走了進去。

門才打開一條縫，一陣清涼沁人的涼氣就撲面而來，他全身上下無一不舒爽。

周晏卿此時正坐在書桌後面埋頭翻看帳本，見趙管事進來，他連頭都不抬，只有眼皮抬起看了他一眼。

趙管事正享受著屋裡的涼氣，他想好了，哪怕六爺趕他，他也要在這間房裡磨蹭到下晌再出去。

見六爺朝自己看了一眼，他連忙斂了斂神，三兩步走到案前去，從懷裡掏了一封書信遞了過去。

「爺，青川來人了，帶來了老太太的書信。」

周晏卿看著送到面前的書信，許是天熱的緣故，那書信被他揣在懷裡，已經有些泛潮、泛軟了。

「放那吧。人呢？」

趙管事見自家主子並沒有急著看信，嘆了一口氣，把信放好後，垂手站在一旁，回道：「來人都已安置好了，青川來的掌櫃都已安排他們吃了飯，領著到櫃上去了；家裡來的，都請到客房歇著了……」

他說著抬頭看了周晏卿一眼，又小心翼翼地說道：「這次六太太的陪房也跟著來了，傳了六太太的口信，說……說十三少爺前段日子受了暑熱，大病了一場，飯都不愛吃，就念著爺呢，看爺能不能抽個空回去一趟……」

趙管事小心翼翼地說完，看了自家主子一眼，又低垂了頭。

他原叫石頭，是六爺身邊的貼身小廝，六爺成親之後，他便跟著六爺到了西南。

十年過去了，如今他已在西南成了家，生了好幾個孩子；後來別人送了他一房美妾，妾室又給他生了一個女兒，家裡倒是和睦。如今六爺又升了他為管事，除了身分以外，他現在的日子就跟外頭一般的富戶沒什麼兩樣。

而他口中的六太太，就是京中禮部侍郎家的庶女。

那年她跟著六爺從京師回來，就一直住在青川，後來兩人成了親，顏氏給六爺生了十三少爺。

十三少爺長得跟六爺極像，對六爺也極有孺慕之情，只是六爺已是兩年沒回青川了……

趙管事想到六爺這些年一個人在西南，身邊都沒個知冷知熱的，湧起一陣陣心疼。

當年的事，他作為貼身小廝，是再清楚不過的。

若是那人成了六太太，或許六爺就不會成天板著臉了，那時的六爺笑得多開心啊……而如今，他都好久沒聽到六爺笑了。

趙石頭想著，便忍不住嘆了一口氣。

這些年來，六爺有經常悄悄打聽那人的消息，知她過得好，又是喜又是悲，讓他看了更加心疼。

他的六爺不該過這樣的日子，這回他一定要把六爺勸回青川。

而坐在書案後面的周晏卿聽趙管事說完後，悄無聲息地嘆了一口氣，仰靠在椅背上。

良久，趙管事才聽到六爺說道：「我知道了。你先下去吧，把來人都好生安置了，去櫃上找幾個掌櫃，把青川要的貨都緊著備好。」

「是。」

趙管事聽到自家主子沒有別的吩咐了，遺憾地瞟了一眼屋子角落裡放著的冰盆，一臉苦相地出去。

周晏卿看著桌上疊得高高的帳本，頭一陣陣發緊。

若是以前，這些事哪裡需要他來操心？那時那個女子早就分門別類都弄好了，還一目了然，帳目清晰，一點都不須他勞神。

即便已過去了十年，每每想起那人，他的心還是隱隱作痛。

那年從益州回去之後，他便把自己關進院子，頹廢了好幾個月，出來後，就依著母親與顏氏成了親。

等顏氏有了身孕之後，他獨自去了西南，把顏氏留在母親的身邊。

那年冬天，顏氏給他生了一個兒子，他取名為周文擎。

孩子周歲的時候，他回了青川。

那孩子長得很像他，被母親和顏氏養得很好，聰明伶俐，活潑可愛，十分討喜。

他在家裡待了半年，等孩子會叫父親的時候，他又回了西南。

那時候，母親說家裡已有幾個嫂子在身邊盡孝了，府裡丫頭、婆子頗多，讓他把顏氏母子帶去西南。

顏氏也淚眼婆娑地望著他，盼著他能夠心軟，而他懷裡的兒子抓著他垂落的散髮，「爹爹、爹爹」地叫得歡，抱著他的脖子不放手……

最後，他還是一個人走了。

西南是父親留給他的產業，他不能把它荒廢了，他這麼跟自己說。

每年年節，他都會叫趙管事把西南的土產及各種禮物備上好幾車，讓人送回青川；兒子的禮物他會親自挑了又挑，送了一箱又一箱，從來就沒虧待了哪個。

每年過年前，他總會回去，偶爾長的也不過隔上一年，在家裡他會住上兩、三個月才回；而這一次，他已經兩年沒回去了。

他一個人在西南，母親和顏氏總是會頻繁地給他來信。

他收到後，都會給母親回一封，在信裡叮囑母親善待他們母子。

只是他從不曾特意給顏氏寄一封、半封，連口信也少。

後來慢慢的，顏氏的信便來得少了。

母親信中總會說到兒子，他又長高了，話說得流利了，會背詩了，請了先生啟蒙了，送進書院了……諸如此類。

母親總是試圖在信中打動他一二，盼他能回去承歡膝下，與妻兒團聚。

信中常有討好之意。若不是她的堅持，或許他早已與那人共結連理，嬌妻佳兒環繞，開心快樂地在青川生活，而不必一個人離鄉背井，十年固守西南……

他已很久沒想起她了。

每想一次他都要痛一次。

書房和臥室的牆上都掛著一副蘭草，長在懸崖峭壁上，絕世而獨立。

他有時候能盯著它呆看半晌，不聲不響，不吃不喝。

那人是他最深的遺憾，是藏在他心底最深的印記。

若有來生，他一定與她早早相逢。

周晏卿扭頭望著牆壁上那幅蘭草，好像望到她清淡如水的眼眸……他嘴角往上翹了翹。

他拿起桌上的信拆了開來……

母親在信中一貫地問長問短，又說了一些家裡的大小事，事無鉅細，連三哥的兒子周文軒相了幾個姑娘都一一朝他道來。

信中不可避免地說到顏氏，說她如何如何周到體貼，待她這個婆婆如何極盡孝道，又如何教養他唯一的兒子。

文擎已過了童生試了，家裡上下喜不自禁，母親還把親近的族人都請到家裡吃席，摟著她的寶貝孫子一頓誇；只是上個月他受了暑氣，病了一場，躺在床上直叫爹，把她心疼壞了……

母親在信中，總是會小心翼翼地討好，說她年紀大了，讓他回青川；說兒子已兩年沒見到爹了，若是他今年再不回去，她就做主把顏氏母子打包送到西南來……

周晏卿合上書信，仰靠在椅背上，閉上了眼睛。

他何嘗不喜歡嬌妻幼兒陪在身邊？

若是那人，他一定不會拋下她一個人，什麼鋪子、什麼產業他都不在意，只願與那人攜手同遊，看盡名山大川。

他也是正常男人，會有渴望，現今他在西南的宅子裡，後院有養了兩個姨娘，都是別人送的，他好吃好喝地供著她們，給她們一人擇了一間獨立的院子，偶爾他會去她們房裡歇一晚；只是大多數時間，他都待在自己的院裡，或是直接在書房裡歇了。

縱使雪膚玉肌，嬌喘吟哦，也不是那人……

來生，他一定睜大了眼睛，早早地把她認出來，再不放開。

——全篇完

番外〈有悔〉

永州同知府。

內院花廳裡，一個穿戴富貴的夫人正在訓話。

底下站著一排好幾個容顏妍麗的女子，各人身側都有男童或女童貼身站著，有一、兩個倒是獨自垂手而立。

上首，鄭三夫人妻氏正斂目坐著，往堂下掃了掃，半盞茶後，方啟口說道：「都坐下吧，這大清早的，孩子們只怕是還沒睡夠。」

底下站著的一排人皆齊齊鬆了一口氣，各自找了位子坐了。

鄭三夫人往柳氏那邊掃了一眼，目光在她保養得宜的面龐上看了看，不得不承認這十年來，丈夫對她寵愛有加，也不是沒有理由的。

她低頭對坐在身邊的十歲男童說道：「豐兒，快去給你姨娘請安，也不枉她生養了你一場。」

柳媚娘見自個兒生的兒子正朝她走過來，連忙站起來說道：「夫人，您這是要折媚娘的壽啊！豐少爺自生下來就養在夫人身邊，就跟夫人親生的一樣，婢妾哪敢受豐少爺的禮。」

鄭裕豐見姨娘攔著他不讓他見禮，有些為難地看了座上的嫡母一眼。

婁氏見柳氏上道，心裡熨貼，面上更是柔了幾分，對鄭裕豐說道：「即便你姨娘沒養過你，也不可忘了她生養了你一場。」

鄭裕豐道了是，朝柳媚娘拱手施了一禮，見柳媚娘側身躲了，他看了她一眼，又回到婁氏身邊。

婁氏把他摟在懷裡，又是揉又是摸，神情慈愛地問他昨晚睡得好不好，唸書又唸到幾時，鄭裕豐都一一回了。

一副母慈子孝的場面。

柳媚娘偷偷看著，面上不露分毫，心裡卻是釀了一缸苦水。

她親生的兒，剛生下來便被抱走了，養在生了三個女兒的婁氏身邊。這十年來，她都不曾親近過這個兒子，豐兒也對她生疏得很。

好在婁氏對於鄭遠的這個庶長子，倒是十足地疼愛，把他抱來之後，就把他當親生孩兒一樣教養。

而她柳媚娘從生下孩子後，一年裡都難得見兒子幾面。

也就是後來岳大哥在京裡授了職，鄭家才把她接回內院，而婁氏會在她每日去請安的時候，讓她見豐兒一面。

只是每回見兒子在婁氏懷裡撒嬌，她那心裡都是又酸又澀。

見婁氏疼愛豐兒，她很高興；可見豐兒對自己疏離，她又難過傷懷。

有心不見兒子，卻又想得厲害，不知他吃得好不好，穿得暖不暖，夜裡有沒有踢被子。一顆慈母心，硬是被揉成幾瓣。

還好她後來又生了兩個女兒，現在兩個女兒都被允許養在她身邊，又與她同住在一個院子裡，平時與她作伴解悶，多少為她消去了一些愁緒。

柳媚娘往坐在她旁邊的兩個女兒身上看去，兩個女兒，一個八歲，一個六歲，正是天真爛漫的年紀；即便鄭遠女兒多，自己養的兩個女兒也很得他的喜歡。

柳媚娘正亂紛紛地想著，就聽到有一個婆子進來稟道：「三夫人，大老爺、大夫人命人送年禮來了。」

婁氏嗯了一聲，就把單子接了過去。

看完之後，她把單子扔在一旁的案几上，道：「老太爺給他謀的是江南富庶縣的知縣，可你們看看，這年年送回來的都是些什麼東西！」

底下的幾個姨娘、庶子女聽了都低垂著頭，憑他們的身分還不敢妄議老太爺寄予厚望的長子。

婁氏頗有些氣不過。

她婆母生了兩個兒子，公爹給長子謀了富庶縣的知縣，只有她丈夫鄭遠是個讀書不成的，但幸好他在經商上還有些天賦，這些年，鄭家的產業就都由他管著，但論起地位他總是不及鄭大老爺。

如今公爹、婆母在堂，大老爺夫妻的年禮卻是越送越少。

妻氏又拿來禮單細看了一遍，再往柳氏那邊瞟了一眼，說道：「就這些，還不如岳將軍夫人前些天送給柳姨娘的禮呢。」

柳媚娘聽妻氏如此說，抬頭看了妻氏一眼，又見幾個姨娘皆一臉羨慕地朝她看來，心裡不無得意。

岳大哥念著自個兒父親曾救過他一命，這些年，岳大哥和嫂子年年給自個兒娘家送年禮，還不忘給自己捎帶一份。

她知道這是岳大哥明裡在幫她，好教她在婆家日子不會太難過了，她感激在心。有她的幫襯，又有京裡岳大哥和嫂子的貼補，自個兒娘家也置了一些田產，靠著那些租子，才把弟弟供了起來。

只是弟弟中了舉人之後，就止步不前了。原本岳大哥也想幫他謀個官職的，但母親說弟弟身子弱，怕是不能承受官場的勞累。

後來弟弟便在青川的一家書院謀了個教諭的職務，在書院裡教書育人，後來又娶了師長的女兒，目前母親就在家帶孫子，一家人幸福和樂，倒也不愁吃穿。

而她自得了岳大哥的關照，府裡的老太爺、老夫人和妻氏對她是高看了幾分。

自從把她接回府裡之後，府裡上下人等都沒有為難她，她一個人帶著兩個女兒住著一間不大不小的院子，還算是安逸。

柳媚娘正想著，就聽到那婁氏發了一番牢騷，又把禮單遞回給方才那位婆子，說道：「送去給老太太看看。」

那婆子應聲而去。

婁氏嘆了一口氣。現在公婆雖然讓她掌著中饋，但大伯子拿回的年禮，她也不敢擅自做主。

好在她娘家是個富戶，她嫁妝豐厚，這些年丈夫又掌著鄭家的庶務，公爹從青川縣令升至永州的知州，如今家裡也不缺大房送回的年禮。

又坐了一會兒，婁氏便領著三個嫡女和幾個庶子女去向老夫人請安，而柳媚娘這些姨娘就各自回了各自的院子。

柳媚娘臨走時，回頭看了正一臉歡快拉著婁氏的豐兒，小臉上清清秀秀的，也不知他跟婁氏說了什麼，逗得婁氏哈哈大笑，婁氏生的三個女兒也在一旁逗趣。

柳媚娘看著，嘴角也跟著往上揚了揚。

直等到婁氏帶著豐兒轉過彎看不見了，她才扭過頭來。

站在她旁邊的馮姨娘看了她一眼，面露不屑，道：「哼，自個兒辛苦生的兒子倒是白白送了人。」

柳媚娘朝她看了一眼，又看了一眼她旁邊站著的兒子，笑著對她說道：「他養在我身邊，了不起就占了一個庶長子的名頭；可養在夫人身邊，就是嫡長子了，好與歹我還是能分辨。而有些人想把兒子送到夫人身邊，只怕夫人還不要呢。」

她說完也不看那馮氏氣得發青的臉色，拉著兩個女兒走了。

府裡此時已近臘月，早已百花殘，只是不見蕭索，亭臺樓閣，雕梁畫棟，假山巨石，很是富麗堂皇。

別人見她嫁到這樣的人家，又見她盛寵不衰，經常投來羨慕的眼光；只有她知道她相公鄭遠也好，老太爺、老夫人等人也罷，不過是瞧在岳大哥的面上罷了。

鄭遠有好幾房妾室，妻氏也長得不差，若不是岳大哥，或許她還被養在外面，當個見不得光的外室。

年輕時，她覺得當個外室也挺好，不用在主母面前立規矩，自由自在；可後來生養了兒女，她便知道了，外室生的兒女連庶子女都不如。

她不能讓她的孩子將來抬不起頭，更不能讓她的兩個女兒將來不能婚配。

她的豐兒一生下來，就被鄭遠抱回了宅子，交給生不出兒子的妻氏來養。

她當時曾難過、曾傷心，但想到兒子能充當嫡子來養，她就由著兒子被抱走了。

後來她又連生了兩個女兒，正當她想著要怎麼擠進宅子裡時，岳大哥步步高陞了。

都不用她謀劃，鄭遠得了他老子的令，親自把母女三個接回了宅子，給兩個女兒上了族譜。

這些年來，老太爺每回見將軍府裡來人，總要親自命人去安頓將軍府裡來的管事，還讓婁氏回了豐厚的回禮。

有老太爺的態度擺在那裡，她們母女幾個倒是過得還算不錯，而鄭遠一個月裡也總有幾天會過來她的院子。

她娘家日子好過之後，娘親每回來看她，總是會抱著她哭，說不該讓她成了別人的妾室，老問她後不後悔。

後悔嗎？

是後悔吧。

雖然在鄭家，她過得還算不錯，但妾室就是妾室，常年被拘在宅子裡，大門不出，二門不邁的，花開了又謝，謝了又開，她都不知道外面變成什麼樣了，自己生的兒子也不能養在身邊。

婁氏雖然並不苛待她和兩個女兒，但妾室就是妾室，府裡擺席宴請，都不會有她們這些姨娘的位置，站在鄭遠身邊的，也永遠不會是她柳媚娘。

若是當初她再堅持一點，不被鄭家的富貴迷了眼，纏在岳大哥身邊，熬到他如今功成名就，是不是她也能穿著正紅，插金戴翠，在外面訪友宴客？

現在岳大哥已是正四品了呢，而且岳大哥還不到不惑之年，公爹都說了，岳大哥將來前程似錦。

她好羨慕那名叫喬明瑾的女子，本以為她的身分連自己都不如，哪想人家一躍為名門嫡長女，又陪著丈夫在京城打拚，現今已是誥命夫人了。

而她，還窩在這四方井裡，日復一日、年復一年。

來生，若有來生，哪怕嫁到農家當個日日為吃食操心的農婦，她也不再眼饞這過眼的富貴了。

來世，她一定堂堂正正當個元配正妻。

——全篇完

文創風 213-214

重生婆婆鬥穿越兒媳

全套二冊

筆鋒犀利，一解心中千千愁／蕭九離

帶著憾恨重生而來的王府續弦妃、
不甘落於人後的穿越世子媳，
大家各憑本事，置之死地而後愛！

前世恍如一場夢魘，教重生後的顧晚晴不能忘也不想忘，
都恨她識人不清，引狼入室，害死了娘親，連自己也慘遭毒手，
豈料再世為人，不但沒聽見那包藏禍心的庶妹遭到報應，
還因「賢孝之名」被指婚給平親王世子，教她如何甘心？!
既然蒼天無眼，那就由她親手了結這段弒親奪嫡之恨——
素聞平親王姜恒雖是而立之年，卻因接連剋死五妻而無人敢嫁，
那教名媛們避之唯恐不及的王妃之位，便是她復仇之路的開端，
無論如何，她都要先一步嫁進王府，設下天羅地網，
任憑那庶妹本事再滔天，她也要與之纏鬥不休，
死過一回之人何懼之有？如今，她要把失去的一一討回來……

情感刻劃細膩，催淚指數破表／溫柔刀

娘子不給愛

全套五冊

她知道他不喜她生的兒子……準確的說法，是厭惡。
可在兒子振翅高飛的戰場上，她需要他豐厚的羽翼擋住利箭，
因此，她戴上溫婉的假面，當起他要的可人妻子……

文創風 208 1

別人穿越不是吃香喝辣，生活起碼也過得不賴，
可她不知是否前世把老天爺給得罪慘了，
穿到張小碗這個八、九歲的小女孩身上也就罷了，
偏偏這女孩家裡一窮二白，就是生生給餓死的呀！
而且她上有體弱父、懷孕母，下還有兩幼弟，
重點是，家裡只剩下一咪咪向別人借來的糙米可吃啦！
看來得想法子覓食了，否則她肯定得再死一回啊！

文創風 209 2

為著政治利益一些狗屁倒灶的事，張小碗被親舅舅迫著出嫁，
即便這個舅舅多年不曾往來過，她也只能被趕上花轎嫁人去，
果然，她一個鄉下出身的村婦，哪配得上京城當官的夫家？
要不是因為舅舅救過她公公，這樁婚事根本輪不到她頭上，
她硬生生占住了汪家正妻的位置，惹得公婆不疼、夫君不愛，
這不，新婚沒幾天，她就被夫家趕到偏遠的宅子自生自滅了！
幸好她很滿意流放的日子，但……她開始噁心嘔吐是怎麼回事？

文創風 210 3

她懷孕生子了！一次就中，該說她張小碗倒楣到家嗎？
老天爺對她真是太壞了，這苦難的日子就沒一刻消停，
什麼母以子貴這種鬼話，她是完全沒在信的，
雖說她這當娘的出身不高，她的兒子八成也不得人疼，
但不怕一萬，只怕萬一，她產子一事還是能瞞就瞞吧，
不料，這事最終還是透了風，教她公公給知道了，
迫於無奈，她只得帶著兒子，千里迢迢回汪家認祖去啦～～

文創風 211 4

汪永昭，一個令歷任皇帝都忌憚不已、欲殺不能的大臣。
他不僅聰明絕頂，而且心腸比誰都狠，不喜的便是不喜，
兒子自小便恨極了他，因為他的存在對他們母子倆只有磨難，
然而張小碗卻清楚明白一點──違抗他是沒有好果子吃的。
因此在他跟前，再低的腰她都彎得下去，他的話也必定服從，
對她而言，他從不是什麼良人，只是一個可怕而強大的對手，
她小心謹慎地踏出每一步，因為一步錯，迎來的必是粉身碎骨！

文創風 212 5 完

汪永昭寵著她、護著她，會為她醋勁大發、與皇帝對峙，
甚至，為了不讓她傷心，他還瞞著她幹了不少好事、髒事，
這男人愛上她了，她知道，但張小碗並不愛他，他也知道。
男人的愛從來就不久長，尤其還是個權力大過天的男人，
她明白只有順著他的毛摸，才能換來他的寵愛與憐惜，
所有他想要的一切，她都可以給也願意給，除了愛。
呵，相較於他的冷酷，狠心絕情的她其實也不是個好人啊……

穿越做地主　努力向錢看

小確幸也能有大精彩，品嚐種田新滋味／月色如華

醫仙地主婆

全套五冊

她的命格據說貴不可言，
但現代女穿越來到大名朝，現代技能難施展，
只好立志坐擁良田向錢看，究竟會怎麼貴起來？

文創風 203 **1**

車禍穿越來到完全沒聽過的大名朝，中醫林小寧成了農村小姑娘！
上有老獵戶爺爺和大哥，下有年幼的妹妹小香和傻弟弟小寶，
一家人窮得快揭不開鍋，還好上天給她一個寶物——隨身空間！
既然已成定局，她乾脆「轉行」靠土地吃飯，
要是能坐擁百千良田，也不枉穿來這一遭了……

文創風 204 **2**

林小寧卻突發奇想，又是買地又是建設，
這廂她忙得不亦樂乎，那廂縣令卻換了個年輕的蘇大人，
林小寧好奇萬分，成天跟著她到處轉，莫非是對她有意思？
而她之前救了個陌生男子，如今對方現身桃村，自稱是「王大人」；
大人物同時出現，到底是關心地方，還是對她的「能力」起疑？

文創風 205 **3**

桃村漸漸開發，生氣盎然，林小寧更是賺得笑呵呵；
不過人怕出名豬怕肥，有了名之後，麻煩也就滾滾而來——
前有個太傅之女曾嫣嫣要跟她「切磋」醫術，卻是來了不走，
後有身分成謎的王大人，一副對她勢在必得的態度，又是在演哪一齣？
待她多方觀察，才知王大人並非姓「王」，而是本身就是個王！

文創風 206 **4**

林小寧被封為天下「醫仙」，在京城還有了自己的「醫仙府」，
好姊妹也一同創業，將華陀術發揚光大，但厲害如她也有解不開的難題！
寧王之母貴為太后，雖然心喜小兒子要娶親，
可嫌她只是平民，還曾經議過親，根本配不上皇子！
婆媳問題成了擋路石，縱然林小寧是醫仙也束手無策啊……

文創風 207 **5** 完

欽天監卜出一卦，寧王死劫只有林小寧能解，代價卻是以命相抵，
預言一出，教他怎麼敢娶？自己的深情將置她於死地，
捨棄令人痛，卻也必須捨，為保住心愛的女子，
他只得請皇上下旨退婚，又將醫仙府護衛得滴水不漏，便離京赴戰場；
但他的舉動卻讓林小寧誤會，有情人為此分隔兩地……

文創風
241

嫌妻當家 5 完

國家圖書館出版品預行編目資料

嫌妻當家 / 芭蕉夜喜雨著. --
初版. -- 臺北市 : 狗屋, 民103.11
冊 ; 公分. --（文創風）
ISBN 978-986-328-378-2（第5冊：平裝）. --

857.7 103019961

著作者 芭蕉夜喜雨
編輯 張蕙芸
校對 沈毓萍 馮佳美
發行所 狗屋出版社有限公司
地址 台北市104中山區龍江路71巷15號1樓
電話 02-2776-5889～0
發行字號 局版台業字845號
法律顧問 蕭雄淋律師
總經銷 知遠文化事業有限公司
電話 02-2664-8800
初版 103年11月
國際書碼 ISBN-13 978-986-328-378-2
原著書名 《嫌妻当家》，由起點女生網〈www.qdmm.com〉授權出版

定價250元
狗屋劃撥帳號：19001626
網址：love.doghouse.com.tw E-mail：love@doghouse.com.tw